Polvo

Benito Taibo (Ciudad de México, 1960) es escritor, periodista, entusiasta promotor de la lectura entre los jóvenes y actual director de Radio UNAM. Inició su camino en la literatura como poeta con *Siete primeros poemas (1976), Vivos y suicidas (1978), Recetas para el desastre (1987) y De la función social de las gitanas (2002)*. Ha publicado en Planeta sus novelas *Polvo* (2010), *Persona normal* (2011), *Querido Escorpión* (2013), *Desde mi muro* (2014), *Cómplices* (2015), *Corazonadas* (2016), *Mundo sin dioses 1. Camino a Sognum* (2018) *y Mundo sin dioses 2. La razón y la ira* (2019). Un referente ineludible en el panorama literario contemporáneo.

Polvo

Benito Taibo

Bordes

TÍTULO: POLVO (POD)

Cuando Dios aplaude,
los hombres caen como moscas.
BULMAR HEADS

Por mí se va hasta la ciudad doliente,
por mí se va al eterno sufrimiento,
por mí se va a la gente condenada...
DANTE ALIGHIERI
CANTO III. *DIVINA COMEDIA*

Porque sé que los sueños se corrompen,
he dejado los sueños.
LUIS GARCÍA MONTERO

Si el miedo puede descubrir flaquezas
en uno de nosotros, ¿por qué no en
cualquiera de nosotros?
JOSEPH CONRAD

Para Paco Ignacio Taibo I, por poner la mano en la espalda y ayudarme a saltar.

Para Imelda, como siempre, por lo mismo de siempre y para siempre.

Me pongo ante la máquina de escribir, alumbrado solamente por la débil luz del quinqué, que arde con aceite comprado a precio de oro y que ilumina y huele mal al mismo tiempo; rodeado de una turba infame de mosquitos y palomillas, para intentar describir el campamento de Espinazo, Nuevo León, en el que hoy me encuentro. Y lo primero que viene a mi cabeza, en un susurro impertinente, es la ceceante voz del viejo cura español, habitante de mi infancia remota, reverberando una y otra vez en la altas paredes de la iglesia, contando desde su púlpito inaccesible, esa versión fatal del averno al que por nuestros pecados todos seríamos condenados más temprano que tarde: flamas, miasma, pus, hediondez, putrefacción, sanguaza, esputos, mierda, humores malditos, orín.

Ruindad en una sola palabra.

El más abyecto de los sitios que uno pueda imaginar. Ergo, estoy en el infierno.

Durante el día puedo ver cómo las centenares de tiendas de campaña oscuras se desparraman aquí y allá como si hubieran sido sembradas al mero arbitrio del azar por un jardinero loco, unas frente a otras, unas contra otras, unas sobre otras. Infinidad de jirones de tela que alguna vez fueron prendas de vestir ondean bajo un sol inmisericorde, como banderas de una armada vencida por el delirio; a la menor ráfaga de viento, las que alguna vez fueron blancas se ponen inmediatamente grises, gris rata, gris Espinazo, partículas minuciosas de esta tierra infértil que vuelan por el aire y se quedan para siempre prendadas en el género y la piel.

El polvo está allí para hacer recordar, machacona, insistente, tercamente, a todos los que malviven en el lugar, que éste es el desierto y que con el desierto no se juega.

El tren se detiene en Espinazo de camino a Saltillo. No hay estación, sencillamente se queda quieto en medio de la nada, como un monstruo herido y sibilante para escupir lo antes posible su carga de miserias humanas.

Nadie sabe a ciencia cierta si antes estaban la decena de casas que componen el lugar o las vías del ferrocarril, como nadie sabe igualmente si primero fue el huevo o la serpiente.

Las ventanillas vomitan entonces, en un brevísimo tiempo, somieres, bastimentos, cajas de madera con cafeteras y ollas ahumadas de tizne, bultos de ropa, niños y ancianos tullidos, camillas con sus locos firmemente sujetos que son transportados en volandas hasta el suelo, muletas y sillas de ruedas, gallinas y sacos de carbón, anafres, mantas, a veces hasta tinas de estaño.

El maquinista, siempre impaciente, mira el reloj de bolsillo una y otra vez y respira aliviado en cuanto se libera de su carga maldita. Arranca la locomotora, se pasa el paliacate rojo por el cuello y por la frente y no toca jamás el silbato. Aquí no hay nada que celebrar.

Deja atrás el lugar sin volver la vista.

Cuando llega a Saltillo, pide que laven con ácido muriático y agua caliente los vagones de los enfermos y noche tras noche bebe hasta perder el sentido.

Desde hace dos años, desde que empezó en esta ruta, no ha tocado carnalmente a su mujer. No quiere tener un hijo con cola de cochino. En Espinazo, en cuanto cae la tarde y supuestamente refresca el tiempo, vagan aquí y allá, entre el *charco* y el *pirulito*, los habitantes condenados a este tiempo, a esta tierra y a esos enormes males que los aquejan. Tienen la mirada vacía, los rostros ajados por el dolor y el miedo, cargan consigo sus tumores terroríficos, sus miembros inertes, sus niños babeantes, sus frascos y botes de agua bendecida, sus frutas tocadas por la mano de dios.

Caminan sin ton ni son, buscando la redención pero sin destino manifiesto. Son los pobres entre los pobres, el ejército de la nada, los herederos del apocalipsis, los pacientes de Fidencio, del Niño Fidencio, que aquí cura y sana y profesa y da los sacramentos mientras se ríe a carcajadas del mal y de los malos, columpiándose una y otra vez en un vaivén insomne que marea.

Todos vienen por el mismo motivo, en busca de un milagro. Yo, todos los días tengo más y más insomnio y más miedo.

Espinazo es conocido como el Valle del Dolor. Vaya que es cierto.

I

Preguntas y respuestas aparentes

—¿Usted cree en Dios?

Esa pregunta, hecha en mayo de 1927, podía ser todo, excepto ingenua. El que la hacía, detrás de un escritorio de caoba y unos minúsculos lentes de arillo dorados, era mi jefe. El señor Gutiérrez; *Gutiérrez* a secas para la legión de imberbes periodistas que estábamos a sus órdenes. La *plana menor* (como decía él) del diario más importante de la capital mexicana; *la horda*, para los católicos enfurecidos que todas las tardes se manifestaban frente a nuestras oficinas de la avenida Juárez.

Gutiérrez estaba convencido de que la redacción no podía estar en mejor lugar; un periódico liberal, laico, *comecuras* no debía, por ejemplaridad, tener su domicilio en San Juan de Letrán.

Gutiérrez manejaba la sala de redacción como un capitán a su barco, disculparán el símil, pero es lo más cercano que ahora encuentro. Mano firme ante el embate de las olas, pero siempre hábil e inteligente para dar el golpe de timón necesario según los vaivenes, alarmantes vaivenes de la política mexicana y la voluntad incierta de nuestros amados anunciantes sin los cuales no seríamos nada, para llevar la nave a puerto de abrigo, que era sencillamente el pagar a tiempo las quincenas de su tropa.

—¡Conteste, carajo! ¿Cree o no cree en Dios?

Y ante su rabia creciente, saqué mi *latita* y, cruzando una pierna, tranquila, parsimoniosamente, mientras le iban saltando un par de venas conocidas mías en el cuello, me dispuse a liar un cigarrillo con un tabaco supuestamente egipcio recién llegado a La Mascota.

Gutiérrez era el único periodista nacional que había presenciado de cerca los fatales desenlaces de la Decena Trágica. El fusilamiento del señor Madero, vista privilegiada, primera fila de sol desde la azotehuela de la casa de su tía Herminia, que daba a la parte de atrás de Lecumberri, y que fue narrado posteriormente de manera magistral en nuestras páginas. El diario estuvo cerrado tres meses por órdenes del nuevo supremo gobierno y Gutiérrez vivió, escondido, en un burdelito en Mazatlán, hasta donde tuvieron que ir a buscarlo para que volviera después de decretada su amnistía, gracias a los buenos oficios de un recién nombrado ministro de Gobernación, amigo de un amigo.

Todo muy nacional, muy como se hacen las cosas en este rancho.

Gutiérrez estaba perfectamente acomodado a su nueva vida mazatleca, tenía un cuarto enorme decorado con gobelinos de ribetes dorados y una cama con dosel y mosquitero, bastante afrancesada y cursi pero que sin duda debería de ser del gusto de las putas. Una mesita de noche repleta de libros completaba la escena, coronada por una botella de coñac que como por arte de magia, todas las mañanas aparecía llena.

El dueño era un viejo compañero suyo de la División del Norte que con su paga de marcha había abierto con bombo y platillo el local para deleite de una inventada nueva clase política local, proveniente de las degollinas y traiciones y ante el absoluto horror de las damas del puerto.

El día de la apertura, en un arranque de liberalismo sin parangón, *don Jus*, Justino Goicoechea, condecorado coronel de la Revolución, decidió formar la primera cooperativa de putas de la República mexicana. La fiesta duró tres días. Hasta hoy sigue funcionando esa institución modélica y justa, conocida por propios y extraños como la *Cooperativa de la Epidermis*.

Yo sé cosas que no puedo ni quiero contar aquí, pero gracias a las cuales, y sin querer, me convirtieron a ojos de mis compañeros de redacción en una especie de «delfín», de sucesor innato para cuando Gutiérrez se jubilara. Lo cual no sería ni por asomo pronto.

Me seguía mirando enfurecido a través de los lentes de arillo esperando una respuesta concreta que, sabía perfectamente bien, obtendría más temprano que tarde.

—¿Y? —preguntó, abriendo uno de los cajones de su escritorio y sacando una gran caja de puros.

—¿Qué quiere que le conteste? Usted sabe mejor que nadie lo que creo y no creo. En plena revolución de los *mochos*, esa pregunta es bastante comprometedora.

—Por eso se la hago —dijo, mientras encendía un enorme puro tuxtleco que inmediatamente comenzó a llenar de humo denso su oficina. En estos revueltos tiempos conviene saber en lo que uno cree.

Gutiérrez y yo habíamos sostenido más de una conversación acerca de dios y sus representantes en la Tierra, y muy especialmente acerca de sus representantes en México, esa caterva de salvajes ensotanados que tiraban desde el púlpito la piedra y escondían la mano, para sacarla segundos después y con ella administrar las hostias a las viudas y huérfanos de los soldados de Cristo Rey que con su sangre estaban regando gran parte de la geografía nacional. A estas alturas el número de muertos provocados por el conflicto entre las huestes de la Iglesia y el ejército del *Turco* Calles (como lo llaman por la vía pública con malevolencia) podían cifrarse en alrededor de diez mil y esto no tenía para cuándo acabarse.

El 31 de julio de 1926, el presidente Plutarco Elías Calles publicó una ley con la que se instrumentaban medidas penales contra el libre y hasta entonces inmoderado ejercicio del culto católico. Se ordenó el cierre de iglesias y el registro de todos los sacerdotes ante Gobernación; la práctica abierta del ministerio había sido acotada y no se daría enseñanza religiosa en escuelas públicas. La llamada Ley Calles fue clavada en la puerta de todas las iglesias. Fueron expulsados del país ciento ochenta y cinco sacerdotes extranjeros considerados como perniciosos. El clero entró entonces a la guerra pero mandó por delante a sus fieles como carne de cañón.

—Una cosa es creer y la otra, muy diferente, colgarse las cananas y atrincherarse en la reja de Catedral para jugar al tiro al blanco con los federales —dije, intentando encontrar una salida práctica.

—Están muy alebrestados desde la prohibición de celebrar misas y procesiones por las calles. Creen que se están aplastando sus derechos.

—¡Sus derechos! No friegue, Gutiérrez. Sus derechos están dentro de las paredes de los templos y no profesando en las escuelas públicas. ¡Pinches curitas! Deberían tapiar las puertas de las iglesias... Con ellos dentro.

—Ya sabía yo de qué pie cojea, amigo. Y aunque jamás me conteste si cree o no cree en Dios, le voy a hacer un favor, aunque no me lo crea... Me llegó un anónimo donde amenazan con cortarle a usted los pulgares. Creo que es momento de darle una nueva encomienda.

—¿Ahora resulta que nos asustan las amenazas?

—No particularmente, lo que me preocupa es que no tenga dedo para darle al espaciador de la máquina de escribir. Si ya de por sí sólo escribe con tres y lento...

Me quedé callado. Para que Gutiérrez decidiera algo así, quería decir que sus fuentes en presidencia le habían confirmado la gravedad del asunto. Tan sólo una semana antes, la turba cristiana había apedreado en la calle a un periodista de *El Demócrata,* y ahora se debatía entre la vida y la muerte en una clínica donde permanentemente estaban apostados seis policías para impedir que lo remataran.

—¿Ha oído hablar de Espinazo, Nuevo León? Municipio de Mina.

—No. Nunca he pasado de San Luis hacia el norte.

—Bueno, da igual. Allí, en medio del desierto hay un santón del que dicen, hace curas milagrosas con las manos —y comenzó a revolver unos papeles que tenía sobre la mesa.

Lo único que me faltaba, pensé. Él seguía trasegando los papeles. Hasta que encontró una notita de su cuaderno que esgrimió triunfante.

—José Fidencio Constantino Síntora se llama. Nacido en noviembre de 1898 en Irámuco, Guanajuato. No sé más. Bueno, dicen que hace operaciones complicadas con un trozo de vidrio, que cura a los locos y que en una de ésas camina sobre las aguas. Es un gran tema. Justo para usted, que cree pero no cree. Lo llaman el Niño Fidencio.

—En eso no creo, definitivamente. Creo en la ciencia. Curar es una ciencia. Mándeme a donde quiera que yo me dedicaré en cuerpo y alma a demostrar la falsedad de esas supuestas curaciones.

—No se adelante, *amiguito*. No es su misión desenmascarar a nadie. Usted vaya y vea, y cuente lo que vea, que para eso le pagamos. Cuente cómo de la nada se hizo un pueblo. Cómo hay más de diez mil almas en pena esperando ser curadas de las enfermedades más increíbles que existen. Cómo tan sólo el año pasado llegaron alrededor de cinco mil cubanos buscando milagros. Cuente si hay allí un negocio. Cuente qué dicen las autoridades en plena revuelta que tiene en llamas a la mitad del país. Cuente si hay agua, si hay luz. Cuente quién es el tal Fidencio. Pero cuéntelo bien. Cuente si realmente hay alguien curado. Hable con él o con ella o con ellos. Con los curados, se entiende. Cuente si se murió alguno en el intento. Que no le cuenten a usted. Usted vea y cuente. ¿Es periodista, no?

Y sin esperar respuesta señaló hacia la puerta. Lancé la punta del supuesto cigarrillo egipcio a la escupidera de latón de la esquina de la habitación sin atinarle. Abrí el picaporte y, antes de salir, a media voz logré articular un:

—Sí. Soy periodista.

Me mandaba al norte para protegerme, me queda claro. Pero también me mandaba para calarme. Para ver si era capaz de escribir esa gran historia que todos los periodistas andamos buscando.

Me mandaba para ver si en Espinazo, Nuevo León, el culo del mundo, había una historia que merecía ser contada.

Quién se iba a imaginar que el que esto escribe, uno de los reporteros estrella de la capital, amenazado por los soldados de Cristo, invitado perpetuo a saraos, veladas literarias y banquetes, cronista preferido de poetas, directores de cine y magos, decente bailarín, jugador pasable de dominó, ateo convicto y confeso, bravucón y hablador, tirador respetable de pistola, ni siquiera se llama como dice que se llama.

La captación dolorosa

28 de agosto de 1924
CÁMARA DE DIPUTADOS

Me siento en el palco reservado a los periodistas, junto a mí sólo están los compañeros de *El Universal* y *El Demócrata,* los cuales, mientras los diputados sesionan, juegan a las cartas. Ser designado para cubrir la Cámara es considerado por algunos como un castigo, a mí me parece un privilegio fascinante; ya van dos veces que se arma la balacera y en otra ocasión embrearon y emplumaron a un diputado de Tlaxcala por un desacuerdo menor, pero fue divertido y creo que se lo merecía. Me parece un verdadero laboratorio de personas, donde los instintos, todos, buenos y malos, salen a relucir a la menor provocación. Hoy preside Filiberto Gómez. El secretario, en voz alta, afirma a las cinco de la tarde en punto que se abre la sesión con el quórum necesario, hay en la sala ciento cincuenta y un diputados y presuntos diputados. Se procede entonces a un engorroso trámite de validar las elecciones del pasado 6 de julio en una serie de distritos de todo el país. Comienza entonces, al terminar la lectura de actas, una discusión entre los diputados José Aguilar y Maya y Antonio Díaz Soto y Gama acerca del triunfo «cuestionable», en Guanajuato, de un diputado muy conservador apellidado Flores, que aquí se transcribe literalmente ya que estuve presente y que, además, me fue proporcionado por la mecanógrafa de la Cámara, que es amiga. Para los efectos a que haya lugar o futuros artículos sobre el tema.

El C. Aguilar y Maya:

En los periódicos de la Confederación de Partidos Revolucionarios Guanajuatenses, se estampaba en primera plana la planilla de todos los candidatos sostenidos por esa misma Confederación, y entre ellos estaba el ciudadano Guerra. De manera que mal podía hacerse pasar como no callista, o como callista vergonzante. Tengo entendido que los votos obtenidos por este medio y en general todos los votos obtenidos por los candidatos conservadores, por los candidatos reaccionarios, o bien por aquellos candidatos que ocultan dolosamente su revolucionarismo, son nulos; y son nulos no solamente conforme al criterio político, sino también conforme al criterio legal.

Yo equiparo estos votos obtenidos por este medio, a eso que he oído decir que en Derecho Civil se llama la captación dolorosa. No se pueden considerar como válidos esos votos, porque son fruto de una presión, de una presión mil veces más terrible que la presión militar, más terrible que la presión oficial: presión religiosa.

Porque si bien es cierto que no entra de por medio aparentemente ninguna fuerza brutal, hay en el fondo algo más irresistible, algo más tremendo, más brutal: la presión que se hace sobre las conciencias. Por esta razón yo creo que no hay ninguna violación al sufragio cuando se descuentan votos que se comprueba fueron obtenidos por ese medio.

El C. Díaz Soto y Gama, interrumpiendo:

¿Me permite una interpelación, compañero?

El C. Aguilar y Maya:

Cuando termine, señor licenciado Soto y Gama. Como soy absolutamente nuevo en esta clase de asuntos...

El C. Díaz Soto y Gama:

Pero es usted lo suficientemente verboso para poderme contestar.

El C. Aguilar y Maya:

Yo le suplicaría que fuera al final, compañero.

El C. Díaz Soto y Gama:

Muy bien, compañero; la presión religiosa, ¿no?

El C. Aguilar y Maya, continuando:

Decía yo que ayer que oí hablar al señor Morones, al señor Arias y a otros muy distinguidos miembros de esta Asamblea sobre el socialismo y sobre todas estas nuevas doctrinas, me causó alguna extrañeza que no hubiera hablado del punto fundamental de ellas, de la división que hay entre la escuela individualista, o sea la llamada escuela liberal, y la escuela socialista. Yo creo que la escuela individualista radica esencialmente en el principio liberal, que cada quien haga lo que le plazca, a diferencia de la escuela socialista, que exige que el individuo no haga lo que le da la gana, sino aquello que conviene a la sociedad. Basándonos en ese principio, en el principio socialista, yo creo que a la Representación Nacional no le conviene tener dentro de ella un individuo que no está identificado con las necesidades sociales. Ese punto lo resolverá la minoría. Ahora bien; yo sólo pido a los miembros del Bloque Confederado que se apruebe este dictamen, porque extraña la voluntad regional de los verdaderos revolucionarios; a los legalistas, porque creo que la ley se ha aplicado estrictamente, nulificándose los votos obtenidos por medios indecorosos; y a los revolucionarios, porque no es precisamente un revolucionario el que ha estado dentro de sus filas.

[Aplausos].

El C. Díaz Soto y Gama:

¿Me permite la presidencia? Yo quisiera que el compañero, que con esa sabrosa verbosidad de hombre sano nos ha entretenido un buen rato, con esa sinceridad que ha demostrado en el breve análisis que ha hecho de algunos casos, nos dijera si quiere aplicar ese mismo criterio a un presunto diputado llamado Benjamín Méndez, que se puso al frente de una de las porras en Dolores Hidalgo, las cuales porras gritaron: «¡Viva Cristo-Rey!», para interrumpir a Aurelio Manrique, quien me lo ha referido. Aurelio Manrique es un hombre veraz y no me podría engañar. Yo quisiera que el compañero, con la misma sinceridad, nos dijese si cree que ese señor es o no un reaccionario. Los datos que tengo son los siguientes:

«Tres sacerdotes católicos, el padre Villegas, el cura de San Marcos y el de Los Rodríguez, dedicáronse durante varios días a recorrer el distrito electoral, amedrentado gente para que no votase por Calles ni por mí; estos curas tuvieron el cinismo de atacarnos públicamente en capillas de rancherías, predicando al mismo tiempo a favor del candidato Méndez».

Parece que ésta es la presión religiosa que describía tan pintorescamente el compañero.

Los curas salían a la vía pública a evitar que se votara por Calles y por los entenados de Calles, los hombres que habían hecho la Revolución; la *captación dolorosa* que tan bien describe José Aguilar y Maya empezaba a funcionar. Yo venía de un lugar donde los curas no tenían que hacer proselitismo porque eran el poder de facto y ellos hacían triunfar o no a un candidato determinado previamente. Terminada la sesión fuimos a tomar una copa con unas tiples del Savoy. Pero no voy a contar lo que pasó esa noche.

II

Mi amigo Tom Mix

Nacer en el primer minuto del inicio de un nuevo siglo se convierte inmediatamente en un estigma. Y más si uno piensa que ese nuevo siglo es el profetizado incansablemente como el de los descubrimientos y la ciencia. Mi acta de nacimiento, firmada por el secretario Juan Carlos Valdez el 3 de enero de 1900 (estaba tan borracho los dos días anteriores que ni siquiera se paró por el Palacio Municipal) en el puerto de Acapulco, hace constar solemnemente que mis padres presentaron vivo a un niño al que pusieron dos nombres de héroes nacionales. Dos referentes obligados que mi padre, un estibador del muelle, tenía como sinónimos de justicia y libertad en un pueblo donde éstas brillaban por su ausencia.

A los cinco años de edad, preocupado porque yo no hablaba, mi padre me llevó hasta Chilpancingo a la consulta del famosísimo doctor Pérez Miranda, gastando en la aventura los pocos ahorros que se atesoraban bajo la pata de la cabecera de latón repujado de la cama que alguna vez fue de mi abuela. Esa cama, donde dormíamos los tres, era el único lujo de una casa de una sola estancia, de piso de tierra, construida a trompicones en la ladera de un cerro que da a la bahía de Acapulco.

El doctor Pérez Miranda, recuerdo perfectamente, era calvo como una bola de billar. Me miraba a los ojos y me hacía sacar la lengua, me ponía un aparato enorme en los oídos, una especie de trompeta de madera que se ensanchaba paulatinamente desde su base, oído por oído, una y otra vez, mientras decía frases raras por el otro extremo y que yo escuchaba agrandadas y graves desde la mesa en la que me habían obligado a sentarme para ser auscultado.

—Niño. ¿Estás ahí?

Y yo no podía parar de reírme de sólo pensar que ese hombre calvo pudiera creer que estaba en otro lado.

—No tiene nada. Está perfectamente sano.

—¿Y por qué no habla? —preguntaba mi padre, incómodo dentro de su camisa manchada con aceite y su barba de tres días en la cara, contrastando dramáticamente en un consultorio blanquísimo, inmaculado, donde todo olía a desinfectante y a colonia cara traída en uno de los barcos que mi padre descargaba los siete días de la semana, las cincuenta y dos semanas del año, todos los años, para poner sobre la mesa el arroz, el pescado y los frijoles; para poder fumarse un cigarro una vez cada tanto; para pagar el terreno que todos los días, según las cuentas del gachupín, dueño de medio cerro, era más caro.

—No habla porque no se le da la gana —dijo Pérez Miranda, guardando el estetoscopio en una caja de ébano con grabados dorados que representaban una noche de luna en el desierto de la remota Arabia, con su caballo blanco, su bella doncella, su palmera y su oasis. Lo recuerdo como si hubiera sido ayer.

Mi padre me miraba fijamente a los ojos, mientras los suyos se iban haciendo agua. Pagar tres pesos para que le digan a uno que el niño no habla por vago es motivo suficiente para cometer infanticidio. Dio las gracias muy educadamente, pagó con tres billetes raídos y sudados a una señorita vestida de blanco que esperaba con la mano extendida en el corredor, me tomó de la mano y enfiló hacia la salida.

Y anduvimos. Sin parar durante tres días, por el camino real y a ratos por montes y barrancas, sólo deteniéndonos a dormir unas horas cada noche, los más de ochenta kilómetros que hay hasta el puerto. No abrió la boca durante todo el recorrido, me daba agua de un guaje que colgaba de su hombro y trozos de iguana que bajaba de los árboles con una honda que manejaba con una destreza inigualable; trozos tostados a la orilla del camino en improvisadas fogatas.

Al tercer día, con el mar adivinándose apenas en el horizonte, me contó cómo fue que yo abrí la boca por primera vez en mi vida.

—¿No hay pollo? —dice que dije.

Y que en vez de darme una golpiza, que hubiera sido lo conducente, se echó a reír a carcajadas. De allí vino mi apodo de infancia y juventud, *el Pollo*. Un sobrenombre que hoy no queda en ninguna memoria. Todos los que alguna vez lo dijeron, están muertos. Unos de muerte natural y los más, producto de la *bola*, otros a causa de la miseria y las enfermedades: «altos niveles de plomo en la sangre», se reía un gobernador con su propio chiste refiriéndose al material con el que estaban hechas las balas. Cinco años sin hablar son muchos años. Me he recuperado de entonces a la fecha de una manera más que notable.

Los siguientes años fueron dulces y calurosos a partes iguales. Aprendí a pescar con sedal y anzuelo a la sombra de los grandes barcos mercantes, a bajar mangos a pedradas sin malograrlos, a fumar a escondidas, a espiar a las nuevas vecinas cuando lavaban la ropa en el río Papagayo y, sobre todo, aprendí lo más importante del mundo: que había un invento maravilloso llamado cinematógrafo.

El Salón Rojo del puerto de Acapulco era el paraíso.

Por cinco centavos podías ver una función doble desde el galerón. Pero yo, sin dudarlo, hubiera pagado hasta veinte, los mismos que cotidianamente sacaba por hacer mandados en la plaza del mercado con tal de poder admirar una sola película de Tom Mix y su caballo *Tony*.

La primera vez que lo vi, disparó hacia un público sobrecogido que dio, en conjunto, un pequeño respingo en sus asientos, y me quedé, de él, prendado para siempre. Tom Mix podía lazar vacas y toros *cuernoslargos*, capturar forajidos, montar a pelo, huir o enfrentarse a los indios, salvar a rubias de manos del villano, derribar bisontes, subir desde el caballo hasta un ferrocarril en marcha, siempre sin que se moviera un ápice su enorme sombrero blanco. Vi todas las pequeñas películas de diez minutos que desde el año 1914 se presentaron en el puerto, con todo y balazos dentro de la propia sala, disparados alegremente al aire por los revolucionarios acantonados en Acapulco y que emocionados hasta las lágrimas iban por primera vez en su vida a un cine.

En marzo de 1915, cobijado por la sombra protectora de Mix, en la parte trasera y más oscura del Salón Rojo, besé por primera vez a una mujer, una adolescente como yo de la que no recuerdo su nombre, contraviniendo la máxima que dice que el primer amor nunca se olvida. Desde entonces he cultivado ese hábito. Ahora voy dos veces a la presentación de la misma cinta. Una solo y una acompañado. No podría decir cuál de las dos veces es mejor. El cine y los besos son categorías diferentes. Los besos con cine siempre saben diferente. El cine, al final de cuentas, tal vez sea mejor que la vida, como bien dijo Emilio, mi amigo, que de eso sabía rato largo.

Así, una vez a la semana, los viernes, me ponía en la cola del Salón Rojo como quien va a la catedral por indulgencias. Ansioso, lleno de esperanzas, con una electricidad insistente que bajaba por la columna vertebral y un pez inquieto en el bolsillo que contaba y recontaba una a una las monedas que servían para franquear las puertas que llevan a la inmortalidad.

Desde el verano de 1916 y gracias a la recomendación de mi padrino Domingo, fui admitido formalmente en la Liga de Trabajadores a Bordo de los Barcos y Tierra; el sindicato fundado por Juan Ranulfo Escudero, ese alto acapulqueño, de bigote engominado y mirada quebradiza, que había logrado, junto con un puñado de trabajadores, entre ellos mi padre, conseguir jornadas de ocho horas de trabajo, el descanso dominical, pago a la semana y protección contra accidentes. Escudero tenía hormigas en los pantalones, los gachupines, dueños de casi todas las tiendas comerciales del puerto, lo odiaban a muerte y lo miraban con una mezcla de temor y desprecio mientras arengaba a estibadores, pescadores y prostitutas en busca de mejores condiciones de vida. Escudero era para ellos el *Bolsheviqui*, al igual que los rusos con raras ideas sobre los pobres y los ricos; era considerado un satánico personaje que pretendía hacer una revolución roja en un país donde acababa de terminar apenas una.

Los comerciantes hispanos usaron todas sus malas influencias y convencieron al jefe militar de la zona, Silvestre Mariscal, de que expulsara a Escudero de Acapulco por revoltoso. Casi tres años después de ese exilio involuntario que le sirvió para aprender muchas cosas, regresaría con más bríos y con una gran idea en la cabeza.

Fue en los primeros días de enero de 1919. Algunos dicen que era Eddy Polo el que estaba en pantalla; yo sé a ciencia cierta que era Tom Mix, lo recuerdo como si hubiera sido ayer. Tuve la oportunidad esa tarde de besar seis veces a Marta, la hija de don Fausto, el jefe de bomberos. En cuanto terminó la película y empezaron a encenderse las luces en el Salón Rojo, la voz gruesa y potente de Escudero se escuchó desde una de las plateas, como si de un trueno se tratara:

—¡Acapulco no es de los gachupines explotadores! Acapulco es de todos, los estibadores, los empleados, los pescadores, los prácticos del muelle, las mujeres de la vida galante...

Sostenía en la mano izquierda su sombrero, muy pegado a la pierna. Un bombín negro que le quedaba pequeño. La derecha daba golpes en el aire como si con ella quisiera meter en la cabeza de los allí reunidos toda la rabia contenida por años. El cine lleno, estupefacto, lo miraba mientras subía cada vez más el tono de su voz.

Y Escudero desgranaba agravios como quien desgrana una mazorca.

Los dueños del cine, españoles ambos, Maximino y Luciano San Millán, se sintieron rápidamente aludidos y mandaron traer a los policías de la garita que estaba tan sólo a unos pasos.

—Convoco a todos los aquí reunidos, a todos los habitantes justos y nobles de Acapulco, a fundar un partido político de los trabajadores y para los trabajadores —decía Escudero a gritos entre una salva de aplausos que estalló espontáneamente.

Lo demás es historia. Veinte uniformados irrumpieron en el salón con la intención de llevárselo a la comandancia por alterar el orden público, y el cine entero, hombres, mujeres y niños pusieron sus cuerpos como parapeto para que pudiera escapar por detrás del telón. Yo ya era un sindicalista con casi tres años de formación práctica y política, un «veterano». Hice lo propio.

Conservo con orgullo la cicatriz de mi primer garrotazo en la cabeza y la fragancia del cabello de Marta en la nariz.

Con Tom Mix como testigo involuntario, nació allí mismo el Partido Obrero de Acapulco, el POA, el cual cuajaría un mes después, el 7 de febrero, en el número 25 de la calle Cinco de Mayo con un puñado de hombres que tenían un poco menos de miedo que los demás, entre los que estaban los hermanos de Juan; Francisco y Felipe, dos herreros, tres estibadores, un zapatero, un ebanista, el poeta y funcionario del juzgado, Lamberto Chávez, el jovencísimo Alejandro Gómez Maganda, mi padre y yo mismo, que pensaba y sigo pensando aún ahora, que ese hombre que gritaba en la platea del Salón Rojo, con su metro ochenta, bigote poblado, bombín negro, grandes patillas y pelo rizado, no era menos que un héroe.

Acapulco estaba en manos de un grupo de oscuros comerciantes españoles que se habían hecho de oro con la complacencia de autoridades civiles, militares y religiosas. Explotadores que obligaban a descargar barcos mercantes de sol a sol por paga miserable y dueños de todas las tiendas de ultramarinos y avituallamiento del puerto que daban o quitaban crédito a conveniencia y entenderes.

Las pocas veces que se levantaba una voz en señal de protesta, no era difícil que a la mañana siguiente el dueño de la misma apareciera con un tiro en la cabeza por el rumbo de la playa de Caleta con los ojos mordidos por los peces.

Eran los dueños de todo desde que la nao de Manila apareció por primera vez en la bocana. Con una mano repartían *cochupos* y prebendas y con la otra se santiguaban en la catedral todos los domingos sin falta.

Pocos podrían decir que Acapulco era un paraíso. Más bien el purgatorio.

III

Bienaventurados los lectores...

La salud de mi padre por entonces ya estaba quebrada; fuertes dolores de espalda lo tenían postrado en cama y ni los fomentos de árnica ni las friegas con mariguana costeña mitigaban su sufrimiento. Tantos años estibando cajas lo habían malogrado. La Liga había realizado una colecta entre sus agremiados, y envueltos en un paliacate le habían dado los más de cien pesos juntados, que se fueron como agua entre consultas y comida. Cien pesos que valían como un millón por lo que significaban. Mi padre se fue volviendo más y más como un pájaro, asustadizo, pequeño, con el corazón brincándole en el pecho y las manos temblando como ramas frente al huracán.

Había iniciado el camino hacia ese lugar de donde nadie regresa, absolutamente asombrado. No se quería morir porque no le tocaba y miraba a su alrededor descubriendo y redescubriendo cosas que le sirvieran como asidero a la vida terrenal; un nido de golondrinas en el quicio de la ventana, el parpadeo de las gotas de rocío cayendo de los mangles, el sabor de la sal, la risa de las niñas, la perfecta trenza negra y lustrosa de su mujer, el sonido del trueno, el resplandor del rayo, el sol escapándose por la línea del mar.

Empezó a leer desesperado, como queriendo recuperar los años perdidos bajo la carga de barcos con banderas de colores indescifrables y nombres imposibles.

Quería saber lo que no sabía, viajar lo que no había viajado, amar a todas las otras que no conocía y batirse en duelo con el mayor número posible de malandrines del mundo, para vengar la afrenta del escarnio de su condición de paria en un pueblo y un país donde los pobres son la hez de la tierra.

Escudero me dio tres cajones con libros que no me atreví a preguntar de dónde habían salido y yo los abrí, después de acarrearlos en una mula prestada, sobre el piso de tierra de nuestra casa, frente a la insondable presencia de la cama de cabecera de latón, como quien abre el cofre de la isla del tesoro. Mi padre estiraba el cuello como tortuga, e intentaba ver de cerca los prodigios. Fui acomodando por la habitación los volúmenes sin orden ni concierto hasta que quedó repleto de maravillas y el olor del papel y la tinta envolviéndolo todo como un bálsamo.

—Hay más libros que estrellas —dijo, mientras los ojos se le iban hundiendo en las cuencas, con la certeza de que en su caso no había más tiempo que vida y pensando en todo lo que jamás podría averiguar.

Un par de semanas más tarde, después de muchos mosqueteros y princesas y batallas sangrientas y tigres de Bengala, dejó por un momento el libro que había devorado durante toda la mañana en el regazo y me miró como quien mira por primera vez una cumbre nevada habiendo nacido en el más jodido de los desiertos. Yo estaba sentado en un cajón de mangos verdes que había traído de regalo la prima Arcelia, leyendo de puro acompañante voluntario y solidario.

—¿Qué pasa si dios me pregunta cosas que no sepa? —preguntó desde la cama en un momento de debilidad y ante la sabida cercanía de su fin. Él, que se resistía a ir a misa a acompañar a mi madre argumentando que los curas eran todos unos sinvergüenzas.

—No se preocupe, Dios no es como los maestros de la escuela. No hay examen para entrar al Cielo. Con que usted esté en paz con Él, es suficiente —dijo su mujer, asomándose por la puerta y detrás de su crucifijo y sus días de colegio de monjas pobres pero dignas y sus golpes de pecho y sus corazones sangrantes en la pared y sus estampas de santos por todos los rincones de la casa.

Quise intervenir pero un súbito ataque de prudencia me invadió, evitando así una larga y estéril discusión acerca de los papeles necesarios para franquear las puertas que supuestamente protege el portero celestial.

Escudero y sus escasas huestes, yo incluido, empezamos entonces, en esos calurosos y aciagos días en que una epidemia de malaria azotaba al puerto y la quinina, que escaseaba, se vendía bajo mano y a precio de oro, a preparar con el Partido Obrero de Acapulco, los trabajos para la elección de presidente municipal. El candidato sería el propio Juan Ranulfo, por decisión unánime, y sus encendidos discursos se fueron escuchando sin descanso en cantinas, rancherías, muelles, burdeles, plazas y playas por igual. Cada mañana amanecíamos con una sorpresa.

—¡Se unieron los estibadores de Pichilingue! —gritaba Gómez Maganda a voz en cuello mientras repartía ejemplares de *Regeneración*, el hijo menor, tropicalizado, del mítico periódico fundado por los Flores Magón y que se hacía orgullosamente en el propio puerto.

Acapulco empezaba a darse cuenta de que tenía voz y que no necesariamente hablaba con la *zeta*.

Mi padre seguía devorando estrellas a una velocidad sorprendente. Se consumía lenta pero gloriosamente en un júbilo de letras y puntos y comas y exclamaciones heroicas y viajaba rozando la rosa de los vientos sin ni siquiera tener que moverse de su cama.

—¿Qué quiere decir *nauseabundo*? —me preguntaba desde su celda de sábanas raídas.

—Asqueroso, quiere decir asqueroso —decía yo consultando el diccionario astrado y deshojado después de tanta revisión.

—Pues eso. Precisamente eso son el juez, los dueños de las tiendas de ultramarinos, el jefe militar, los consignatarios de buques mercantes y por supuesto el hijo de puta del presidente municipal. Aah, también el cantinero de La Estrella.

¡Nauseabundos!

—¿Y ése por qué? —pregunté candorosamente.

—Ése porque nunca fía. ¡Que se pudra en el infierno!

Atardecía, mi madre había ido a no sé dónde a ver a no sé quién. Yo tenía en las manos *Ivanhoe,* estaba de espaldas a la ventana que da al cerro. Se me cayó al suelo la novela. Me agaché. Escuché un ruido como de rama rota, un ruido lejano, un ruido indescifrable como son casi todos los ruidos de la selva. Al incorporarme vi a mi padre con la cabeza apoyada contra las almohadas, los ojos cerrados y una rosa roja enorme en medio del pecho, una rosa de sangre que iba creciendo al mismo tiempo que mis ojos.

Nunca me quedó muy claro si lo querían matar a él o a mí, a los dos o a todos los acapulqueños libres y escuderistas de hueso colorado. El crujido, ahora lo sé, provino de una carabina 30-30 disparada a unos cincuenta metros, desde detrás de una piedra enorme donde encontramos un par de colillas y una botella vacía de ron. Murió instantáneamente, con un libro en las manos y el corazón y el alma vagando por tierras ignotas. Ahora, cada vez que cierro los ojos, lo veo claramente.

Dos certezas viven conmigo desde entonces, las dos tienen que ver con ese instante en que me agaché a recoger el libro de Walter Scott. Dios no existe, como ya sabía, pero se volvió incluso más certeza, y la literatura salva.

El ataúd con sus restos fue llevado en los hombros de seis de sus más viejos compañeros, acostumbrados a cargas más pesadas, desde el cerro hasta el panteón municipal de Acapulco recorriendo la mayor parte de la ciudad. Escudero iba entre mi madre y yo sin decir una palabra, abriendo la marcha. Una procesión silenciosa a la que fueron sumándose los mejores seres de esa tierra conforme iba avanzando: los desposeídos, los traicionados, los que soñaban sueños pequeñitos; la *escoria* para los dueños del puerto, ángeles laicos y vengadores para mí. Los buenos.

En el entierro no hubo discursos, ni coronas, ni llantos, ni curas, por supuesto. Con una mano que sacó su impulso desde el fondo de los tiempos, impedí, tal vez un poco violentamente, que mi madre se persignara en frente de todos. Fue la última vez que la vi. Se quedó quieta como estatua de sal, seguramente pensando que había criado a un hereje que se juntaba con herejes. Después del entierro se fue para siempre, con sus tres cositas envueltas en un rebozo a vivir con una prima en Jalisco. La cama la malvendí a un chino algunos meses más tarde.

Cientos de lenguas amarradas despedían a uno de los suyos. Cuando la última palada de tierra cayó sobre la caja, juré en silencio que su muerte no quedaría impune. Desde entonces hubo mucho plomo, mucho cuchillo, mucha sangre en el camino que llega hasta este día en que ya no soy el que era, en que ya no me llamo como me llamaba, en que ya no veo el mundo como solía ser. Sólo conservo firmes mis dos absolutas certezas y un sabor penetrante a muerte entre los labios que no se quita ni con bicarbonato ni con besos de mujer.

La rebeldía

Primero de septiembre de 1925
CÁMARA DE DIPUTADOS

Preside el diputado Ezequiel Padilla.
Se toma asistencia y están presentes cuarenta ciudadanos senadores y ciento treinta y cinco ciudadanos diputados y presuntos diputados. A las diecisiete quince horas se abre la sesión.

El C. secretario Cerisola:
Se suplica a los ciudadanos senadores y diputados, así como a los asistentes a tribunas y galerías, se sirvan poner de pie.

El C. presidente Padilla:
El XXXI Congreso de los Estados Unidos Mexicanos abre hoy, primero de septiembre de 1925, el período ordinario de su segundo año de sesiones.

Informe de Gobernación: Todos los credos religiosos son igualmente respetables para el Gobierno, y a todos otorga por igual sus garantías. Pero al mismo

43

tiempo exige de las personas que los profesan el estricto acatamiento a las leyes y el más amplio respeto a la tranquilidad y al orden públicos. Por eso, cuando los católicos, apostólicos mexicanos, arbitrariamente se apoderaron del templo de la Soledad, de esta capital, que tenía bajo su cuidado el Clero católico, apostólico, romano, para el ejercicio de su ministerio, atacando, de esta manera, la libertad de cultos y disponiendo de bienes pertenecientes a la nación, sin llenar los requisitos de ley, el Ejecutivo que tiene la obligación ineludible de hacer guardar las leyes y mantener el respeto a las instituciones, no pudo tolerar el atentado.

Mas como, por otra parte, el Clero católico, apostólico, romano, manifestó abiertamente su rebeldía a los mandamientos constitucionales y su menosprecio a la autoridad, excitando a los creyentes a tomarse justicia por su mano, provocando un motín, y expresó, por boca de alguno de sus miembros prominentes, que no reconocía la propiedad de la nación, representada por el Gobierno federal, sobre los templos, ni el derecho que la autoridad civil tiene para reglamentar el ejercicio de los actos del culto público, el Ejecutivo federal, firmemente decidido a mantener a cualquier precio el imperio de la Constitución y el debido acatamiento a las autoridades, en uso de la facultad que le otorga el artículo 130 constitucional y de acuerdo con lo preceptuado en el 27 de la misma ley, retiró del culto el templo de la Soledad.

Poco después la llamada Liga de Defensa Religiosa lanzó un manifiesto, encaminado a excitar el sentimiento religioso. El manifiesto abunda en expresiones violentas e irrespetuosas para la Carta Fundamental de la República y para las autoridades legítimas, y sus autores demuestran a las claras el propósito de constituir una agrupación religiosa, con programa de acción política y tendencias francamente subversivas. El artículo 130 de la Ley Fundamental prohíbe la existencia y funcionamiento de agrupaciones políticas de esa naturaleza, por lo que la Secretaría de Gobernación, cumpliendo un acuerdo del Ejecutivo, giró a los ciudadanos gobernadores de los Estados, la circular de 24 de marzo último, recomendándoles que dictaran las medidas oportunas para evitar que, dentro de la jurisdicción, se cometiera la infracción constitucional de que se viene hablando; y dos días después, la misma Secretaría giró una circular telegráfica a los mencionados funcionarios, encareciéndoles que hicieran cumplir lo dispuesto por el citado artículo 130, que ordena que sólo los mexicanos por nacimiento pueden ejercer en la República el ministerio de cualquier culto, y que prohíbe que los ministros de los cultos hagan en reunión, pública o privada, constituida en junta, o en los actos de culto o de propaganda, crítica de las leyes fundamentales del país, de las autoridades en particular, o en general del Gobierno. El primer brote subversivo de la excitativa a la acción hecha a los católicos en el manifiesto de la Liga de Defensa Religiosa fue el sangriento motín de Aguascalientes, de 28 de marzo retropróximo.

Los escandalosos hechos de Aguascalientes revelaron, de una manera indubitable, que la casa cural y el templo de San Marcos, que debían estar destinados exclusivamente al culto de la Iglesia católica, fueron aprovechados para actos de propaganda política y para organizar manifestaciones religiosas contra las instituciones y las autoridades, hasta degenerar en el tumulto.

Como esa conducta ilegal de los encargados del templo desnaturalizaba por completo el objeto a que éste debía estar dedicado, violaba las leyes fundamentales del país y constituía una grave amenaza para la tranquilidad pública, el Ejecutivo dispuso que fuera retirado del servicio del culto. Cuando los miembros de una Iglesia, de manera respetuosa y en forma legal, solicitan el auxilio de las autoridades para la defensa de sus derechos religiosos, sus solicitudes son atendidas; y así, por orden del propio Ejecutivo, fueron mandados entregar al obispo católico de Tabasco el templo parroquial y otra capilla que se encontraba en poder de elementos que se habían apoderado de ellos sin derecho; y se han girado órdenes para reintegrar al público católico romano otros templos que habían sido substraídos arbitrariamente de ese objeto.

El Ejecutivo tiene obligación de respetar las leyes y de hacerlas cumplir, y no tolerará que las que reglamentan el ejercicio de los cultos se infrinjan, so pretexto de que quienes lo hacen obran impulsados por los dictados de su conciencia. En materia de cultos, su línea de conducta ha sido y será: respetar todos los credos religiosos; pero exigir invariablemente respeto a las leyes y a las autoridades.

Al hacer caso omiso de estas y otras disposiciones constitucionales, empezó la guerra. Una guerra que muchos años después sería conocida como la Cristiada.

IV

Médulas que han gloriosamente ardido

Salí a la calle después de la conversación con Gutiérrez, con la absurda sensación de que me estaban quitando del camino, y al mismo tiempo que el destino, o un tío bueno de esos que dan regalos grandes de Navidad, me ponía en otro, más emocionante.

En Acapulco conocí, siendo un niño, a un indio comanche; decía ser hijo del jefe de una tribu masacrada en un lugar llamado Wounded Knee, «Rodilla herida». El caso es que por extraños motivos, aderezado con la manida historia de un barco de Nueva Orleans que había perdido el rumbo, recaló en el puerto de Acapulco con una pluma de águila calva como única pertenencia y se ganaba desde entonces la vida lanzando cuchillos contra una tlaxcalteca bastante puta, vestida de apache de *vaudeville*, que daba gritos supuestamente estremecedores cada vez que una de las hojas perforaba la tabla de madera en un barracón de feria a la altura de la Playa de Hornos.

Oso Gris se llamaba a sí mismo, *Comanche* a secas lo llamábamos el resto. Tiraba los cuchillos contra la dama dos veces al día, a las seis de la tarde y a las ocho de la noche, y en cuanto terminaba de agradecer, circunspecto, los aplausos, escasos aplausos de los pocos que se atrevían a andar por esos rumbos, bebía ginebra holandesa Bols hasta perder el sentido.

Algunas veces lo acompañé mientras el destilado de enebro le entraba por el gaznate y le atería el cerebro y las manos; miraba fijamente el danzar de las llamas de la fogata hecha con cocos secos y de vez en cuando lloraba quedamente. No se le conocía mujer ni amigos ni papeles. A veces hablaba en su lengua incomprensible y se quedaba horas siguiendo el trayecto de la luna sobre el cielo hasta que amanecía.

Una de esas ocasiones, en lugar de mirar la fogata o la luna, me miró a mí, que estaba distraído con el chisporroteo de los cocos encendidos. Me apuntó con un dedo de uña larga y sucia proveniente de una mano igualmente sucia y llena de venas saltonas y verdosas y me dijo: ¡Salta!

Me quedé petrificado, sin saber si me estaba pidiendo que de verdad saltara. Me pareció la orden más ridícula que había recibido en toda mi vida. Él seguía sosteniendo el dedo tembloroso a la altura de mis ojos. Me fui incorporando lentamente para hacerle caso, temeroso de la imperante orden que había ladrado unos segundos antes, cuando con el mismo dedo señaló la arena en la que estábamos sentados.

—¡Salta! Tarde o temprano encontrarás el suelo.

—¿Qué quieres decir? —balbuceé.

—Eso. Que te atrevas, que no te quedes siempre pegado en el piso. Que nada te lo impida. ¡Salta!

Y sin más, volvió a la botella y a abstraerse con el danzar de las llamas.

Caminando por avenida Juárez, a las dos de la tarde de un principio de junio, ante el azoro de un lustrabotas, dos señoritas de colegio uniformadas y un vendedor de panela, recordando la orden que ahora me parecía la mejor sugerencia del mundo, salté.

Salté, dejando atrás lo hasta entonces vivido, liberándome de todas las amarras terrestres, olvidando amores, sabores, sueños pero no agravios. Salté lo más alto que pude mientras sonreía.

Al caer estaba cargando una maleta con la mano izquierda y con la derecha el estuche de la máquina de escribir Underwood ligera (seis kilos) y una resma de papel; un macuto a la espalda con sábanas, manta, una pequeña pistola calibre .22, dos libras de tabaco y papel de fumar, una cantimplora en bandolera llena de ron jamaicano, un salacot de Tardán en la cabeza («De Sonora a Yucatán, se usan sombreros Tardán»). Caminaba hacia la estación de tranvías de Indianilla sin mirar hacia atrás, con el corazón acelerado y las orejas calientes. Iba rumbo al tren que debía depositarme en Espinazo, Nuevo León, territorio del tal Fidencio que decían que curaba sin medicina.

No dejaba nada porque nada tenía. Nadie a quien extrañar ni nada que desear. Me sentía un poco como la tortuga que carga con la casa a cuestas. Tal vez lo único duro era saber que en mi destino no habría ni un solo cine a cientos de kilómetros a la redonda, por lo que le dije a mi cabeza que recordara bien, que no olvidara cada cuadro, cada disparo, cada beso y abrazo, cada caída de pestañas, cada minúsculo momento en que fui realmente feliz en un cinematógrafo.

Andaba yo en estas ensoñaciones cuando algo duro presionó contra mis riñones; algo que se quería encajar en mi cuerpo como una pieza de relojería, mientras una voz neutra, sin acento aparente, me decía al oído: «¡Métete a ese zaguán, rapidito, cabrón!» Por supuesto hice caso, a sabiendas que me encañonaba una pistola. Minutos después, como ameritan estos casos, me encontraba atado de pies y manos contra la más incómoda de las sillas, estilo Segundo Imperio, en un cuarto vacío y lleno de humedades. Frente a mí, tres personajes bien vestidos, uno de ellos con indiscutible leontina de oro, embozados con paliacates rojos nuevos, con el pliegue evidentemente marcado sobre el puente de las narices de las caras que pretendían ocultar. Los tres mostrando sus atributos; una .45 negra y reluciente, una .38 con cachas nacaradas y el más humilde, un machete mellado de enormes proporciones.

No los había visto en mi vida, imposible reconocerlos, pero para mis adentros y para efectos de esta narración los fui identificando como *Machete*, *Cachas* y *Leontina*; este último era el que llevaba la voz cantante.

—¿Sabe que los ateos se van al Infierno? —dijo Leontina poniéndome la pistola en medio de la frente.

—Malas noticias, los ateos tampoco creemos en el infierno —intenté aparentar calma, pero temiendo que el temblor incesante de mis rodillas me delatara. Un sonoro bofetón logró ponerme justo en medio de la realidad.

—No sea chistosito. Conteste. ¿Sabe o no sabe? —intervino Machete.

Dudé un instante. Me emparejaron con un nuevo golpe, como a Jesús, en la otra mejilla. La cosa se estaba poniendo seria. Empecé a pensar que no saldría vivo de allí.

—Escoge —escupió Cachas—. ¿Pulgares o nariz?

La guerra que estaba en curso se estaba caracterizando por el salvajismo de sus contendientes; unos más que otros, es cierto. Pero unos tenían aliados poderosísimos e invisibles, el Espíritu Santo, la Divina Providencia, la Santísima Trinidad, la Sagrada Familia, las Ánimas del Purgatorio y un largo etcétera de ángeles, arcángeles, furias, querubines, serafines, todos armados hasta los dientes. Así no había forma de perder. O por lo menos es lo que ellos pensaban.

Se cortaban pulgares, orejas, cabezas, narices, se herraban personas como si fuesen caballos, se colgaba, quemaba, desollaba, se sacaban ojos, se cortaban cabelleras con cuero incluido, se crucificaba. Estábamos viviendo tiempos oscuros.

Por lo tanto, la amenaza proferida segundos antes no sólo tenía sentido, era tan real como la horrorosa silla en la que estaba amarrado.

—Ustedes deben estar equivocados. No soy el que buscan —intenté revirar. No tenía ninguna gana de ser un héroe.

—¿No es usted el que anda diciendo que nuestra Santa Madre Iglesia está equivocada? —aseveró Cachas con voz que parecía venir de las profundidades de un caverna, mientras con la mano sin pistola sacaba un cuchillo corto y filoso de zapatero desde una bolsa interior del chaleco.

—Disentir es un derecho humano. Puedo no estar de acuerdo con la iglesia, tal vez eso sea pecado para ustedes, pero ¿no dicen ustedes mismos que dios perdona los pecados?

—Dios, sí, y eso cuando uno muere y va al Cielo. Nosotros no. Estamos en guerra y usted es un prisionero de guerra. ¡Decida! ¿Orejas o nariz? —insistía, con el cuchillo avanzando hacia mi cara y cambiando en la amenaza pulgares por orejas—. Por cierto, le manda saludos el padre Villaseñor.

Fue en ese momento cuando, por reflejo tal vez, sin duda no lo hice conscientemente, levanté las dos piernas con todas mis fuerzas al sólo contacto de ese nombre maldito con mis oídos, dándole con las espinillas en la entrepierna al personaje que blandía el cuchillo. Con un aullido de dolor se dejó caer y yo, producto de un cachazo artero y sorpresivo en la cabeza, me hundí en la más profunda de las oscuridades.

Antes de caer en el abismo oí claramente una reverberación desde lo más dentro de mí, un fragmento de *Amor constante más allá de la muerte* de Quevedo. Como una premonición.

> *Médulas, que han gloriosamente ardido,*
> *su cuerpo dejará, no su cuidado;*
> *serán ceniza, mas tendrá sentido;*
> *polvo serán, mas polvo enamora...*

No me queda muy claro si me despertó el dolor o el olor a chamusquina. Moví lentamente la mano derecha, sorprendentemente desatada y me la llevé con lentitud hacia la cara. Allí estaba la nariz, intacta, y las dos orejas en su sitio. El dolor provenía del pecho; al tocarlo, una punzada penetrante me recorrió el cuerpo entero. ¿Un tiro, acaso? No. Estaría muerto. Me incorporé como pude y vi tres cuerpos en el suelo, tres cuerpos pertenecientes a mis nuevos amigos, que por lo visto me habían durado muy poco. Arrastrándome hasta una esquina de la habitación, busqué dentro de mi maleta, incongruentemente cerrada y puesta con cuidado contra la pared, como si se preparara para irse sola de viaje, el espejo de rasurar. Con él en la mano, buscando un ángulo de luz, me lo puse frente al pecho, para ver, horrorizado, una cruz grabada a fuego en pleno plexo. Una cruz supurante y negruzca de unos diez centímetros de largo con garigoles en las extremidades. ¡Me habían marcado como ganado!

Guardé el espejo y con la rabia subiéndome por las patillas le pegué una patada en la cabeza a Leontina, que yacía bocabajo cerca de la silla. Los muertos no se inmutan. Cada uno de los personajes lucía una rajada impecable en el cuello, puercos en un matadero inesperado. Les arranqué los pañuelos de la cara sólo para verificar lo que sabía. No tenía la menor idea de quiénes eran, no los había visto en mi vida. La sangre de los tres empapaba los pañuelos, las camisas y el suelo de tierra batida.

Alguien los había mandado al otro mundo pero a mí me daba igual, tenían compradas sus indulgencias de antemano para llegar al cielo. Que lo disfrutaran. Yo estaba vivo. Marcado pero vivo. Y él, o los que los habían degollado, permitieron que yo siguiera oliendo y escuchando como hasta ahora.

Salí a la calle, incomprensiblemente vacía. Por lo visto, en este México de hoy nadie ve, nadie oye, nadie habla, a riesgo de morir en el intento. En el hospital al que llegué, después de una penosa caminata arrastrando la maleta y la máquina de escribir, sintiendo cómo vibraba la herida del pecho y un intenso dolor de cabeza, se hartaron de hacerme preguntas, pero tuve la enorme suerte de que no dieran parte a la comandancia de policía; el médico se quedó con la impresión de que me lo había hecho a mí mismo en un arranque de misticismo redentor. Incluso, al terminar de ponerme los emplastos y las vendas, me guiñó un ojo, cómplice. La cruz escocía. Una vez más quedaba marcado, pero esta vez a hierro y fuego. Recordé entonces la sentencia, que en su momento, muerto del miedo, no había digerido del todo. «Le manda saludos el padre Villaseñor», me había dicho el Cachas antes de que perdiera el sentido.

Los fantasmas del pasado volvían a cobrar cuentas pendientes. Y eran cuentas grandes, de esas que sólo pueden pagarse con la vida. El anónimo vengador que me había sacado del trance del desorejamiento no dio señales de su existencia en las siguientes dos semanas en que reposé por orden médica para que la herida no se fuera a infectar y muriera de una gangrena del quince. Sólo salía del pequeño cuarto rentado en el centro para ir al cine y comprar vituallas.

La cruz cicatrizaba e iba poniéndose de un bonito color escarlata. Frente al espejo de medio cuerpo que tenía tras la puerta del cuartucho me miraba y recordaba a los cruzados de Ricardo Corazón de León; un cruzado involuntario, por supuesto. Yo no iba a recuperar ninguna tierra santa.

Estaba momentáneamente suspendido en el salto que había iniciado cuando tres cruzados de a de veras se habían interpuesto en mi camino.

V

Villaseñor

Cuando empecé en el periodismo me prometí dos cosas que he cumplido a rajatabla: no tener amigos en ninguna policía, ya fuera aduanera, rural, fiscal, de investigaciones, ganadera, de homicidios, de fronteras o incluso de tránsito, y la segunda, evitar a toda costa aquello que oliera a clero, inciensos, sotanas, iconos, hostias, confesionarios o reliquias.

Ya bastante había tenido en mi vida anterior, cuando me llamaba con otro nombre, de esas dos sopas. Los curas de Acapulco (no todos, es cierto, pero la mayoría) bebían, robaban, vendían boletos en tómbolas para subir al cielo, daban bendiciones a diestra y siniestra, sobre todo a los gachupines que llenaban de billetes nuevos las charolas de los diezmos, y en cuanto llegaba el fin de semana, esos curas con sonrisas beatíficas y falsas fornicaban como conejos con las criadas de sus parroquias, las famosas «sobrinas» que eran proveídas de entre las niñas huérfanas salidas de los colegios de monjas de Querétaro. Un ejemplo para todos de cómo debían ser los votos de pobreza, obediencia y castidad. Obedecían sólo a sus peores impulsos, tenían siempre a un pobre a la mano para que los obedeciera y *castidad* debía de ser el nombre de alguna población por la que nunca pasaron en sus vidas.

El peor de todos era el padre Villaseñor. Tenía una libreta de tapas negras con una cruz dorada estampada en la portada con la leyenda *Cui amat periculum in illo peribit. Eclesiastés-3*. Leyenda que se quedó para siempre grabada en mi memoria de tantas veces que la vi. Por entonces yo no sabía que eso era latín y que significaba «El que ama el peligro perecerá en él».

Ahora que lo sé, tengo más y mejores argumentos para confirmar que Villaseñor era un perfecto hijo de puta.

Abría la libreta después de cada confesión y anotaba bajo el nombre del feligrés, dependiendo del o los pecados cometidos, una, dos o tres perfectas y simétricas rayitas. A fin de mes se las cobraba todas, con dinero o con «trabajo voluntario». Los ricos pagaban religiosamente con monedas relucientes y libres de culpa, traídas *ex profeso* de la Casa de Moneda de la ciudad de México; consideraban que el dinero del puerto era sucio y que había pasado por demasiadas manos incómodas.

—Don Germán, por ahí me debe algo... —decía Villaseñor relamiéndose los labios pequeños y zorrunos, puestos incomprensiblemente en una cara grande y picada de viruela.

Y don Germán, saliendo de la misa de doce del domingo, sin que lo vieran su mojigata mujer y sus mojigatas hijas, ponía disimuladamente en las manos del funesto cura una moneda de plata de una onza por cada rayita que guardaba en la libreta.

Los pecados *veniales*, una mentira, pereza, falta de respeto o caridad, murmuraciones o burlas, dejadez en las oraciones, envidias o mala fe, valían una raya, una moneda. Los más graves, como faltar a misa un domingo, cohabitar de manera impura (así llamaba Villaseñor a tener relaciones fuera del matrimonio) o emborracharse, costaban de dos a tres monedas; ésos se marcaban en la libreta con una raya más gorda, como más gordo debía de ser el tropiezo.

Supongo que los pecados mortales tenían que pagarse aparte, con letras de cambio, eso nunca lo supe.

Para los pobres, la inmensa colectividad, las rayitas significaban trabajar jornadas completas en las huertas y cocoteros de la parroquia, barrer la iglesia y el atrio, ampliar la casa del padre, vestir y desvestir santos, lavar, planchar y remendar la ropa tanto de las imágenes como del cabrón cura, cocinar (sólo las que supieran) y, en general, seguir las arbitrarias órdenes y caprichos del personaje en cuestión.

A dos pobres estibadores que se emborracharon un Viernes de Dolores, sin recursos para poder pagar por su gravísimo pecado, los vi con mis propios ojos, durante semanas enteras, usar obligatoriamente una capucha de penitente, un *sambenito*, mientras trabajaban bajo un sol infernal. No sé si dejaron de beber, en cuanto terminó la *manda* se largaron a San Blas esperando encontrar curas más benevolentes.

Yo mismo tuve que pintar la casa parroquial, con cal y agua durante tres larguísimos domingos. Y todo por haber visto, sin querer (dije), a doña Lucha y sus hijas lavar la ropa semidesnudas en el río Papagayo.

—Eso es un pecado grave, muy grave —dijo Villaseñor poniendo tres gordas rayas en mi cuenta.

—Yo nomás iba pasando —me atreví a contestarle.

—Peor. Debiste taparte los ojos con el paliacate.

—Me hubiera matado, venía por la Cuesta del Brinco.

Un bofetón me impidió seguir dando detalles. Tuve que escucharlo un largo rato insultándome por haberle respondido de manera soez mientras un hilito de sangre caía por la comisura de mis labios partidos. Sesenta padrenuestros, veinte avemarías y la pintada de su casa me costó el chiste. Y ni siquiera pude verle los pechos a doña Lucha, porque en caso contrario, gustoso hubiera pintado hasta la catedral. Estaba buenísima.

Yo sólo tenía doce años. Jamás volví a confesarme.

No hay peor poder que el que detenta un poderoso. Y si el poder supuestamente le fue conferido por el más poderoso de todos, en este caso dios, es un poder al que no pueden oponerse los simples, pequeños mortales. La palabra de Villaseñor era la palabra de dios.

Pensé mil y una maneras de vengar la afrenta, ese labio hinchado y tumefacto que me tuvo en jaque durante días enteros y que me valió decenas de inquisitivas preguntas. Pensé en cagar en el altar mayor, echar un balde de sangre de cerdo sobre la casa del cura, robarme el cesto de las limosnas, quemar el confesionario. Pero nada me parecía suficiente. Hasta que una tarde tuve la oportunidad, de esas que pintan calva, como dicen, para emparejar, aunque fuera una vez, los momios de la apuesta en la pelea entre David y Goliat.

—Niño. Tráeme la libreta de la sacristía —ordenó Villaseñor sin siquiera voltear a verme, mientras discutía con un hombre mayor de patillas inmensas y un diente de oro que relucía en medio de la boca. Siempre me llamaba «niño», no creo que supiera mi nombre. Sólo sabía los nombres de los que pagaban en efectivo.

La libreta me quemaba en las manos como debe quemar un clavo ardiendo.

La abrí al azar, por la mitad. Nombres y apellidos subrayados y debajo rayas, simétricas, cruzadas en diagonal contando cinco, como cuando se cuentan barcos, o bultos, o pecados. Medio Acapulco pagaba en oro o especie para entrar al paraíso; el portero no era, como pensábamos, san Pedro, sino ese cura que ceceaba y pegaba bofetones a la menor provocación sabiendo que él era la ley, el juez y también el verdugo.

Algo llamó mi atención mientras pasaba rápidamente las hojas, escondido tras una de las columnas del templo, intentando encontrar nombres y apellidos, que no sabía todavía muy bien cómo tendrían que ayudarme a consumar la venganza. Empezaron a aparecer en el texto algunas equis, equis de México, de xilófono. Equis aisladas, de vez en cuando, sólo bajo nombres de mujeres. Carmelita, Adriana, Berta, Consuelo, otra Carmelita diferente, una Aurora. Ninguna conocida mía. Pensé que era importante. Me grabé tres nombres y apellidos en la cabeza y los iba repitiendo mentalmente mientras avanzaba, con la libreta pegada firmemente al pecho; Adriana Yurén, Aurora Contreras, Berta González. AdrianaAuroraBertaYurénContrerasGonzález.

Entregué la libreta y salí corriendo a buscar lápiz y papel. Con los tres nombres escritos en un pedazo de Biblia arrancada (no encontré nada más), doblado milimétricamente y arrebujado entre los calzones, salí al sol de una tarde que presagiaba tormenta, una tarde de descubrimientos fortuitos que me daban argumentos y me comí en el atrio una jícama con chile y limón que me supo a gloria.

Al día siguiente comencé a preguntar por las mujeres, tímidamente, sólo a gente de confianza, como pregunta un niño, por saber, nomás.

—¿Dónde escuchaste ese nombre?

—Por ahí, alguien lo dijo.

—¡Muchacho metiche!

Tenía tres nombres sin ninguna cara que ponerles. Tres nombres de tres mujeres que no eran de los míos, de los nuestros, de los del pueblo llano, de los comunes y corrientes. Y fue como juntar *a* con *b*. Uno con dos, gato con ratón, vela con lumbre. Si no eran de los míos, eran de los otros.

Las tres estudiaban en el Sagrado Corazón. No eran mujeres, eran niñas, como yo. Las tres llegaban, cada una por su lado, en coches nuevos, custodiadas por choferes y ayas, en revuelos de crinolinas y bucles, con zapatitos blancos y cintas rosadas y calcetines de piqué. Ni acercarme pude. Aparte del evidente dinero y casa y cuna, tenían en común un cura que les ponía equis en una libreta, o taches como en la escuela, o herraje como a las reses. Y yo no paraba de preguntarme qué podrían haber hecho esas niñas para merecer las ominosas marcas del cuaderno.

Tres eran muchas, me concentré en una. Salía corriendo de mi escuela, una escuela fundada por los estibadores, con pupitres rotos y maestros excepcionales que cobraban con comida y techo; cruzaba el mercado con el pulso en la boca para llegar a tiempo de ver cómo se subía en el Ford negro y enorme Aurorita Contreras, pisando el estribo como quien pisa rosas, dejando en el aire, a su espalda, en orfandad, el hueco de su cuerpo, la ausencia permanente de sonrisa, los ojos azules, las manos blancas como de alabastro (así decía un poeta del puerto, yo nunca, hasta hoy, he visto de cerca el famoso alabastro).

Vivía en un caserón con jardines y flamingos con las puntas de las alas cortadas y en la puerta mayordomo de librea, en la parte más rica de la ciudad, donde había un policía cada dos cuadras y ni basura o pescados pudriéndose al sol como en el resto.

Tres veces me corrieron a empellones por quedarme viendo la barda cubierta de hiedra que ocultaba esa casa blanca, muy inglesa, de tres pisos que se adivinaba al otro lado. Un par de tardes vi entrar en la casa a Villaseñor, desde lejos; en cuanto la sotana negra se bamboleaba a un par de cuadras de distancia, yo me trepaba a un árbol de mangos estratégico y tupido que me permitía ver sin ser visto. Salía el cura un par de horas después con una enorme sonrisa en el rostro y yo me quedaba, como siempre, en ascuas, sin saber para qué eran las equis que yo veía hasta en sueños. El mango, alto como pocos en la zona, me cobijó y me brindó el mejor de los observatorios del mundo, refugio y comida eventual. Desde su copa podía mirar el dormitorio de Aurorita y a la propia niña peinándose, vistiéndose, haciendo las tareas. Era mucho más delgada sin ropa, mucho más blanca, como un pescado sin chiste era.

Después de mucho mirar y mucho esperar, tarde tras tarde, aproveché la entrada de un pescador conocido mío, que llevaba a la cocina de esa casa un par de cubetas rebosantes de jaibas, para colarme a esos insólitos dominios. Y todo fue uno. La cocinera, matrona de cuchillo en mano y gallina degollada en la otra, daba instrucciones al pequeño ejército que revoloteaba a su alrededor entre vapores y efluvios estremecedores que abrían el apetito del más pintado.

—¡A las cuatro hay que tener el chocolate a punto que viene el confesor de la señora y la niña!

Tenía lo que necesitaba, la hora exacta en que el cura iría a la casa. Trepado como mono entre el follaje vi a qué correspondían las equis, cuál era su significado en la enferma cabeza del sacerdote. Asqueado atisbé la enorme panza del cura, el miembro rojizo y grande del cura, los ojos desorbitados del cura, las manos crispadas del cura sobre la grupa de la niña.

Y vi, o creí ver porque estaba lejos, cómo dos lágrimas salían de los párpados apretados de una Aurora que temblaba como una hoja bajo los cien kilos del animal que frenéticamente la embestía, una y otra vez, sin pausa, en un delirio de sotana y chocolate y libretas con equis y santos en la pared que miraban siempre hacia otro lado.

No recuerdo hoy, a la distancia, si el niño que era yo y que ya no se llama como se llamaba entonces lloró por el cruel destino de Aurora, lo que sí sé es que era una rabia enorme, una rabia negra, viscosa, que dolía, subía desde mis plantas, pasaba por el pecho y se iba acomodando en las sienes, oscureciéndolo todo.

Recuperé la vista, el olfato y el oído horas después, cuando con el rabillo del ojo vi una mancha plateada en el agua del muelle. Seguro un parguito.

Cada equis equivalía a un monstruo...

Allí mismo, con los pies metidos en el agua, sobre la lancha en la que me refugié y que tenía pintado en un costado el nombre *Siete mares,* a mis doce años escasos, dejé definitivamente y para siempre de confiar en un dios que permitía tales salvajadas. Luego lo confirmaría plenamente.

Y le prometí en voz baja a todas las Auroras de Acapulco que de una u otra manera, algún día, lo más pronto posible, serían vengadas, rescatadas, devueltas a la vida. A otra vida sin curas ni equis ni párpados apretados y manos crispadas sobre las sábanas. Y como no podía jurarlo por un dios al que acababa de matar hacía unos instantes, lo juré por lo que tenía más a mano, los *Siete mares* escritos en naranja pálido que reverberan con el sol al vaivén de la marea de una tarde que había cambiado mi vida para siempre.

VI
Un vagón cargado de...

A la derecha llevaba a un viejito de jipijapa blanco que no paraba de rascarse la bragueta y sonreír. Enfrente y a la izquierda, a una mujer de unos treinta años, de buen ver, con un bulto entre los brazos, un bulto que debía de ser, por los breves movimientos que de vez en cuando hacía, un niño pequeño, enredado en un rebozo casi nuevo, de colorines. Frente a mí, nadie. Y gracias a ese nadie, de vez en cuando podía subir los pies en el asiento y descansar un poco. Los trenes mexicanos se precian de la puntualidad de sus partidas en este nuevo siglo, eso es más o menos cierto. Lo que es incierto y oscuro, como el reinado de Vitiza, es la llegada.

Llevamos más de ocho horas en el ferrocarril con destino a Saltillo, Coahuila, el *Expreso,* como me dijeron cuando el cínico de la boletería me puso en las manos el pasaje y las monedas de cambio. Llevamos siete paradas en los sitios más inverosímiles de nuestra geografía. De las siete, sólo dos de ellas tenían estación y una era la de partida.

Conforme avanzamos el paisaje se torna cada vez más árido, la tierra más rojiza, los cielos más azules y las nubes brillan por su ausencia. Le acepto a la mujer un pan relleno con chorizo de Perote, no pude comprar nada de comer o beber en la estación, andaba huyendo de los mochaorejas y un poco de mí mismo. La dama quiere conversar. El viejito, harto de hurgarse en la entrepierna, por fin se ha quedado dormido. Me pongo de veta amable. Doy un trago ligero a la *petaca* que saco del bolsillo y me dispongo a escucharla.

—¿A dónde se dirige, señor?

Me sorprendo con la corrección en el lenguaje. La miro un poco mejor, tiene un par de pulseras de oro que deben de valer un potosí. Es guapa, con modales, tiene los ojos de color almendra, lleva botines caros. ¿Por qué va en segunda?

—A un sitio llamado Espinazo, en Nuevo León —contesto parcamente mientras muerdo el pan.

—¡Qué enorme casualidad, nosotros también! —y con ese *nosotros* me confirma que lo que se mueve debajo del rebozo es un infante, por ahora de sexo indeterminado, porque dudo mucho que el viejito *rascabolas* tenga algo que ver con la dama que me mira con ojos de sorpresa.

Y me cuenta, primero mansamente para luego estallar en sollozos, sin transición ni recato, una aparentemente triste pero previsible historia que ahora mismo transcribo.

Hija de una familia aristocrática de Puebla, de apellidos dobles y de alcurnia, terratenientes y afamados ganaderos, fabricantes de jabones perfumados y traficantes de armas norteamericanas durante la Revolución para todos los bandos, Ana Leticia (dos nombres, cuatro apellidos) se había criado como correspondía a su condición social, esto quiere decir con la certeza de que el mundo le debía algo, que los sirvientes no eran personas, que los hombres tenían que recitar poemas y llevar flores para conseguir sus favores y que el piano y la costura eran las dos únicas cosas que una señorita podía permitirse para brillar en sociedad. Así fueron pasando años de seda hasta que, por supuesto, cayó perdidamente enamorada del caporal de uno de los criaderos de toros de la familia, un hombre de esos como los que salen en el cine y de los cuales siempre las mujeres se enamoran. No cuento el romance porque tiene demasiado embeleso, demasiadas lunas y demasiada miel para los efectos de esta narración. Enterado el padre de la interfecta de esos amores ilícitos, la envía exiliada a una de sus haciendas henequeneras en Yucatán, vigilada permanentemente por dos urracas ancianas y francesas que no se apartaban de ella ni a sol ni a sombra y capaces de sacarle los ojos a cualquiera. Al hombre que jamás llegó a la pantalla, sencillamente le dieron una mala tarde un tiro en la nuca, lo destazaron entre cuatro y se lo dieron de comer a los marranos. Ana Leticia descubre entonces que lleva dentro de sí la semilla de esa pasión, como dicen en los folletones, y se obstina en tener a la criatura. Las urracas, que por lo visto no sólo eran viejas sino además malísimas, la atiborran de tés y de brebajes destinados a interrumpir el embarazo sin conseguirlo. La abuela de la mujer que mientras habla conmigo llora cada vez más y que después de haber moqueado su pañuelo ataca el mío muere de un síncope después de enterarse de la amarga noticia de cómo su sangre noble se diluye, no sin antes proferir una maldición contra su nieta y el hijo que lleva en las entrañas. Por eso está hoy en este tren, viajando de incógnito, en segunda clase. Porque la maldición surtió efecto.

—¡Mire! —me dice mientras abre el rebozo y me muestra, como quien muestra un secreto o un tesoro, a un niño de unos meses de nacido, con la boca torcida, las manos torcidas, los pies torcidos—. Por eso voy a Espinazo, a que me lo componga el Niño Fidencio; ya probé con todos los médicos de la ciudad, hasta con los ingleses, sin resultados. Me dijeron que él es milagroso, que él puede, que él me lo va a arreglar.

Tengo la sensación de que está hablando de un reloj suizo y no de un niño. No me atrevo a decirle que el estado del pequeño seguramente se debe a los brebajes de las arpías y no a la maldición de la abuela. Tampoco me atrevo a pedirle mi pañuelo. Miro por la ventanilla la tierra roja y los montes esparcidos y pienso que tal vez el Niño Fidencio sepa cosas que nosotros no sabemos y me resigno a perder el pañuelo; un precio bajísimo por la historia que acabo de escuchar.

O eso creo.

Esa mujer que está frente a mí, sollozando quedamente mientras ve pasar los postes de telégrafo, con un rizo de pelo rebelde que se le va de tanto en tanto hacia los ojos, es sin duda una candidata desvalida y perfecta para enamorarse de ella; lástima que me dé pavor terminar devorado por los cerdos. Ahora entiendo por qué le cuenta su vida a un perfecto desconocido, busca complicidad, seguridad, cobijo, una figura paternal. No soy yo. Bajo la vista y vuelvo al periódico de ayer que da cuenta de una emboscada cristiana en Colima con saldo de seis muertos y una veintena de heridos y la posterior expedición federal de venganza que cobra once víctimas. Los curas lanzan a sus huestes al combate sin más protección que el Espíritu Santo, que por lo visto falla de vez en cuando.

El tren empieza a bajar la velocidad, veo un letrero descascarado y con inequívocos agujeros de bala que dice «Silao, Guanajuato». Estoy en territorio enemigo. Hasta llegar al norte, donde no hay guerra, no me sentiré del todo a salvo. En la estación hay bastante jaleo a pesar de que todavía es muy temprano: vendedores de fresas, queso, tamales. En la media hora prevista de parada, bajo a estirar las piernas, salgo del feo edificio de piedra con techo de dos aguas de madera pintada de rojo, como son casi todas las estaciones de por estos rumbos, y me enfilo a la calle mientras lío un cigarrillo. Un grupo numeroso de mujeres enlutadas viene caminando por la avenida, podría pensarse que es un entierro si no fuera porque llevan un par de mantas sostenidas por los extremos con palos y escritas con evidente chapopote negro: «¡Viva Jesucristo, Rey de México! ¡Muera el demonio Calles! ¡Libertad de culto *relijioso* afuera de los templos! ¡La sangre de los mártires será vengada!»

Mientras avanzan poco a poco, arrastrando los pies, deslizándose por la calle, levantando polvo a su paso, creando con ello una imagen sobrecogedora salida de una pesadilla, todas cantan monótonamente el himno de los del bando del cielo, y más que cantar me parece que gritan, a voz en cuello:

> ¡La Virgen María es Nuestra Protectora
> y Nuestra Defensora, cuando algo hay que temer
> vence a todos los demonios gritando
> «Viva Cristo Rey»,
> vence a todos los demonios gritando
> «Viva Cristo Rey».
> Soldados de Cristo sigamos la bandera
> que la Cruz enseña, ejército de Dios,
> sigamos la bandera gritando «Viva Cristo Rey»!

Me hago a un lado y las miro pasar, fumando, quitándome de los ojos los trozos de escoria que van levantando a su paso, pensando en la ausencia de hombres en la procesión, pensando en que deben andar «alzados» en algún lugar del altiplano, pensando en que ellas no hacen ruido cuando avanzan, ni crujen vestidos ni van con niños moquientos de la mano, pensando en que tengo sed y que el sol empieza a picar y en que algo anda mal por estos rumbos donde se desgañitan mujeres vestidas de negro e invocan el estandarte de un dios al que no han visto nunca.

El Porvenir se llama la cantina que está justo enfrente de la estación; abro las puertas cuidadosamente para encontrar como único habitante de ese territorio de madera y vasos nada limpios y botellas con marcas indescifrables a un gordo con boina, dormido al otro lado de la barra, con su gorda cabeza apoyada sobre sus gordos antebrazos peludos. Hay más polvo allí que fuera, en la calle. Lo toco tímidamente. Despierta sobresaltado.

—¿Qué coño quiere? —dice con ese marcado acento que conozco desde niño y que me recuerda una vez más que estoy en territorio enemigo.

—Un trago, pues —digo yo, como queriendo decir también *buenas tardes*.

—Nada, no se puede beber nada en este jodido pueblo de mierda.

—Pero... El anaquel está lleno de botellas —señalo con el dedo.

—Sí, claro. Coño, es una cantina. ¿No vio fuera el letrero?

—Lo vi. Por eso, yo pensé...

—Claro. ¡Usted pensó! ¡Hay que joderse!

Empezaba a perder la paciencia, y lamentablemente había dejado la pistola en el tren, con la cual, sin duda, gustoso hubiera pegado un tiro al cielo raso a ver si el personaje volvía en sí de su modorra. Volví a la carga.

—¿Se puede o no se puede beber un trago?

—De poder, se podría. Pero según el curita de los cojones hoy no. ¡Santa Lucía! —y cuando se dio cuenta de lo que acababa de decir, cerró los labios en una mueca de súbito arrepentimiento mientras los ojos atisbaban hacia la puerta de la entrada.

El juego me estaba cansando y me quedaba muy poco tiempo para tomar de nuevo el tren. Jugué mi última y peligrosa baza, recordando una frase muy hispana.

—A mí los curas me la traen floja.

El tipo me miró, primero asombrado y luego divertido, con uno de sus peludos brazos jaló hacia la barra una botella de tequila mientras con el otro ponía bocarriba una taza que no había sido lavada desde tiempos inmemoriales.

—Bébaselo rápido, no vaya a ser que se asome una de las locas que andan por allí gritando y entre todas me quemen el local —me dijo de manera cómplice mientras me ponía la taza entre las manos y miraba, con ojos de rata, bajo unas cejas peludas como todo él, hacia la entrada.

En un suspiro me tomé el tequila, sin mirar atrás, esperando que nadie me clavara una hoz entre los omóplatos. Confesaré que fue tal vez el mejor tequila que he probado en mi vida. El pecado sabe bien, sabe a toda madre.

Descubrí, en instantes, que Facundo era el dueño, emigrado de Asturias, que había llegado hasta Silao a principios de los veinte por puro accidente. Un tío de un primo de un amigo íntimo de la familia le había pintado el lugar como una sucursal de El Dorado y este ingenuo buen hombre se había venido con una mano delante y otra atrás a «hacer la América», para terminar haciendo una cantina de tercera en un pueblo donde la ley tenía mucho que ver con el santoral y el ánimo del párroco. Hoy no se podía beber, según el cura, porque era día de santa Lucía, mártir heroica del santoral a la que le sacaron los ojos, y así sucesivamente, tiro por viaje evitando el alcoholismo honrando a san Pantaleón, santa Tecla, san Ignacio, santa Prisca y un largo etcétera. Toda esta historia que parecería ridícula se había puesto mucho peor desde el pasado 25 de abril, en que tres hombres a los que ya se les comienza a llamar *Mártires de san Joaquín* habían caído bajo las balas del «demoníaco» gobierno muy cerca de este lugar.

Mal negocio poner cantinas en un pueblo de santos abstemios y héroes mártires recién ascendidos a esa categoría.

Me contó que esperaba una carta benefactora para abandonar la trinchera y emprender la retirada hacia lugares más prometedores. No me quiso cobrar el tequila. Dándome una palmada en el hombro cuando volví a salir al otro polvo, me hizo prometer que no le contaría a nadie que en esa cantina podía uno beberse una copa. Facundo mira, junto a mí, unos segundos el letrero de la puerta que dice en grandes letras azules: «El Porvenir», y bajando la cabeza masculla un: «Hay que cambiarle el nombre, ni me diga».

El maquinista sonaba ya el silbato y yo corrí, pegando fuerte con las botas en el suelo, haciendo un contrapunto, mientras a lo lejos seguían desgañitándose las enlutadas mujeres que querían misa en pleno zócalo del pueblo todos los días de su vida. Tengo la sensación de que por aquí hay muchos cristianos para tan pocos leones. Las fuerzas no están equilibradas.

130 Constitucional

1 de septiembre de 1927
CÁMARA DE DIPUTADOS

Preside el diputado Ricardo Topete.

Se toma asistencia y están presentes ciento sesenta y cinco ciudadanos diputados. A las diecisiete cinco horas se abre la sesión.

El 18 de enero de este año se publicó en el *Diario oficial* la Ley Reglamentaria del artículo 130 Constitucional, relativo al ejercicio de cultos religiosos. Esta ley, expedida por este H. Congreso a iniciativa del Ejecutivo, no hizo más que confirmar y reglamentar los preceptos contenidos en el citado artículo 130. Su publicación se ha hecho estrictamente por la Secretaría de Gobernación, y puede decirse que el conflicto religioso, ocasionado por la rebeldía del Clero, ha concluido prácticamente, pues todas las leyes, circulares y disposiciones sobre el ramo se han cumplido no obstante la inútil resistencia del Clero Católico, la que no ha traído consigo más que una patente demostración de que el pueblo mexicano, indiferente a la suspensión del culto, ha dado su fallo en este caso condenando la conducta de los rebeldes a las instituciones de la República.

[Aplausos].

A medida que las Secretarías de Estado, los gobiernos y ayuntamientos de los Estados, han solicitado los edificios que poseía el Clero, estos edificios se han ido dedicando a servicios públicos, de conformidad con la parte relativa del artículo 27 de la Constitución.

A los sacerdotes y miembros de los cultos que han manifestado su voluntad de sujetarse a las leyes, se les ha permitido ejercer su ministerio.

En general, puede decirse que la agitación que con motivo de este asunto existía a fines del año pasado y principios del presente, ha cesado casi por completo, sin que esto signifique que el Gobierno deje de estar dispuesto a sofocar en cualquier momento algún movimiento de rebelión o de público desconocimiento de las leyes dictadas sobre esta materia.

VII
El mago y la serpiente

Empezó con monedas. Dedos muy torpes que siempre dejaban ver un trozo, un canto, un brillo de las alas del águila
nacional, cosa que arruinaba el efecto. Y eso que practicaba
horas enteras frente al espejo, frente a las vecinitas, frente
a su padre que de vez en cuando bajaba la vista del periódico, sonreía y soltaba un «muy bien, vas muy bien» para
luego seguir embebido en la lectura. Pero Adrián había
nacido con un don y lo sabía perfectamente; un don que no
se mencionaba en los libros ni se transmitía por herencia,
no era como la belleza o el oído musical, no era genialidad
ni habilidad definida, era en cambio uno de esos favores
que la naturaleza da a algunos pocos y que los que saben
aprovecharlo le sacan el máximo partido, el maravilloso
don de la terquedad. Terquedad ansiosa, terquedad terca,
terquedad de la que produce insomnios perennes y que
saca de sus casillas a los que están alrededor del que la
posee. Dolores, su hermana gemela, lo descubrió para él y
se lo sirvió en bandeja como se sirven los platos a los prín-
cipes. Una tarde en que jugando vieron cómo la bola de
fieltro que se lanzaban mutuamente había ido a parar a lo
más alto del ropero de la abuela, uno de esos roperos de

épocas de la Intervención francesa y que las familias mexicanas acomodadas guardaban celosamente para poder decir que algo europeo había en la familia. Dolores midió con los ojos la distancia, su propia estatura y antes siquiera de pensarlo dos veces, desistió del intento de recuperar el juguete, salió de la habitación y se fue, muy oronda, al jardín a pasear a una muñeca rubia de ojos azules en una carreola de ribetes blancos y encajes belgas de puntilla, seguida por una sirvienta del mismo tamaño que la muñeca, sólo que de tez oscura y pelo negro brillante. Adrián, en cambio, se puso frente al inmenso mueble y lo miró, desafiante, como Jonás debió de haber mirado a la ballena, con una mezcla incómoda de rabia e impotencia por partes iguales. Y miró, con los puños apretados durante horas, como si con el solo deseo pudiera hacer que la bola de fieltro saliera del escondite y pudiera regresar a sus manos. Y miró, esperando que el ropero se abriera como las aguas del mar Rojo al paso de Moisés, o se hiciera pedazos por un rayo, o desapareciera en el aire. Miró como sólo puede mirar alguien que tiene todo el tiempo del mundo. Cuando la hermana volvió, ya oscureciendo, vino la revelación de golpe y porrazo: «¡Terco, qué terco eres!» Y descubrió que terco era lo que sería para siempre. Un terco al que jamás volvería a quedársele en la cima de un ropero francés con escarolas ninguna bolita de fieltro el resto de su vida. Y como todos sabemos, no hay nada peor que un terco con iniciativa. Apiló, con cuidado, primero el cajón de los juguetes, después una silla, un banco de tres patas, dos almohadas y coronó la tambaleante pirámide casera con una tabla suelta de la cama. Trepó dificultosamente y logró coger con las dos manos la cornisa del mueble, se impulsó desde sus ocho valientes y tercos años y acabó encima del ropero, con la pelota entre las manos y abajo, allá lejos, muy lejos, desparramados, los inútiles ladrillos de su torre que yacían en el suelo. Su segundo descubrimiento fue todavía más sorprendente: no basta con ser terco y tener iniciativa, sino que además había que prever el futuro desastre. Pero el orgullo algunas veces es más poderoso que la terquedad misma. No levantó la voz ni pidió auxilio. Se enredó los brazos en las rodillas y esperó a que Dolores o alguien lo encontrara. Fue su padre el que lo bajó algunas horas después, más que enojado, divertido. Adrián durmió con la bola pegada al pecho. Ése sería su amuleto, el lazo invisible que lo llevaría, cada vez que quisiera volar por encima de un ropero francés, a la realidad real, al suelo mismo. Lo de las monedas vino más tarde. Lo vio casi por casualidad paseando por el mercado de Vizcaínas. Frente a una pulquería, el adolescente flaco y alto, cacarizo, de guaraches, cargador de bultos, *mecapalero* como lo llaman por estos lares, movía ágil, sorprendentemente ágil, una moneda de veinte centavos entre las falanges de los dedos, meñique, anular, medio, índice, pulgar y de regreso, por arriba y por abajo, pulgar, índice, medio, anular, meñique y vuelta y vuelta y vuelta. Lo miró, hipnotizado, como quien mira un prodigio, obnubilado como dicen que se quedan los que miran el hielo en el trópico la primera vez en su vida. Y de verlo esos minutos que parecían eternos, entendió de pronto el misterio, la perfecta sincronización del movimiento. Y en su cabeza se fueron dibujando los giros cadenciosos de la moneda y los impulsos de las falanges de los dedos que bajaban y subían como las teclas de un piano, acompasada, armoniosa, brillantemente. El gran final fue cuando el cacarizo lo atisbó a la distancia, sonrió, guiñó un ojo, le mostró la moneda entre las yemas del pulgar y el índice y

¡zammm!, la desvaneció en el aire y el polvo y la luz de la tarde. Adrián la buscó con la vista en el suelo sin lograr dar con su paradero, la buscó en las miradas cómplices de los amigos del cargador, de la vendedora de frutas, del cochero que daba una zanahoria a una yegua blanca y coja. No había nada. Eso era magia. Magia con mayúscula, magia buena que dejaba a un niño de ocho años con los ojos desmesurada, emocionantemente abiertos. Sería terco, pero sobre todo sería mago, el mejor mago del mundo. En ese instante apostó el todo por el todo. Su ser y sus días y su alma. Y los meses siguientes se le fueron en forma de monedas, como agua entre los dedos. Se levantaba al alba para practicar hasta que literalmente se le entumía la mano completamente. El espejo era el mejor de los públicos posibles, mostraba cada una de las fallas de la presentación de manera crítica e implacable, no era en lo absoluto complaciente y jamás aplaudió un acto regular. Un año después, Adrián presenta su acto frente a la familia, un acto de un solo número que terminaba con la desaparición milagrosa de la moneda en el aire, eso fue lo más difícil de lograr, tuvo que buscar al joven cacarizo del mercado y convencerlo por medio de dos pesos de plata para que le transmitiera la clave de la ilusión. La familia aplaudió entusiasmada; incluso su padre, que puso el inseparable periódico en el suelo para hacerlo. Al terminar, cuando todos lo miraban esperando un nuevo efecto mágico, Adrián alzó la voz, dirigiéndose particularmente al hombre sentado en la butaca más grande de la casa y le dijo circunspecto eso que había ensayado mentalmente toda la semana previa, sacando palabras de aquí y de allá, de los propios diarios que leía su progenitor: «Señor padre, con todo respeto, quiero su beneplácito para ser mago, dedicarme a la magia».

Una semana después era internado en el colegio militar de Tacubaya. Vinieron entonces años difíciles, de fustazos y reprimendas públicas, de pasar horas desnudo bajo la lluvia, de aprender a regañadientes trayectorias balísticas, monta y doma de caballos, tiro al blanco con pistola y rifle, asalto a bayoneta calada, protocolo militar, inglés y francés, leer con mala luz por las noches una gastada edición de *De la guerra* de Karl von Clausewitz, aguantar las chanzas, golpes e insultos de compañeros con mayor rango y menor sensibilidad, mala comida y la ausencia absoluta de mujeres. La única constante en su personalidad, referida por algunos que lo conocieron en aquellos tiempos, era una moneda gastada que constantemente manipula en cualquier lugar y a cualquier hora con agilidad asombrosa. Con el grado de alférez, a sus escasos quince años, aprovecha un domingo franco en el colegio y con una mochila al hombro desaparece de la ciudad. Su padre gasta una pequeña fortuna en contratar investigadores privados, incluso a los reputados Pinkerton, sin lograr dar con su paradero. Y no es hasta bien entrada la Revolución cuando vuelve a la escena pública. Hay una foto muy poco clara de la batalla de Torreón en abril de 1914, donde se le ve al lado de un famoso cañón apodado *El ruco*, montado sobre una plataforma de tren y codo a codo con el general Felipe Ángeles, los dos oteando el horizonte. Luego, nada. Se sabe por los registros de la División del Norte que se separa del cuerpo de artillería con el rango de teniente con una pensión de veinte pesos mensuales que no cobra ni una sola vez. Desaparece como la moneda en el aire. Un primo lejano cuenta que recibió una postal desde Berlín; algo refiere de una escuela de magia y del sabor de la cerveza bávara. Mueren padres y hermana durante el conflicto bélico, dejando como herencia jamás reclamada la inmensa casa sobre Paseo de la Reforma en la capital y una sustanciosa cuenta de banco. El primero de enero de 1920, en el teatro Principal de la ciudad de México, situado en la calle de Vergara, el mismo que unos años antes fuera el escenario donde María Conesa, *la Gatita Blanca,* cantara el entonces recientemente compuesto Himno Nacional, se presenta una tanda doble de los Empresarios Carreño Hermanos; a las tres y media debut de la primera tiple, Lupe Inclán, y el primer tenor, Roberto Camacho, en el *Dúo de la Africana* y la comedia *Lo que a usted no le importa,* para terminar con un espectáculo de magia traído directamente desde Alemania, anunciado como «¡Inigualable y por primera vez en tierra Azteca!: *El mago Ulrich y sus efectos científicos de prismas y espejos».* Llamaba la atención el hecho de que la magia y la ciencia anduvieran cogidas de la mano, ellas que tanto se peleaban diariamente. Tal vez empezaban los empresarios a poner sus barbas a remojar pensando en que la magia podía ser mal vista por los religiosos y el toque científico haría lo suyo para alejarla de la brujería y las supersticiones. Los que estuvieron allí esa tarde vieron cómo un alto, esmirriado y pelirrojo personaje, con barba de candado, frac y sombrero de copa, aparecía y desaparecía a voluntad patos, palomas y conejos; manipulaba cartas y monedas; leía el pensamiento y adivinaba nombres, fechas de nacimiento, contenido de bolsos y marcas de perfumes; mostraba, en una gran caja negra y laqueada sostenida por patas de acero brillante, a una mujer con cuerpo de serpiente que hablaba con el público y contaba una terrible historia de los orígenes de su maleficio. Un efecto deslumbrante creado por la ciencia, aclaraba el mago al final de la larga cadena de penurias; los prismas y espejos logran dar este efecto único en beneficio de la imaginación. El público vitoreaba de pie, no se sabe a ciencia cierta si debido al fabuloso efecto científico o a la belleza deslumbrante de la joven mujer-serpiente que con una mínima boca redonda y roja, cabellos negros y rizados y piel nacarada, con un cierto acento extranjero, cautivaba instantáneamente al respetable público, en su mayoría varones en edad de merecerla. El efecto era de por sí asombroso, la cabeza de la dama se movía acompasadamente al ritmo suave del cuerpo ondulado y sicalíptico, sexual, sensual, de una inmensa serpiente amarronada que debía de ser el de una boa amazónica por su grosor y longitud. El acomodador número 7 del Principal dijo en una cantina, a voz en cuello, que la mujer-serpiente y el mago eran amantes. Poco después dejó el empleo. *Ulrich* se fue de gira con una *troupe* de artistas de circo rusos y franceses que mostraban cada noche a un enorme tigre siberiano que saltaba a través de un aro de fuego, un forzudo de grandes bigotes que retaba a la concurrencia y gruñía en seis idiomas diferentes y un número con caniches amaestrados; con esta singular compañía y los amaneceres que debieron de ser prodigiosos al lado de la mujer-serpiente viajó durante algunas semanas por el occidente del país cosechando pequeños y grandes triunfos dependiendo de la localidad. En mayo de 1924 recalaron con sus carromatos pintados y sus antorchas de queroseno en una mínima comunidad colimense que repentinamente se vistió de tragedia. En la noche del 22 se abre el telón montado sobre una vieja plataforma de ferrocarril y frente a un público silencioso compuesto exclusivamente por adultos sombríos. La ausencia de niños tenía que ver con la indicación precisa del cura de Santiago Mototitlán que exhortó a sus fieles a no permitir que espectáculos «perversos que atentan contra la moral, las buenas costumbres, los preceptos de la vida cristiana y las sagradas escrituras» fueran a influir en las mentes de los pequeños. Así, con un ambiente de tensión en el aire que podía cortarse con un cuchillo comenzó la función. Un sobreviviente de la matanza, de apellido Dalfour, francés de origen, soltero, de veintidós años de edad, con una buena pronunciación en español, prestigitador *[sic]* de oficio, según consta en el acta levantada por el ministerio público de Comala, cabecera municipal, narra de manera muy personal los acontecimientos que aquí se transcriben sin barbarismos ni faltas de ortografía como constan en el original, en poder hoy de la comandancia militar de la zona por tratarse de un antecedente del conflicto religioso que no había sido documentado: «Me extrañó que nadie aplaudiera al iniciar la función. Porque, usted sabrá que empezamos, bueno, empezábamos, con un breve pero muy espectacular desfile y donde generalmente nos aplauden a rabiar. Así fuimos presentando los actos, uno por uno, sin que nadie aplaudiera, ni gritara, ni hiciera aspavientos de ningún tipo. Nos fuimos poniendo muy nerviosos... El caso es que después de que Iván, que no se llamaba así, pero cuyo nombre no puedo pronunciar correctamente, el domador, sacara al tigre de escena, que esa noche lo había hecho de maravilla, empezó todo. En cuanto Ulrich empezó a aparecer palomas y conejos del sombrero, yo noté cierta inquietud. Incluso oí a dos señoras de rebozo en la cabeza ¿rebozo se llama eso que se ponen en la cabeza?, bueno, las oí cómo decían la palabra brujería y se cuchicheaban entre sí. El caso es que mientras seguía haciendo magia, que no es magia, sólo efectos y trucos, muchos de los cuales conozco pero no puedo revelar aquí, la gente se iba poniendo más y más inquieta, y algunos de atrás, ensombrerados y con armas, insultaban al mago y lo acusaban de hacer cosas no permitidas por dios. Ulrich, muy profesional, siguió haciendo su acto. Sacó la mesa de la mujer-serpiente y la abrió. Allí fue donde empezó la *meleé... Meleé* es, ¿cómo se dice? Turbamulta. Bronca, dicen aquí. Las señoras se santiguaban y hasta hubo una que se arrodilló y puso los brazos en cruz. Gritaban cosas como ¡demonios! y ¡herejes! Empezaron a tirar cosas al escenario, frutas y huevos podridos. Piedras. Ulrich intentó sacar la caja de la mujer-serpiente del escenario cuando empezaron a acercarse y algunos, machete en mano, muy violentos se subían a la plataforma. Salimos todos a intentar controlar a la gente, sin éxito. En un momento empezaron a sonar tiros, primero de pistola y luego de rifle. La caja cayó al suelo y Ulrich intentaba taparla con su cuerpo. Lo patearon de mala manera. Incluso un machetazo en la mano le dieron. Fue incontrolable. Lo demás ya lo sabe usted. ¿Usted dio fe de los cuerpos, verdad? Yo fui el único que salió por su pie, corriendo de allí. Los mataron a todos, a los quince, a la mujer-serpiente también. Al tigre y a los caniches también. ¿Cómo? No, no sabía que no habían encontrado el cuerpo de Ulrich. No, yo no lo vi. No, ya no me dedico a eso, ahora vendo jabón en pasta perfumado. Sí, es todo lo que tengo que declarar...»

En los diarios se habló de un accidente. ¡Valiente accidente! Fue una masacre. Ulrich, antes Adrián, desapareció de nuevo. Hasta hace poco, una tarde en que muy cerca de la estación de tranvías de Indianilla una vendedora de tamales dice que vio a alguien muy parecido al caballero con patillas pelirrojas que salía en carteles anunciando sus magias, ir detrás de tres tipos que habían metido a fuerzas a otro, al que seguían, en una vecindad oscura de esos rumbos.

VIII
Viajes de ida y vuelta

La segunda clase de los trenes nacionales equivaldría a una sexta o séptima clase de las de otros países por lo que me refieren viajeros duchos en estos menesteres. Confieso que no he estado en muchos sitios pero puedo presumir que por lo menos tengo en el pasaporte un colorido sello de entrada a un lugar en el extranjero que en su momento fue muy importante para mí. A Nueva York llegué (por barco, que no cuenta para efectos de incomodidades ya que me trataron de maravilla) a presenciar, como único reportero mexicano invitado, la función de gala del Ringling Brothers & Barnum & Bailey Circus en el Madison Square Garden (quien quiera ver el reportaje completo, enviado por la maravilla del cablegrama desde el lugar de los hechos, puede consultar las páginas de mi periódico). En esa semana maravillosa, tuve un breve pero intenso romance con una contorsionista búlgara que al día de hoy sigue trayéndome recuerdos y suspiros de tanto en tanto. Y, perdón por disgregar, decía que el tren es incómodo como el demonio y huele como tal. No quiero ni siquiera pensar en el vagón de tercera y mucho menos en el de los enfermos, que, cosa rara, pero absolutamente cierta, va por detrás del cabús. Es el cabús del cabús de este *tártaro* sobre ruedas que cruje, humea, se desvencija con cada curva y cada pendiente y en el cual vamos sedientos e insomnes en busca de un milagro.

Estamos saliendo ya de los límites del estado de Guanajuato. Una embestida de las tropas federales al mando del coronel Echave contra los rebeldes hace un par de días se patentiza en los postes de telégrafo de los últimos kilómetros. Cada uno contiene a su ahorcado. Todos ellos de caras amoratadas, escapularios de tela bordados sobre el pecho, lenguas hinchadas. Todos descalzos. Todos en camino hacia la emancipación.

Cierro los ojos e intento dormir sin conseguirlo. Durante la Revolución, por extraños motivos que desconozco, lo hice siempre a pierna suelta, incluso un viernes en que un obús se estrelló muy cerca matando a seis y provocando un zipizape de bomberos y policías que duró toda la noche. Hoy no es el caso. Cada vez que me apoyo en el vidrio veo, a pesar de tener los ojos cerrados, las caras de los ahorcados sacándome la lengua, burlándose de mí y de mi destino. Llevamos ya más de la mitad del recorrido. Creo que todo lo que aprendí sobre la guerra en un libro de texto para militares que leí siendo adolescente no sirve para un carajo. En ninguna parte del libro de Von Clausewitz se habla de ahorcados ni de venganzas violentas e innecesarias, no habla de orejas cortadas ni de mujeres mancilladas; no habla de incendios ni de plantas de los pies al rojo vivo. Von Clausewitz pensaba que la guerra era un *vis à vis* entre caballeros impecables vestidos de gala. Von Clausewitz nunca estuvo en el barro siendo arrastrado por un caballo encabritado mientras una horda te patea la cabeza y las costillas. Von Clausewitz nunca estuvo en México.

Esta guerra es diferente a todas.

Quienes la cuenten tendrán que tener mucho cuidado y narrar de la manera más objetiva posible las atrocidades de uno y otro bando, que son muchas. Yo no puedo. Mis recuerdos, mis muertos y una cruz que escuece en el pecho inevitablemente me hacen tomar partido.

Andaba en estas cavilaciones cuando un súbito frenazo me empujó violentamente hacia delante, al regazo de mi compañera de viaje que, sorprendida, protegió con los brazos, como una tigresa, a la malograda criatura que no había esbozado ni un solo quejido desde el inicio de nuestra travesía. Luego comenzó, enloquecido, a sonar el silbato de la locomotora. Se escucharon un par de disparos. Inconfundiblemente de carabina 30-30. La máquina se detuvo completamente, dejando tras de sí una estela de vapor y olor a aceite quemado. Gritos, órdenes ladradas, cascos de caballos sobre la grava, el llanto de un niño, bisbiseos.

El acomodador se acerca a nosotros y nos pide muy amablemente que bajemos del tren. «Una revisión de rutina», dice mientras me pone una mano en el hombro, apurándome. La mujer me sigue por el pasillo y el viejo de jipijapa se queja en voz baja arrastrando una maleta de color ocre, enorme, atravesada con cuerda. El resto de los pasajeros parecen estar acostumbrados, sacan envoltorios y cajas de sombreros debajo de los asientos y se ponen en ordenada fila rumbo a la puerta. Todos en un espectral silencio que hiela las venas. Tengo esa mala sensación de estar viendo ovejas rumbo al matadero. Un abejorro se golpea, una y otra vez, terca, inútilmente contra la ventana buscando el aire libre.

Salgo a la inclemente luz de un día anticipadamente inútil y me encuentro, a la altura de los ojos, otros ojos de un hombre de bigote ralo y quepis federal. Va montado en un alazán tostado, lleva una fusta rojiza en la mano con la que me apunta. ¡Bájese, pendejo! ¿Está esperando una invitación formal? Es un teniente coronel con acento norteño, trae botas nuevas y una .45 americana enfundada por sobre la guerrera. A su alrededor unos veinte o treinta soldados van acomodando a los pasajeros a la sombra de los vagones, todos empuñando carabinas nuevas. En los postes de telégrafo a nuestro alrededor no hay ahorcados. Esperemos que así continúen.

Nos van pidiendo de a uno por uno los documentos de identidad. Muestro mi credencial del periódico. Un *pelón* de no más de veinte años la mira una y otra vez, dándole vueltas, descifrándola. Es obvio que no sabe leer; se la arranca de las manos un sargento gordo que se la lleva, sumiso, al único encaballado por esos rumbos.

—¿Conque periodista, verdad? ¿Y qué lo trae por estas tierras?

—De paso, nomás. Voy al norte, a Saltillo.

—Tenga *cuidao*. Por aquí hay mucho mocho *alebrestao* —se come las *des* como su condición de habitante de la frontera amerita y la cacofonía atestigua.

Cuando siento un pequeño tirón en la camisola, miro hacia atrás, lentamente, pensando que se me había quedado atorada con algo, para encontrar los ojos arrasados en llanto de la mujer con el niño tullido a la cual empieza a jalar hacia atrás uno de los soldados, con cierta fuerza. No dice nada, me mira pidiendo auxilio sin palabras. «¡La señora no trae papeles!», dice el soldado pidiendo instrucciones con la cabeza al teniente coronel.

—Es mi esposa, vienen conmigo. Vamos a ver a un médico del otro lado. Por el niño ¿sabe? —intervengo tomándola del brazo y abriendo el bulto para que puedan ver la masa deforme que oculta. Y escupo esa parrafada salida de la nada con una seguridad y un aplomo que a mí mismo me asombran.

El militar de a caballo me mira de arriba abajo, como no pudiendo creer que un tipo como yo pudiera estar casado con una mujer como ella. No alcanza a decir nada cuando suena un tiro, un gorgoteo, gritos. En el suelo, a unos cuantos pasos, con un balazo en plena cara, yace el viejito que ha perdido el sombrero de jipijapa y un zapato. Todavía humea el rifle del *pelón* (el mismo *pelón*) que mira estupefacto el poder de destrucción de su Winchester nuevo hecho en Flossmore, Illinois. Otro de los soldados, balbuceante, intenta explicar lo que acaba de ocurrir de manera atropellada y confusa. Parece ser que el hombre hizo un movimiento extraño mientras intentaban catearlo y por «instito» (así dijo, instito) el soldado Navarrete, sin dudarlo, le pegó un tiro. El que habla se agacha y revisa los bolsillos exteriores de la chaqueta del muerto, sacando triunfante dos cartuchos de dinamita que muestra como pequeños y rojos trofeos. Luego, le abre la camisa. Un escapulario de tela con la virgen de Guadalupe bordada sobre la camiseta que cubre el hirsuto y cano pelo empieza a ser alcanzado por la sangre que baja desde el cuello.

—Se salvaron de un *atentao* dinamitero de los mochos —nos dice a todos pero mirándome a mí, el teniente coronel que baja del caballo. Y como me habla a mí, contesto:

—¿Y no sería simplemente un minero? No es raro que carguen con dinamita sin mecha para llevarla al socavón.

—¡Busquen en el veliz del *desgraciao* ese! —ordena al sargento gordo que lo mira mientras se saca con una uña larga un moco de la nariz.

Suben tres soldados a nuestro vagón. Desde abajo logro ver por la ventanilla un revuelo de prendas y papeles. Ruego que no sea mi resma de hojas blancas. Unos instantes después bajan los soldados llevando en las manos un montón de octavillas impresas en rojo y negro. Se les van cayendo de las manos, esparciéndose en la tierra roja de Zacatecas. Le entregan unas cuantas a su jefe que las blande en el aire. Me da una de mala manera.

—¿No que no, periodista? Panfletos de la Liga Nacional para la Defensa de la Libertad Religiosa... Seguro ese bato iba a volar el tren.

—Una pregunta. ¿Dónde está la maleta? —me atreví a decir.

—¡Que chingaos importa la maleta! ¡Le parece poca evidencia! ¿O usted también es mocho? —me gritaba mientras avanzaba hacia mí, con las octavillas en una mano y con la otra pegándose con la fusta a un costado del muslo.

Di un paso atrás. Mi recientísima «esposa» se puso, con el niño en brazos, entre el basilisco que cada vez gritaba más fuerte y un servidor.

—¡Claro que no es mocho! —gritó a voz en cuello. Y sus ojos claros destellaban como iluminados por el fuego.

Y como la esposa de Lot, el hombre se volvió estatua de sal. Se le quedó viendo como se mira a un barco que se va y se pierde en el horizonte. Ella no le bajaba la mirada. Fueron unos momentos interminables. El teniente coronel se dio la vuelta súbitamente y ordenó que el tren siguiera su camino. Nos subimos al vagón sin decir una sola palabra y retomamos nuestros lugares. Por la ventanilla miré por última vez ese paraje seco y hostil. Tres hombres rodeados por la soldadesca avanzaban hacia los postes de telégrafos más cercanos. La decoración siniestra de los últimos kilómetros iría en aumento.

La modorra de las siguientes horas fue acompasada exclusivamente por el monótono y triste sonido de las ruedas sobre las vías. Mordisqueando un trozo de cecina, bajada con sorbos de agua tibia, veía de vez en cuando a la mujer que el desierto y un teniente coronel me habían ofrendado. Ni me dio las gracias ni le di las gracias. Los dos estábamos avanzando por este mundo caótico y cruel, uno gracias al otro.

Oscurecía. El cielo se ponía violeta. Un coyote corría entre los largos cactus típicos del desierto que llaman órganos buscando presa. Ella, instalada en el bamboleo rítmico del tren, miró hacia los lados, como asegurándose que nadie la oiría y en voz muy baja, echándose hacia adelante, me dijo:

—La dinamita era mía. Ese pobre hombre no tenía nada que ver.

IX
El escudero de Escudero

Ser adolescente, según me explicaron, tiene que ver con el atributo típico de la edad que te lleva a *adolecer* de algo en particular; de miedo, de sentido común, de razón. Ser adolescente de baja estofa en el puerto de Acapulco a principios de un nuevo siglo te convierte en menos que nada. *Adoleces* de lo esencial y sobrevives con lo elemental. Si tienes suerte, como yo, sabrás leer y escribir, tendrás casa y comida, un trabajo. Si no tienes suerte ni familia, vagarás por el mercado recogiendo frutas pasadas o recurriendo a la caridad de las matronas gordas que se compadezcan de ti y te brinden un taco, o de vez en cuando podrás ayudar a descargar un carguero de los grandes por monedas; tal vez te conviertas en ladrón de bolsas de señoritas o puedas irte a la copra en Costa Chica. Si tienes enorme suerte, te convertirás en sindicalista. Pero si la diosa de la fortuna te sonríe más que a nadie en el mundo, conocerás a un hombre llamado Juan Ranulfo Escudero y pronto te convertirás en su escudero.

Ése es mi caso. Al quedarme sin padres, uno por muerte violenta y la otra por designio divino, fui cobijado por el cariño, sabiduría y el buen corazón de Juan Ranulfo.

Verlo organizar las dos o cuatro planas de *Regeneración* era todo un suceso; ponía las notas de los colaboradores sobre una enorme mesa de pino instalada en el fondo, detrás de las escaleras de la casa marcada con el número 25 de la calle Cinco de Mayo y las manipulaba mientras les gritaba como si los colaboradores estuvieran escuchándolo desde esas mismas páginas. Los jóvenes de la cuadrilla, Gómez Maganda, Chávez, Ruperto N., Pérez Campa, Paco Palmerín, un estibador conocido como *el Jaibón* y yo mismo, lo mirábamos embobados mientras despotricaba a voz en cuello contra las hojas amarillentas que no podían defenderse.

—¡Eres un pendejo, Echeverri! Mira que no saber el precio base del quintal de café teniéndolo que descargar del barco todos los días. ¡Reescríbelo!, ¡cuenta cómo se formó la Liga, no me vengas con chocheras ilustradas! —gritaba Juan Ranulfo mientras lanzaba las cuartillas contra la pared.

Más de una vez me dieron ganas de aplaudir el tremendo espectáculo que montaba cada quince días frente a sus huestes, pero nunca me atreví. El periódico era todo un éxito que edición tras edición se agotaba, cobrándose en la portada y en cada nota viejos agravios que los dueños del puerto habían acumulado contra la clase trabajadora

Una tarde, Pérez Campa, miope, eléctrico, calvo prematuro y con una inevitable gorra verde ladeada sobre la cabeza, de mi edad aproximadamente, me puso en la mano una pistola. Una pistola pequeña, negra, brillante. De apariencia mortífera a pesar de su supuesta fragilidad.

—Sólo tiene seis balas, cuídalas —dijo. Por mi expresión, que sin duda lo decía todo, abundó—: Escudero se lanza a la alcaldía del puerto, se lo van a querer *echar*; lo vamos a proteger los más jóvenes, así no sospechan.

Y de golpe y porrazo me vi involucrado en la campaña donde el Partido Obrero de Acapulco (POA) gritaba a los cuatro vientos que existía y que tenía muchas cosas que decir. *Regeneración* fue el instrumento ideal para lanzar a Escudero como candidato a alcalde en octubre de 1920, acompañándolo con una campaña antialcohólica y otra de divulgación de las leyes agrarias.

Las elecciones de diciembre de ese mismo año fueron muy poco comunes; largas filas de estibadores, copreros, pescadores, mujeres de su casa y mujeres de la casa de citas, choferes, boleros, albañiles, sirvientas y mayordomos se dieron cita apenas clareaba el día para depositar, todos muy serios y circunspectos, todos bañados y planchados, todos esperanzados, su voto en la urna correspondiente. Por más dinero, más presión y más mala leche que le metieron al asunto los poderosos del puerto, incluyendo algunas palizas a los «indios remisos», algunos sueldos retenidos y algunas cervezas gratis, la victoria de Juan Ranulfo Escudero fue arrolladora. La junta computadora de votos estaba reunida en la casa del prohombre Matías Flores, quien ante el hecho consumado intentó por todos los medios revertir los resultados utilizando una y mil argucias. Los siguientes días fueron una mezcla de sueño y pesadilla. Escudero dormía cada noche en un lugar diferente debido a las amenazas, rodeado de adolescentes que parecían incapaces de matar a una mosca, pero que hubieran apretado el gatillo contra sus propias madres si las circunstancias así lo hubieran ameritado; por donde él pasara había sólo dos posibilidades, inflamados vítores cantados a voz en cuello o feroces miradas y gritos de reprobación. Unos, los primeros, más que los otros. Cada vez que una tortillera, un estibador o una mucamita le sonreían al pasar y levantaban el brazo en señal de triunfo, a mí se me hacía un nudo en la garganta; Escudero se limitaba a asentir con la cabeza y llevarse un par de dedos al sombrero, agradeciendo las muestras de cariño. Por el contrario, si alguno de los gachupines dueños de las tiendas, o acaso un militar de la comandancia de zona le gritaban algo, él se quitaba el sombrero y levantaba muy alto la cabeza. Yo apretaba contra la bolsa del pantalón bombacho remendado y negro la pequeña pistola, esperando a cada paso un fatal desenlace.

Por ese entonces yo ya había vendido la pequeña casa de mis padres y me había instalado a media pensión en una morada del centro. El dinero obtenido con la venta de la propiedad familiar estaba depositado en la caja fuerte de la Liga de Estibadores, jamás lo hubiera puesto en un banco, cuantimenos después de escuchar todas las lindezas que de los dueños de los bancos se decían en los círculos que andaba frecuentando y donde una máxima corría de boca en boca: «Es más honorable robar un banco que fundarlo». Y era la Liga la que pagaba mi nuevo salario como ayudante de Escudero, lo justo para comer y dormir, aunque tendré que confesar que el tema de las comidas era lo de menos. Por donde anduviéramos, mercados, rancherías, plantaciones, pescaderías, todo el mundo te ofrecía un taco y un trago, las muchachitas te miraban con admiración y arrobo y los hombres con respeto, era como ser un apóstol laico, un alguien que hubiera puesto su vida en prenda en lo que los sueños se iban volviendo realidad.

Escudero me daba un libro semanal y me obligaba a leerlo de cabo a rabo, incluso durante ese tiempo revuelto en que dormíamos donde caía la noche esperando el resultado final del proceso electoral. Le robaba horas al sueño y no se las devolvía nunca, más de un amanecer me sorprendió con un texto en las manos y el alma en un hilo. Con él aprendí dos palabras que serían clave en mi vida: moral y convicción. Estaba convencido de lo que hacíamos y los caminos que habíamos elegido para lograrlo. Por entonces ya era como soy ahora: flaco, larguirucho, malo de dentadura, amigo de mis amigos, preguntón y taciturno a veces.

En medio de descalificaciones, los habitantes de Acapulco e incluso de los pueblos cercanos, Texca, Palma Sola y La Providencia, se organizaron y rodearon, armados con cañas de azúcar como objetos contundentes, la junta computadora de votos, la cual, bajo la presión, tuvo que reconocer públicamente la victoria de Escudero. Pero como todos sabemos, del dicho al hecho hay mucho trecho. Entre las elecciones y la toma de posesión del nuevo alcalde había casi un mes de distancia. El 11 de diciembre Escudero estuvo a punto de ser detenido por una orden de aprehensión girada por el gobernador del estado, pero un amparo providencial evitó que ésta se consumara.

El 15, Celestino Castillo, aún presidente municipal en funciones, telegrafió a México acusando a Juan Ranulfo de un complot militar contra el general Obregón, presidente de la naciente República emanada de la Revolución, argumentando un desembarco de armas en la costa. La maniobra fue tan torpe que el propio Obregón contestó: «Enterado de su mensaje de ayer relativo armamento que sabe desembarca en este puerto. Siendo el deseo de este gobierno de renovar el armamento del Ejército, sería conveniente que aumentaran los desembarcos de armamentos y municiones en nuestras costas». El Partido Obrero de Acapulco pidió garantías para su candidato y tras dos semanas de andar a salto de mata por las cercanías del puerto, el primero de enero de 1921, el mismo día en que yo entraba a la mayoría de edad, tomó posesión como alcalde llevando como regidores a Ismael Otero, Gregorio Salinas, Plácido Ríos, Emigdio García y Maurilio Serrano. La bandera rojinegra del POA ondeaba en el ayuntamiento ante las miradas de sorpresa y satisfacción de unos y de resignación malsana de los otros.

Yo me trasladé a vivir en un cuartito del propio Palacio Municipal, cercano a la cocina de la parte trasera del edificio, y me convertí en una de las sombras de Escudero; su escudero. Una noche de los primeros días de acomodo en mi nuevo hogar, en el momento en que me disponía a apagar el quinqué con el que alumbraba mi lectura, entró intempestivamente él, con un traje de algodón crudo entre las manos.

—Tienes que vestirte mejor, somos gobierno y como gobierno digno y representante del mejor pueblo del mundo no podemos andar con los pantalones rotos —dijo Escudero alargándome el paquete.

—¿Lo compró la alcaldía? —pregunté ingenuamente.

—Por supuesto que no. El dinero del ayuntamiento es para obras en beneficio de la comunidad, no para lujos personales de ninguna índole. Era mío, lo arregló Melchor, el sastre, espero que te sirva.

Y sin decir una palabra más, dio media vuelta y salió de la habitación. No sé por qué hice esa tonta pregunta si sabía de sobra la respuesta. Desde que nos habíamos instalado en Palacio había quedado más que claro qué tipo de gobierno ejercería. Un férreo control de los gastos, cero dispendios y nada de lujos. Incluso entre todos pagábamos a la cocinera y la comida que se servía dos veces todos los días, al amanecer y por la tarde, sobre las cinco.

Yo había entrado en nómina como tercer secretario del alcalde, de cuatro que no sólo fungíamos como guardaespaldas, sino que nos encargábamos de recibir la correspondencia y organizarla, además de tener a punto las audiencias que se llevaban a cabo todas las mañanas, entre doce y quince, en que recibía a aquellos habitantes de Acapulco que jamás habían traspasado el umbral de la alcaldía como invitados. Largas filas de personas con papeles en la mano hacían cola desde muy temprano para pedir audiencia. Viejos reclamos, muchos de ellos irresolubles, eran expuestos en las tres mesas que para tal fin habían sido instaladas en el patio interior del Palacio. A todos se atendía con amabilidad y dignamente. Pasábamos un resumen de la queja en limpio a la máquina de escribir y sobre las dos de la tarde nos reuníamos con Escudero para irle leyendo la retahíla de agravios acumulados durante el día. Él escuchaba atentamente e iba dando instrucciones. Que lo vea el de obras, que lo atienda el síndico, no, eso lo aclaro yo, a ese le dan cita en mi despacho mañana temprano, ese problema es del gobernador. Y así, un largo etcétera. Escudero recibía un sueldo de ocho pesos mensuales de los cuales cuatro eran por «gastos de representación», mismos que jamás quiso cobrar, y les asignó a los regidores una nómina de cinco pesos por cabeza. Nombró tesorero a su hermano Felipe y le exigió una fianza que garantizara sus manejos (la pagó el padre de ambos) y, en suma, movió el municipio y lo puso de cabeza. La relación con la comandancia militar era mortal. El 30 de enero el coronel Novoa dirigió un pelotón de soldados contra la casa de Escudero y éste logró escapar por la parte trasera. Juan Ranulfo cargaba consigo una enorme cantidad de amparos, sacados casi a la fuerza a los jueces para protegerse de la inquina del gobernador, el jefe militar de apellido Figueroa e incluso del magistrado del puerto, Ramón Peniche.

Acapulco, mientras tanto, estaba cambiando con su gestión. Nombró policía pagada por el ayuntamiento que hasta ese momento no existía, redujo los cobros que se hacían a los locatarios del mercado e impuso como impuesto máximo el de veinticinco centavos, creó las juntas municipales para evitar que los habitantes de los pueblos tuvieran que asistir a la cabecera municipal para tratar sus asuntos, emprendió una campaña de salud pública y formuló un *Bando de policía y buen gobierno* que contemplaba muchas novedosas formas de relacionarse con los ciudadanos, entre las que destacaban la prohibición de que los agentes de policía bebieran alcohol, bajo amenaza de ser expulsados del cuerpo; se prohibía a su vez que el jefe de policía tuviera parientes entre sus filas y que los poderosos del puerto, por más poderosos que fueran, le faltaran al respeto a las autoridades. La higiene de la ciudad también fue contemplada en sus acciones inmediatas: los propietarios debían por decreto pintar sus casas, mantener limpios los frentes, recoger la basura e impedir que los perros y los puercos campearan a su libre albedrío. Organizó, por supuesto, cooperativas de producción y de consumo y dio estímulos a los talleres que produjeran materiales baratos. Atacó de frente los dos más graves problemas del puerto: el aislamiento de la capital del estado por tierra, promoviendo la construcción de la carretera a Chilpancingo, y la educación, con apoyo del poder federal, creando nuevas y mejores escuelas.

Juan R. Escudero, como lo llamaban muchos, era un hombre firme al que no le temblaba la mano. Yo estuve presente el día en que una anciana de apellido Buenaga vino a quejarse con él porque la había mordido un perro que andaba suelto por la calle a pesar de tener dueño. Juan hizo detener al amo del agresor, le obligó a pagar una multa de cien pesos y a sufragar los gastos de las curaciones. Mantuvo encarcelado al hombre hasta que la multa fue cubierta.

El hombre era ni más ni menos que su propio padre, que no chistó ni un solo momento por las decisiones a todas luces justas de su hijo.

Todos los que andábamos a su lado sabíamos que no podíamos apartarnos ni un ápice del camino que estaba marcado y en el que constantemente nos daba el ejemplo.

Su lógica era impecable: cuanto más diferentes seamos, más iguales deberemos ser.

X
Cuaderno de notas 1

LEÍDO en un parque de Zamora, Michoacán: «El que pise el césped será consignado a la autoridad competente. El que no, no».

DICEN (me dijeron) que al Niño Fidencio lo llaman así porque nunca le crecieron las verijas. No seré yo el que lo compruebe.

HAY EN la calle de Moneda, a un costado de Palacio Nacional, una cantina regenteada por putas enanas. Escribir una crónica.

FIEBRE por el magnetismo. Los ricos andan como locos con los poderes magnéticos de un tal Dr. Sears que dicen aumenta la virilidad con imanes. Pasarle la información a Pastrana que le encantan esas cosas.

COMPRAR leche y tabaco.

ESTRENAN el viernes una película de Tom Mix en el Colonia, invitar a Teresa.

TAL VEZ dios sí exista, pero es un cabrón…

RECOGER la gabardina en el Savoy.

18 DE FEBRERO, seis de la mañana, Bosque de Chapultepec, ser padrino de Diego Genovés que insiste en batirse a duelo con un tal Góngora por un lío de faldas.

COMPRÉ un libro de poemas de un peruano llamado César Vallejo, hoy me siento como se siente él en un texto titulado «Trilce»:

> Hay un lugar que yo me sé
> en este mundo, nada menos,
> a donde nunca llegaremos.
>
> Donde, aun si nuestro pie
> llegase a dar por un instante
> será, en verdad, como no estarse.

XI

Instrucciones para mear desde un tren en marcha

Aterido de frío, en la más absurda oscuridad, con el rítmico bamboleo de las vías a mis pies, no me queda más que pensar, y pienso. Y hago un recuento de los años vividos, que tomando en cuenta todo por lo que he pasado, incluyendo una revolución, han sido sobresalientes. Y pienso en lo que me falta por vivir todavía sin lograr evitar que un haz helado y diminuto me recorra la espalda. Porque estoy vivo de milagro. Pero como no creo en los milagros, inmediatamente me quito la palabra de la cabeza y busco sinónimos elocuentes que describan el caso. Estoy vivo de casualidad, estoy vivo de chiripa, estoy vivo por simple contentillo del destino, estoy vivo...

Un breve olor a muerto, esa rabia dulzona, me saca de mi ensimismamiento. Busco con la vista el origen del mal sin conseguirlo. Me levanto y, penosamente, trastabillando, sosteniéndome en los respaldos de los asientos, recorro lentamente el vagón semivacío; veo a una pareja de mediana edad que apoya la cabeza uno contra otro, a mi flamante esposa recostada contra la ventanilla, un gordo que atesora entre las manos y sobre su tripa un típico maletín de médico de pueblo, dos mujeres cubiertas hasta las narices por sus rebozos de bolita, flanqueadas de canastas de mimbre repletas de pertrechos, como si fueran a la guerra. Todos duermen. Al fondo, un hombre fuma y mira al exterior apoyado en la puerta que une a los vagones, expulsa el humo por un resquicio, parece pelirrojo, tiene largas patillas, un sombrero tejano, va consigo mismo, no lo molesto. Tropiezo con algo en el pasillo. Es un perro pequeño, uno de esos que hay en las casas de los ricos, de color miel, orejas puntiagudas y dientes salidos. Tiene la marca de un evidente tiro y sangre seca a un costado.

Huele como deben de oler los que dejan el mundo. Lo levanto con las dos manos, está rígido. Los ojos cerrados. No parece haber sido de nadie, no lleva collar ni identificación, tan sólo un diminuto moñito de color azul sobre la cabeza, todo un gesto. Me acerco a una ventana abierta y sin dudarlo lo arrojo sin ninguna clase de remordimientos, aspiro una gran bocanada de aire frío; siento entonces una mirada, el hombre que fuma baja brevemente la cabeza en señal de aprobación, hago lo propio y vuelvo a mi sitio pensando en el coyote que vi hace unas horas, debe de estar muy lejos, será otro el que devore los restos a un lado de la vía.

La penumbra genera malos pensamientos, lo sé desde niño; por ejemplo, las iglesias de noche son el mejor lugar del mundo para los malos pensamientos, hay sombras equívocas, ruidos inexplicables, olores súbitos, no es el caso. Miro fijamente a mi esposa, sostiene al niño con dos manos que parecen dos garras, es más probable que triunfen los cruzados a que a esta mujer le puedan arrebatar a su pequeño engendro de los brazos. Es mucho más guapa ahora, a la luz de la luna; nuestros destinos unidos se desatarán tarde o temprano, tan violentamente como un nudo gordiano, y con un dejo de amargura sé de cierto que nunca yaceremos juntos.

Aprovecha mi cuerpo este momento, esta oscuridad, esta forma de ser. Y sufro una erección. No es un eufemismo, la sufro como los mártires sufrieron sus martirios, con un poco de culpa y un poco de gozo y un mucho de arrepentimiento por no poder estar en otro lado, en otras circunstancias, con otras desnudeces sobre nuestros cuerpos, en la playa de Mocambo tal vez, con una cerveza de barril en una mano y su seno liberado, lánguido, en la otra, viendo el horizonte, no pensando en nada y sintiendo la tibia arena contra la espalda.

Pero como todos sabemos, los sueños tienden a corromperse, a pudrirse. En cuanto un ínfimo trozo de realidad real se filtra en el sueño, lo invade todo, como una mancha voraz de hongos sobre la tela y abofeteándote sin piedad te saca de la playa veracruzana para ponerte de golpe y porrazo sobre la incómoda banca de un vagón de segunda en tránsito al infierno. Los riñones no saben de sueños, cuando su capacidad está por rebasarse, una urgencia dolorosa y tenaz invade tus entrañas. Mear desde un tren en marcha es un acto circense que debería considerarse como un arte; agarrado con una mano, precariamente, del tubo de la puerta, sosteniendo el miembro con la otra, apuntando a la grava que corre bajo tus pies a una velocidad endemoniada, con las piernas bien abiertas sosteniéndose de los vanos de la escalerilla, contra el viento, meciéndote con el vaivén del carro, hay un número muy alto de probabilidades que termines empapado. No quiero ni pensar en lo que pueden hacer las damas en estas circunstancias. Ellas están hechas de otro material, parecería que no mean nunca.

Se empieza a iluminar el horizonte. Rosas pálidos y azules celestes de sueño de quinceañera van apareciendo perezosamente frente a tus ojos. Los amaneceres son esos momentos sublimes en que el mundo parece recién horneado, nuevecito, como si la maldad no existiera y pudieran hacerse realidad todos los deseos. Me quedo un rato viendo cómo se va formando el paisaje frente a mí, ahuyentando las sombras y delineándose colinas y montañas, ríos y árboles, mamíferos y aves. De niño pensaba que la oscuridad, cuando llegaba el día, se iba metiendo de a poco debajo de la tierra, en cuevas enormes donde dormía hasta que volviera a llegar su hora. Hoy lo confirmo. Aprovecho este rato, este aire tibio, estas certezas que me inundan para que se me sequen los pantalones mientras lío un cigarrillo.

Dicen que la curiosidad mató al gato, pero el perro que tiré por la ventanilla hace unas horas bien puede cumplir con esas funciones y permitirme a mí, sin temor a morir en el intento, saciar mínimamente mi sed de saber lo que no sé, de ver lo que no he visto. Por eso me hice periodista, porque en este mundo cruel todavía hay mucho misterio y mucha ruindad y muchas maravillas que todavía no han sido contadas. Así, deteniéndome penosamente en los respaldos de los asientos, fui avanzando, como un náufrago que acaba de pisar tierra por primera vez en mucho tiempo, hacia la parte trasera del ferrocarril. Habré de decir que avanzar de adelante hacia atrás en un tren mexicano es casi como analizar *in situ* los estratos de los cuales está compuesta nuestra convulsa sociedad. O lo que es lo mismo, pasear por los nueve círculos del averno. Así, la tercera clase dista mucho en comodidades de las dos primeras, los bancos son de madera sin forrar, huele mucho peor, las gallinas, los cerdos y los guajolotes campean a sus anchas y seguramente no pagaron peaje; hay sobre todo mujeres y niños que duermen en el suelo y allí hacen sus necesidades. Nadie habla y a pesar de ello se escuchan por doquier sordos sollozos; parece ser que el silencio es el acompañante perpetuo de nuestra raza, a veces por obligación, las más por prudencia, siempre con una rabia contenida, lánguida, tristísima. Los desposeídos dejaron de hablar por primera vez a fuerza de latigazos y después, el día en que se dieron cuenta de que nadie los escuchaba. Sigo avanzando. Un guardia del tren quiere impedirme pasar al último vagón, argumenta que allí sólo van los enfermos que se dirigen a Espinazo; le muestro la credencial del periódico, sonríe y se hace a un lado, dice dos cosas a media voz mientras abro la puerta del último vagón: «Bajo su propio riesgo» y «Nunca había conocido a un periodista». Estoy tentado a darme la vuelta y ofrecerle un autógrafo, pero él ya está de espaldas a mí, con un pie encasquetado contra la escalerilla y mirando al infinito. Una enorme escopeta del calibre .12 cuelga de su espalda, por sobre los herrajes de las cananas llenas de munición. Tomo una bocanada de aire fresco y cruzo el umbral donde me imagino palpita el corazón de las tinieblas.

La sorpresa es mayúscula. No hay penumbra y en cambio el sol entra riguroso, pleno y sin embargo festivo, en todo el recinto. No hay allí arriba de veinte personas, de las cuales sólo cuatro o cinco están acostadas sobre catres de campaña y cubiertas con sábanas blanquísimas. El resto va sentado en equipales de cuero color marrón. Son los familiares que hacen rondines permanentes alrededor de las víctimas del destino. Hay una niña pequeña en uno de los catres que tiene una rodilla al aire, una rodilla de elefante puesta sobre una pierna pequeña y débil, un tumor inmenso y gris que surge incomprensible de esa leve humanidad.

Nadie me mira, es como si no existiera, como si sólo hubiera entrado el viento. En otro catre un hombre babea e intenta morder una de las enormes correas que sujetan sus hombros a la cama. Una vieja mujer surcada de arrugas, con dos peces líquidos por ojos, repasa una y otra vez, bisbiseando, un rosario de cuentas de palo de rosa entre las manos. Bien podría ser la sala de espera de cualquier limpio hospital de la capital de la República. Al fondo del vagón hay otro guardia, vestido igual al que franqueé hace unos instantes, con el mismo bigote y la misma escopeta a la espalda, apoyado sobre una puerta de madera. Me acerco, de puntillas para no importunar a deudos, madre y enfermos. El guardia abre las piernas cubriendo la puerta y pone una palma rosada y húmeda frente a mis ojos.

—¿A dónde? —dice, abriendo desmesuradamente la boca.

—Voy al cabús, soy periodista.

—Lo siento, por aquí no pasa ni el aire. Éste sólo se abre en destino.

—¿Y se puede saber dónde es *destino*?

—Espinazo, pues, ¿cuál va a ser?

Está muy decidido, por allí no pasaría ni su propia madre. Le agradezco y desando el camino. Una mujer pequeña, enlutada, me alcanza y me toma delicadamente el brazo.

—Allí van los enfermos. No entre, se puede contagiar.

—Y éstos de aquí —señalo con la barbilla alrededor y con un dejo de mala leche—, ¿no están enfermos?

—Claro, pero atrás van los enfermos pobres. Hágame caso, ni se acerque.

XII
Naufragio

Un machetazo a mansalva le había arrancado de cuajo tres dedos de la mano derecha, la misma con la que intentó protegerse la cara, como un niño se protege de un pelotazo. Desde el suelo, en medio del linchamiento pensó que el tipo que tenía sólo unos cuantos dientes en la boca, los ojos alucinados, el relicario de la virgen de los Remedios bamboleando en el cuello y que levantaba nuevamente el alfanje para asestar el golpe final, sería lo último que vería en su vida, cuando un grito agudo, terrible, proferido por la garganta de un pequeño animal en vez de un hombre, hizo que su potencial asesino desviara la mirada un instante. Un instante que se convirtió en una eternidad en la que Ulrich, el mago, tomó del polvoriento suelo las tres falanges perdidas, se incorporó y pudo salir del infierno gateando por entrepiernas cubiertas de calzón de manta y cientos de guaraches y de uñas lastimeras y sucias. Luego corrió, dejando el corazón, el alma y jirones de piel en cada guayabo y cada bugambilia y cada mango con los que fue dando trompicones hasta que dejó de escuchar, muchas horas después, la rabia asesina y los gritos y los gorgoteos de sangre y los lamentos. Un mínimo arroyo de esa selva desconocida y hostil se convirtió en su remanso. Metió la mano herida al agua sintiendo miles de agujas y temblores que subían por el brazo hasta el corazón y la cabeza y luego, con un pañuelo blanco, inmaculado, lo único indemne en su cuerpo vestido con jirones, se vendó firmemente, guardó los dedos seccionados en la bolsa del pantalón y sentado contra un árbol que no había visto nunca, pasó llorando el resto de la noche. Llorando y pensando en que no pudo hacer nada por nadie, que cuando intentó sacarle de encima a los basiliscos que pateaban, mordían, acuchillaban y arrastraban de los cabellos a la mujer-serpiente que llevaba el cuerpo lleno de cristales, como un candil maldito, una rodilla demoledora se le había incrustado en la espalda quitándole el aliento y el pulso, la razón y la visión, el oído y el olfato. No pudo hacer nada por nadie. Ni siquiera por el tigre, que bajo una manada de monstruos vociferantes sucumbió con los ojos sumidos en espanto sin entender en qué momento las presas se habían vuelto predadoras. Y no pudo hacer nada por nadie. Y no pudo hacer nada. Y no pudo. Los dos días siguientes fueron bordados por la más profunda desazón; enfebrecido, con la mano palpitante y el corazón adormecido iba y venía de las terribles imágenes vividas, sin saber a ciencia cierta cuáles eran verdad y cuáles sueño. Lo encontraron unos muleros diciendo incoherencias, balbuceando, con una moneda que se le caía constantemente de una mano vendada y teñida de rojo y con los ojos arrasados por el llanto. Pasó más de tres semanas en el hospital de Comala, nunca dijo su nombre ni lo que había vivido. Los médicos discutían diariamente una posible amputación y él los miraba desde la cama como quien mira el suelo, como quien mira un reflejo, sin emoción y sin expectativas. Encontraron los dedos en el pantalón y los metieron en un frasco con formaldehído que pusieron en una mesita al costado de la cama. Las autoridades militares de la zona lo sometieron a diversos interrogatorios sin resultados. A pesar de ello, varios habitantes de las rancherías cercanas fueron sometidos a juicio y todos liberados posteriormente por falta de testigos de cargo, como si nunca hubiera pasado nada. Dalfour, el prestidigitador, testificó, pero no pudo reconocer a nadie cara a cara; para un francés todos los mexicanos son iguales. Los miembros de la compañía, los caniches y el tigre fueron enterrados, mejor dicho sus restos irreconocibles, todos juntos, revueltos, en una fosa común seis semanas después de los eventos. Un capellán de la comandancia policíaca intentó, con un hisopo plateado, verter agua bendita sobre los restos, pero el mago lo impidió, liquidándolo con una sola, feroz mirada y una mano de dos dedos que le señaló enérgicamente la salida del panteón civil de la comunidad. No hubo cortejo, ni palabras sentidas, ni carrozas fúnebres. El mago, bajo una pertinaz lluvia, dejó caer una rosa roja sobre el amasijo de carne y tela y tierra y después, empapado, se retiró del lugar sin decir palabra. Unos meses después, una cadena de sórdidos asesinatos azotó la región ante la perplejidad de las autoridades que no atinaban a descubrir de dónde venía tanta rabia y tanta ferocidad. Once muertes en un mes. Cadáveres deslenguados, desorejados, con las cuencas de los ojos vacías, los miembros viriles amputados, con torsos surcados por cientos de milimétricos cortes hechos a conciencia y paciencia por una navaja de rasurar o un bisturí quirúrgico daban cuenta clara de la saña con la que el o los asesinos habían obrado sobre sus víctimas, de todo el tiempo que debieron de sufrir la tortura antes de morir. Seres anónimos, sin aparentes cuentas pendientes con la justicia; el dueño de una botica, tres jornaleros, un sacristán, cuatro vendedores y un caporal de la zona fueron apareciendo en las condiciones antes descritas, día de por medio durante casi un mes sin falta, sin previo aviso en plazas, parques, atrios de iglesias, generando un clima de terror entre la población y llamando la atención primero de los pasquines que circulaban en la capital del estado y posteriormente de los grandes periódicos del Distrito Federal, los que rápidamente bautizaron al asesino como *El descuartizador de Comala*, a pesar de que en ese lugar no hubiera aparecido ni uno solo de los cadáveres. A partir de la aparición del segundo muerto, se organizaron batidas con perros y caballeros colimenses disfrazados como para ir a la caza del zorro inglés, por todos los alrededores, sin obtener pistas ni resultados. Cada batida terminaba al atardecer en los porches de las casas de dos aguas típicas de la zona, frente a enormes hogueras donde los batidores narraban paso a paso y minuto a minuto sus infructuosas expediciones como grandes éxitos y bebiéndose ingentes cantidades de ron, whisky y guarapo local. Pronto, los fines de batida se transformaron en tremendas francachelas donde no faltaba la música y unas cuantas putas que vieron en ello la oportunidad de acrecentar su capital. El presidente municipal prohibió, después de la sexta, que se llevaran a cabo más excursiones vengadoras y puso el caso, exclusivamente, en manos del detective Gerardo Tort, un avezado policía que venía de la ciudad de México y que ya tenía un par de logros importantes en su carrera, como el desmantelamiento de una banda de falsificadores de bonos villistas durante la Revolución, que le valió un ascenso y el abrazo del propio general Doroteo Arango. El motivo principal de prohibir las batidas se debió en parte a la muerte trágica en una de las reuniones del señor Carlos Lizárraga, un prohombre de Comala, dueño de una acerera, que murió según el reporte criminalístico por la «ingesta accidental de alcohol etílico». La viuda sabía perfectamente que la ingesta no fue en lo absoluto accidental y las tres mujeres de la vida galante, en cuyos brazos, sonriente, murió el tal Lizárraga después de doce botellas de champaña francesa, también. Incluso las damiselas, en pleno velorio intentaron cobrar la cuenta a uno de los hijos del hombre, que las despidió, en medio de un enorme escándalo, con cajas destempladas. Pero ni las investigaciones de Tort ni los recursos del estado fueron suficientes para detener la cadena de crímenes hasta que, al llegar al número once, cesaron tan súbitamente como habían comenzado. El único rasgo en común de los muertos que se pudo sacar en claro es que iban habitualmente a misa de domingo a la misma iglesia, cosa que a los investigadores del caso no les llamó la atención. El mismo día en que apareció el último cadáver, el número once, Ulrich se subió en Colima a un tren con rumbo a la ciudad de México llevando entre los únicos dos dedos de su mano derecha una moneda de plata que giraba brillante e intermitentemente ante el asombro de los niños que lo miraban en la estación, mientras llegaba la máquina del ferrocarril.

XIII
La sangre de los trópicos. *Acapulco, 1921*

El destino es veleidoso, te menea como a un muñeco de trapo colgado de una palmera en medio del huracán. Pero en cuanto define camino, es implacable. No puedes huir porque sabes que todos tus esfuerzos por alejarte de él te acabarán poniendo en el mismo lugar en el que estabas, colgado de la misma palmera a merced de los vientos, tal vez un poco más sabio, un poco más maltrecho. Las cicatrices sirven sólo para recordarte que vendrán nuevas cicatrices. Dice mi amiga la Moliner que el destino es la supuesta fuerza a la que se le atribuye la determinación, de manera inexorable, de lo que va a ocurrir. Así sea.

Armado, con pistola y con traje, lo siguiente que me merecía era un sombrero. Sebastián Guadamur era el dueño de la mejor (y única) sombrerería del puerto de Acapulco que en el año 1921 exhibía en dos vitrinas enormes una impresionante variedad de jipijapas, panamás, tejanas, gorras, cachuchas, *stetsons, dobbs, baldwins,* chinacos, sombreros de charro, de cuatro pedradas y otros muchos cuyos nombres desconozco pero que no eran menos impresionantes que los anteriores. Desde que crucé el umbral de

Sombreros Guadamur me asaltó el absurdo interrogante acerca de cómo pude vivir tantos años sin una maravilla de ésas cubriéndome la cabeza. Me los probé todos. Incluso un par de gorras tramperas forradas con piel de castor que obviamente no son adecuadas para los trópicos pero que sin duda son muy lucidoras.

Dos horas después, ante el evidente disgusto de Guadamur que me miraba con aire displicente y con la soberbia y suficiencia implícita de los entendidos en la materia, me decidí por un panamá de ribete tejido, de color crudo, que me sentaba de maravilla y me hacía parecer unos años mayor. El problema se suscitó cuando pregunté, ingenuamente, el precio de esa joya que me daba vueltas entre las manos como si estuviera viva. ¡Dieciséis pesos! No lo solté de milagro, a pesar de que su contacto me producía la misma sensación que un hierro candente. En mi vida había visto ese dinero junto, ni lo tendría, por como veía las cosas. Se lo devolví, como supongo depositan en las manos el cetro a un rey, con delicadeza y temor absoluto, balbuceando disculpas. Guadamur me miraba de arriba abajo, sopesando las circunstancias y midiendo mis reacciones.

—¿Trabajas con Escudero? —preguntó.

—Sí. Soy uno de sus ayudantes —y en el instante mismo en que le respondí, me di cuenta de que estaba cometiendo una indiscreción peligrosa frente a uno de los «ricos» del puerto, de esos que considerábamos *el enemigo*.

—En ese caso… Llévatelo y ya me lo irás pagando —dijo poniéndome el sombrero entre las manos—. Simpatizo con Escudero y su movimiento. Incluso, he leído a *Lenine* —confesó, acercándose a mi oído.

Y yo, sin saber quién diablos era el tal Lenine ni por qué el peninsular Guadamur era tan obsequioso con un desconocido, no pude más que responder con mi silencio y tal vez un minúsculo asentimiento de cabeza que él tomó como una inequívoca muestra de nuestra recién establecida complicidad. Así, me fue empujando amable pero firmemente hacia la salida, donde atónito me recibieron los rayos del sol de mediodía y a mis espaldas, el sonido de la campanilla de la puerta que se cerraba. Caminé un par de cuadras, haciendo cuentas mentales de cuánto le tendría que pagar mes a mes a Guadamur para saldar mi deuda sin tener que llegar al penoso caso de la muerte por inanición y decidí que cada día quince y primero de mes, pasaría por allí para abonarle cincuenta centavos. En dieciséis meses el sombrero sería completamente mío. El dinero guardado por los estibadores de la Liga, ese dinero fruto de la venta de la casita de mis padres, lo había donado para el movimiento escuderista. Por primera vez en mi vida era sujeto de crédito y eso me llenaba de emociones encontradas. Entonces, y sólo entonces, me lo calé, con parsimonia y disfrutando cada instante. Con dos dedos bajé el ala del sombrero desde mis veintiún años radiantes y caminé rumboso y dueño de mí mismo hacia uno de los poquísimos palacios municipales del país en manos de los socialistas.

—¿De dónde salió este *señoritingo?* —preguntó Escudero desde las escaleras de la alcaldía, con un fajo de papelotes en la mano, señalándome con ellos y haciendo reír a los que lo acompañaban.

—Soy yo, pues —dije, lleno de timidez y quitándome el panamá para que me viera la cara.

—Ah, carajo. No lo reconocí tan elegante —y me guiñó un ojo, dándome a entender que sí me había reconocido—. Suba, pues, compañero, que a usted y a su sombrero nuevo les tengo un *encarguito…*

Y, determinado como era, dando instrucciones como otros dan mandobles, me ordenó de tal manera que parecía estar hablando con un viejo amigo, que me acercara los próximos días hasta la fábrica de velas Luz del Pacífico y le trajera un informe detallado sobre los rumores de un nuevo sindicato que allí se estaba formando. Quería saberlo todo, número de trabajadores, horarios de la jornada laboral, sueldos, actitud de los patrones, si había guardias blancas, condiciones de salubridad y un largo etcétera que fue ametrallando mientras yo a duras penas le podía seguir el ritmo apuntando febril en una libretita. Por último me pidió que fuera de incógnito. Debió de verme en la cara que desconocía la palabra dominguera y rápidamente acotó:

—Sin sombrero ni traje de algodón, por favor.

Tuve que guardar mi reciente e impagada adquisición en un armario y recuperar las *garras* habituales que ya estaban a punto de ser utilizadas por otro compañero. Dicen que aunque la mona se vista de seda, mona se queda, pero no estoy de acuerdo. Algunos monos nos volvemos un poco más dignos, más personas, en cuanto abandonamos el uniforme que nos dio la vida o las circunstancias y cubrimos la piel, esa que definitivamente no te puedes quitar, con telas diferentes. Esto es algo que yo ya sabía. Por ejemplo, los domingos, cuando todos se engalanaban, las putas que iban lo mismo a misa que a un mitin no eran las mismas que andaban ofreciendo sus carnes en bares y tugurios del puerto, los pescadores y estibadores de habitual camisa amarrada a la cintura se veían diferentes, meritorios, dueños de sí mismos y de su voluntad. Un poco más iguales a los dueños de todo, aunque ni siquiera fueran dueños absolutos de las prendas que lucían compradas en abonos, como me pasaba a mí con el famoso sombrero.

La Luz del Pacífico tiene treinta y dos empleados, de los cuales veinte son mujeres. Los conté de a uno por uno a la salida de la fábrica que no era más que un enorme galerón por la zona de la recién creada colonia Juárez; una vendedora de ese refresco de piña llamado *tuba,* que ofrecía su elixir en las inmediaciones, pronto se convirtió en informante y confidente que me fue describiendo las desgracias a que estaba sometida esa insólita tribu que trabajaba de sol a sol por míseros salarios. Me fui enterando poco a poco de las terribles condiciones en las que, sumidos en un calor infernal sumado al que de por sí había en el trópico, hacían velas, veladoras, cirios y ceras. Sólo tenían permiso de beber agua una vez cada hora y estrictamente prohibido salir de su área de trabajo hasta terminar la jornada laboral que a veces se extendía hasta doce o más horas consecutivas.

El patrón era un tal Sáenz, hijo de gallegos emigrados que había heredado la fábrica hacía tan sólo un par de años y que por lo visto quería hacerla rendir a cualquier precio; incluso a costa de la vida de sus trabajadores. Un par de matones conocidos de todos en Acapulco, Benavides y Moral de apellidos, pero llamados familiarmente *Chuy* y *el Coco,* eran los encargados de mantener el orden cada vez que se daba el más mínimo reclamo. Generalmente las cosas se «recomponían» con un par de garrotazos, pero hace un par de meses, el instigador de la creación del sindicato, Casimiro Bulnes, había desaparecido «misteriosamente» de la faz de la Tierra. Hablé con su esposa, que con un aplomo asombroso me dio a entender que Casimiro debía de estar muerto; lo único que lamentaba era no tener sus restos para brindarle un entierro decente. La resignación es como un mal que azota a nuestra tierra como si de una plaga se tratase; tiene que ver, supongo, con los muchos años de dominio español y con la insistencia machacona escupida en los púlpitos domingo a domingo, donde se loan la mansedumbre y el poner la otra mejilla a la hora de los agravios. No somos más que ovejas caminando rumbo al matadero, balando estupideces. Cada vez que aparece una oveja negra, como Casimiro, no llega ni siquiera al matadero, una esquina cualquiera, una barranca, una playa sucia, un camino solitario sirve para los efectos conducentes.

Ni una gesta independiente, ni después una revolución con un millón de muertos han logrado quitarnos de encima esa culpa que no nos merecemos. Los hombres y mujeres de la Luz del Pacífico dejaban la piel en la fábrica para pergeñar velas y cirios que sus hijos y nietos no podrían comprar para iluminar los velorios donde otros balarían y rezarían en su humilde memoria.

Dos semanas después, cargado de notas de papel y pequeñas tristes historias en la cabeza, me planté frente a Escudero para dar el parte más completo posible de mi investigación, mismo que escuchó en el más absoluto de los silencios, dejando caer de vez en cuando las cenizas de un purito sobre el cenicero que adornaba la mesa de presidente municipal del puerto de Acapulco. A veces asentía con la cabeza y hacía un pequeño ruido con la garganta, como si de un gruñido se tratara, como si en su pecho viviera un enorme animal que estuviera a punto de despertar y pudiera saltar, rompiendo su camisa de algodón, para comerse de dos tarascazos a todos los dueños de todas las fábricas del mundo, para venir así a poner un poco de justicia en este páramo de la legalidad.

—Vete con Valentín, Pérez Campa y dos o tres más, por instrucciones mías, a formalizar el sindicato —dijo Escudero—. Planten una mesa en la puerta de la fábrica, pongan papeletas y una urna, que los trabajadores voten en secreto. Levanten un acta y den posesión al nuevo comité. Si el patrón o sus esbirros intentan algo, vuelvan aquí y llévense a dos o tres policías. Si las cosas se salen de madre, lleven también a un notario para que de fe de los hechos. Vayan armados. ¿Preguntas?

—Sí, una. ¿De dónde saco la urna? —dije, con evidente preocupación.

El animal que podía vivir en el pecho de mi jefe se volvió a adormecer súbitamente, como por un ensalmo mágico y beatífico. Y en ese momento, Escudero me miró de arriba abajo como quien mira a un niño que acaba de salir del mar tiritando por el frío y no hubiera toallas suficientes sobre la faz de la Tierra para poder secarlo.

—De donde sea. Una caja, una sopera, un sombrero sirve como urna. No te preocupes, importa el fondo y no las formas.

Me di la media vuelta para salir de su despacho y logré escuchar claramente a mis espaldas un «cuídense» que salía de la boca de un hombre que se daba cuenta de que estaba hablando con uno de sus hijos.

Lo que vino después es bien sabido por todos y, sin embargo, aquí lo resumo con la única finalidad de dejar constancia para el futuro. La elección se llevó a cabo entre el regocijo de los trabajadores y el evidente desagrado del patrón y sus esbirros. El sindicato se formó con treinta y dos votos a favor y ninguno en contra. Cuando saqué la última papeleta de la sopera que pusimos en la mesa frente a la puerta de la fábrica y canté en voz alta el «sí» que estaba escrito con letra irregular pero contundente, estalló una salva de aplausos cercanos, acogedores, de esos que, más por su persistencia que por su sonoridad, son capaces de destruir el silencio. Lamentablemente, junto con los aplausos llegaron también las balas que salieron del interior de la fábrica de velas. ¿Por qué oscuro designio los hijos de puta tienen tan buena puntería?, me pregunto. Y no contesto ahora tal y como no contesté en el momento de la balacera porque me tiré de bruces debajo de la mesa y la sopera. Siete muertos fue el saldo. Todos nuestros. Seis trabajadoras y Morales, un ayudante de Escudero que recibió un tiro artero en medio de los ojos.

El patrón y sus dos pistoleros salieron por la puerta trasera y para cuando organizamos nuestras fuerzas para ir tras ellos, ya habían tomado las de villadiego y andaban muy lejos. Pagar con sangre es moneda muy cara para quienes no tienen más que sangre para pagar.

Escudero llegó un par de horas después del zafarrancho, y con los muertos todavía ahí, en el polvoriento suelo de la entrada, nos recetó una filípica memorable por nuestra falta de precauciones y cuidados. Esa misma tarde, con órdenes de aprehensión en mano otorgadas a regañadientes por el juez de la plaza y con el apoyo de seis policías municipales nos fuimos a caballo hacia Costa Chica a buscar a los asesinos, mientras otros enjaezaban a sus muertos en el interior de la Luz del Pacífico. Miles de cirios, velas, veladoras, ceras encendidas daban el último adiós a las manos que las habían creado. Jamás en la historia del puerto hubo tanta luz en un velorio. Podía verse desde lejos, desde muy lejos.

Las batidas fueron infructuosas; quien tiene mucho dinero tiene mucho lugar donde esconderse en este vasto mundo. Durante los siguientes días cientos de rumores invadieron la presidencia municipal, que si los prófugos andaban en Nueva Orleans, que si se ocultaban en un fumadero de opio clandestino regenteado por chinos en Manzanillo, que si

120

esto o que si aquello. Corrimos como locos de allá para acá buscando sombras, y en ocasiones ni siquiera podíamos dar con las nuestras bajo un sol inclemente que secaba hasta las lágrimas. Hay en este país de mierda una curiosa tradición no escrita en ningún sitio que hace que los ricos protejan a sus pares, no importando la gravedad de la ofensa cometida. El que tiene, puede. Se pueden comprar policías, jueces, diputados, coroneles, presidentes de la República. Por poder, se puede comprar hasta al mismísimo diablo en efectivo o en abonos si uno conoce el precio. Se puede comprar a un aduanero para que mire un instante hacia otro lado, se puede comprar a un cura de segunda mano, muy barato, para que interceda ante instancias superiores, se puede comprar por casi nada una conciencia, un dedo que jale del gatillo, uno, dos o más pechos, unas palabras correctas y loatorias en el diario, una firma al calce. México es una enorme tienda llena de ofertas donde los posibles interesados tienen un escaparate inmenso de dónde escoger a su gusto. Con dinero baila el perro. Baila un país entero al son que le toquen los dueños de la banda.

Nunca se volvió a saber nada de los asesinos. Desaparecieron como desaparecen un par de charamuscas en las manos de un niño. La fábrica fue tomada por los trabajadores y administrada correcta y beneficiosamente por ellos mismos. Ahí sigue. Los muertos también.

El Partido Obrero de Acapulco había ido creciendo en esos meses. A finales de 1921, sacábamos un nuevo periódico llamado *El Mañana Rojo,* que daba cuenta puntual de las atrocidades de los comerciantes españoles y sus aliados. Escudero montó dentro del Palacio Municipal un pequeño taller que fabricaba bolsas de papel y canastas, organizó a los pescadores y fundó una cooperativa de consumo que compraba directamente a los campesinos a precio justo y vendía a todo el mundo a precios igualmente razonables evitando el intermediarismo. En menos de un año algunas cosas habían cambiado un poco, y nosotros habíamos cambiado del todo. Yo agradecía el hecho de no haber tenido que disparar todavía mi pequeño revólver, a pesar de haber tenido motivo y oportunidad. Había un prurito moral dentro de mí, heredado por medio de las palabras de mi padre, repetidas una y otra vez en un pueblo violento que arreglaba todo a machetazos o a punta de pistola; sabía que los muertos que uno carga en la espalda se acaban volviendo de un peso inconmensurable. Cuando uno mata, y aunque mate teniendo la razón, ya sea en defensa propia o por elemental sentido de justicia, el muerto no se va a ninguna parte, ni al cielo ni al infierno. Se te trepa en el lomo y te va haciendo caminar cada vez más despacio. Alguna vez se lo confesé a Escudero, sentado frente a su escritorio de la alcaldía; al oírlo, lanzó una sonora carcajada.

—Para que se *te suba* un muerto, por fuerza, ese muerto debía haber tenido alma. El alma es una interpretación cristiana para nombrar a la conciencia. Y el enemigo de la clase trabajadora no tiene conciencia, ni te preocupes —y sonriendo volvió a estampar su firma en decretos expropiatorios, proyectos de construcción de vivienda barata, campañas de alfabetización…

Teníamos tantos enemigos como peces tiene el mar. A muchos de esos enemigos que sin dudarlo siquiera me hubieran dado un martillazo artero en la cabeza, no los había visto nunca. No había entrado en sus casas brillantes llenas de gobelinos y alfombras mullidas y ventiladores de aspa recién traídos de Estados Unidos y que lograban engañar al trópico generando una perpetua corriente de aire benefactora. No había comido en sus mesas llenas de viandas bajadas ex profeso de los barcos; de peces y carnes raras y verduras desconocidas en estas tierras. No había dormido entre sábanas blancas impregnadas de lirio o lavanda. Pero a pesar de todo ello, no cambiaría mi suerte o mi destino ni un solo segundo por ser como ellos, por ser alguno de ellos. Soy escuderista, tengo credencial del POA, creo en la justicia social y en la repartición equitativa de la riqueza. Soy socialista aunque algunos nos llamen *bolsheviquis* sin entender bien a bien la diferencia. Estoy a punto de estrenar mi pistola sin saberlo. De enamorarme por primera vez y de llamarme de otro modo.

Camino por la vereda oscura que viene de Palma Alta, más allá de los cerros que coronan la bahía. Vengo de un mitin de trabajadores de copra en el que fungí por vez primera como representante oficial del ayuntamiento. Logramos reducir la jornada laboral tres horas y fijar el domingo como día de descanso obligatorio. Los copreros me agasajaron con unos pescados a las brasas, huevos de tortuga con sal y limón, cortes de yuca, jitomates, frijoles de olla caldosos y varias botellas de tequila sin marca que raspaban al principio pero que luego pasan como algodones por la garganta y calientan el cuerpo. Camino con cierta dificultad, no hay luna y las luces del puerto ni siquiera se divisan todavía; la vereda está llena de agujeros y salientes con piedras filosas. Estoy un poco mareado. Me detengo junto a un árbol a mear. Veo los faros de un coche que viene dando tumbos por el camino, pasa junto a mí y se pierde tras la pendiente no muy pronunciada que hay unos metros adelante. Retomo la marcha, pienso que hubiera sido magnifico llegar a Acapulco en automóvil e inmediatamente pienso también que nadie en su sano juicio se hubiera detenido en esa oscura vereda a levantar a un perfecto y tambaleante desconocido. Recojo un mango casi pasado del suelo y lo voy chupando mientras avanzo con dificultad, trastabillando cada poco, recordando la última película de Tom Mix en la que salva a una dama joven de una estampida de bisontes. Los copreros me contaron que por Pichilingue habían visto una ballena con su cría, retozando en la ensenada.

Nunca he visto una ballena.

Bueno, nunca he visto una enorme cantidad de cosas que conozco sólo por su nombre gracias a los libros. No sé cómo son los tulipanes, los alfanjes, los maoríes, los clavecines, los krakens, los trineos de nieve, la propia nieve, los osos polares, la fragua de Vulcano, los pubis.

Y mientras iba repasando todas aquellas cosas que no había visto, vi el automóvil que me había pasado hacía un rato parado a la vera del camino, con uno de sus delgados neumáticos de cara blanca irremediablemente destrozado. No había señales de vida. Sólo el auto en medio de la noche, como un animal prehistórico derrengado en la oscuridad del mundo. Me acerqué sigilosamente, todo lo sigilosamente que un borracho puede acercarse a cualquier cosa, es decir, levantando un mundo de polvo, arrastrando piedras, soltando imprecaciones e invectivas (dos palabras nuevas que me había enseñado Gómez Maganda) hasta llegar al lado del Ford que olía a nuevo y que tenía vestiduras ocres. Miré alrededor buscando al propietario y me apoyé en la puerta, sacando la petaca de tabaco, dispuesto a liarme un cigarrillo. Fumar y beber eran dos cosas nuevas, te hacían sentir perteneciente a una cofradía exclusiva, pertenecer a algo. Al mundo de los adultos.

De entre las fauces de la oscuridad apareció de pronto un voluminoso personaje que no hacía ruido con los pies al andar. Primero pensé que era una mujer por el contorno de las enaguas; resoplaba al avanzar, escupía de vez en cuando. No me notó hasta que encendí el cerillo. Todavía no alcanzaba a verle la cara. Una voz grave y enérgica, con acento, me increpó desde el centro mismo de la noche.

—Ya era hora. Pensé que me tendría que ir caminando hasta Acapulco. ¡Ayúdame a cambiar la goma, coño! —ordenó.

Esa voz venía desde los resquicios de mis peores pesadillas. Era la misma que lanzaba advertencias y jaculatorias desde el púlpito. La misma que escribía nombres seguidos de equis y luego se cobraba con oro o con carne, la misma que jamás pidió nada porque estaba hecha para mandar y para que los demás obedecieran. Villaseñor no me reconoció, por supuesto. Eran muchos los que le debían y no podría tener en la memoria las caras de esos pobres ignorantes que pagábamos por todo. Villaseñor le hablaba a todos de tú y exigía que le hablaran de usted; Villaseñor gritaba y todos nos callábamos. Villaseñor embestía con su miembro rojo y grande y las niñas se mordían los labios.

—¿Qué esperas? ¡Con mil demonios!

Saqué lentamente la pistola. La empuñé a la altura de su cara y sin dudarlo le descerrajé un tiro entre las cejas. Cayó como cae un bulto desde la cubierta del barco hasta el muelle, desmadejado, roto, liberado de sí mismo, de las ataduras terrenales.

No se quejó. Fue una muerte instantánea, limpia. Demasiado instantánea tal vez, pensé después.

Me acerqué al cadáver y le di una patada en los testículos. Sonó igual que cuando se patea el agua de un charco. Un *plof.*

No lo toqué más. Enfilé para mi rumbo. Contra lo que me suponía, en vez de cargar al muerto en mis espaldas me sentía mucho más ligero que nunca. Sin remordimientos.

Con la mente clara.

Salió, de quién sabe dónde, la luna.

Todavía me quedaban cinco balas en la pistola.

La muerte de Villaseñor desató un gran escándalo en el puerto. Se sospechaba de muchos. Escudero mandó a realizar una amplia investigación debido a las presiones de militares, clero y comerciantes, la «trinidad», pues. Dos copreros testificaron que me quedé a dormir en una de sus palapas sin yo ni siquiera pedirlo. Nunca he contado esto a nadie y estoy casi seguro de que nadie me vio en la escena del crimen. No toqué nada ni me llevé nada de allí, excepto, tal vez, la pura satisfacción.

A las pocas semanas, un domingo, vi salir de la catedral a la ahora señorita Aurora flanqueada por sus padres.

Por primera vez, supe cómo era su sonrisa.

XIV
Compañeros de viaje

Uno no piensa en morirse; por lo menos uno no piensa en morirse cuando tiene veintisiete años recién cumplidos y ha visto tanta muerte a su alrededor que de tan cotidiana, resulta casi aburrida. De niño, recuerdo, los muertos eran un suceso. Cada vez que en alguna de las playas de Acapulco, traído por la marea, aparecía un cadáver, hinchado, desfigurado, semidevorado por una cantidad ingente de criaturas marinas, un tropel de niños rodeábamos al que alguna vez fue persona y mirábamos asombrados los efectos que causa la ausencia permanente de la vida, los vientres exageradamente abultados, la piel amarillenta y quebradiza, semilíquida. Las extremidades rígidas, los dedos deformados que se quedaron queriendo sostenerse al barandal de la existencia sin lograrlo. Tocábamos a los muertos con una vara, un trozo de palma, la punta del pie. Y lo retirábamos inmediatamente, como si con nuestra osadía pudiéramos interrumpir un sueño. Un día me atreví a tocar con el índice de la mano derecha el cadáver de un hombre sin cara. Gané la apuesta pero perdí muchas noches en las que despertaba sobresaltado, bañado en sudor, con la mano del hombre sin rostro clavada a mi garganta. Poco a poco los muertos fueron perdiendo su sentido. Durante la Revolución, hileras de cadáveres se acomodaban a lo largo de los caminos esperando para ser malamente lanzados a las fosas comunes, cadáveres sin lustre, polvorientos, anónimos, envueltos en petates, *petateados* pues. Luego vi, desde mi privilegiado cerro, la primera batalla en que se utilizaron cañoneras en la gesta revolucionaria de mayo de 1911, con los porfiristas apertrechados en el fuerte de San Diego y las tropas del general Silvestre Mariscal atacando sin respiro desde mar y tierra hasta que no dejaron vivo a uno solo de los defensores de la plaza. Muchos de esos cadáveres acabaron en el mar, devorados por los tiburones que hasta entonces no se acercaban demasiado a esas latitudes. Creo que fue entonces cuando dejé de tenerle miedo a los muertos y adquirí el espanto que me provocan algunos vivos. Sigo en el tren rumbo a Espinazo, ya falta menos de esta tortura; desde hace algunos kilómetros han dejado de verse colgados en los postes de telégrafo. Será por eso que estoy pensando en muerte y muertos. Desenvuelvo un atado que compré en la última estación y me dispongo a atacar unos tacos de huevo en pasilla, que no por fríos dejan de ser apetitosos. La mujer y el niño deforme se han cambiado de lugar, argumentando que del lado en que estaban sentados le daba mucho sol a la criatura. Asentí con la cabeza casi sin mirarla. Ella sospecha que yo sospecho algo acerca de los cartuchos de dinamita. Yo, más bien, no quiero ni pensarlo. Veo por el pasillo a un hombre que antes no estaba en el vagón. Chaparrito, con barba de tres días, sonrisa esquiva, vestido con un impecable terno color café y bombín a juego. Viene deteniéndose de los asientos para no caer con el traqueteo incesante, carga, más bien arrastra, un maletín de madera y un pequeño caballete portátil. Se derrumba en el asiento frente a mí mientras acomoda bajo el asiento sus bártulos.

—¿Pintor? —digo en el colmo de la obviedad.

—¿Cómo supo? —dice él en el recolmo.

—Reconozco a un pintor en cuanto lo veo —bromeo con el ahora sonriente personaje que me ofrece desde unos dedos con evidentes rastros de pintura color ocre, una botella pequeña que parece haberse sacado de la manga.

—Y usted es periodista, por supuesto —dice con desparpajo. Me quedo helado. Busco con la vista mi máquina de escribir que sé que no está a la vista; viene con la carga, en las entrañas del vagón. Lo miro fijamente, intentando ver más allá de esos dos pequeños ojos que cada vez que el personaje sonríe, se vuelven un par de rendijas. Ataja, antes que mi desconfianza aflore más de la cuenta.

—Me lo dijeron los guardias del cabús: parece que usted hasta les enseñó una credencial que ninguno de ellos supo leer.

Respiro hondo esperando que el pintor no se dé cuenta. Bebo un trago de la botella y se la devuelvo. Él se quita el bombín ceremoniosamente y se presenta:

—Jaime Casillas Ugarte. Pintor, de San Miguel el Alto, Jalisco, para servir a usted... —y hace una pausa interrogante, mirándome, esperando un nombre que no le voy a decir.

— Y a dios, ¿no? Es lo que se dice en estos casos —ataco sin piedad, devolviéndole la ceremoniosa sonrisa.

—Por ahora nomás a usted. ¿Se puede saber qué lo lleva a Espinazo, lugar dejado de la mano de los hombres y supuestamente tocado por la mano del Cielo?

—Sobre todo la curiosidad. Ya ve que los periodistas vivimos de eso, de nuestra curiosidad. Mi periódico quiere saber si es cierto todo lo que dicen de Fidencio Constantino Síntora.

—El Niño Fidencio le dicen. Prepárese para ver lo que nunca pensó ver, para creer en lo que nunca creyó. Es mi tercer viaje. Quiero pintarlo. A ver si esta vez se deja... —dice Casillas mientras guarda mágicamente la botella de eso que parecía tequila.

—¿No se deja pintar?

—No es que no se deje. Es que siempre está rodeado de personas. Ayudantes, aprendices, mujeres que lo siguen como a un santo, y enfermos. Eso sí, un titipuchal de enfermos, de todos colores y sabores. Nunca habrá visto tanta enfermedad junta. ¿Está vacunado?

—Claro que no —contesto. En mi vida me habían puesto una inyección y ésta no sería la primera vez si el evitarlo estaba en mis manos.

—'Ta bueno. Por lo menos entonces hierva el agua que bebe y evite tocar a los muy contagiosos —dice Casillas, ahora sí sonriendo francamente.

—¿A poco hay los «poco» contagiosos? —digo asombrado y cacofónico.

—Amigo. En Espinazo hay de todo. No se espante, no-más cuídese. ¿Hay algo más que quiera saber de Espinazo, Nuevo León, el resquicio más recóndito de nuestra geografía?

—Creo que no, prefiero verlo con mis propios ojos. Bueno, tal vez una sola cosa. ¿Dónde puede uno quedarse?

—En la próxima parada, la última, ya muy cerca, venden quinqués, trastes y tiendas de campaña, desechos de la gran guerra europea. Compre todo lo que pueda, si no, le va a costar un ojo de la cara allá. Eso me faltó decirle: además de enfermos hay una cantidad impresionante de intermediarios que le ven a usted, a mí o a cualquiera el signo de pesos y centavos en la frente. No se deje. Les dicen *los coyotes*. En cuanto muerden no sueltan a la presa. Se la comen con piel y huesos y gabardina inglesa si es preciso.

Comparto mi desayuno con Casillas y él comparte su botella, que, me dice en susurros, contiene el mejor tequila de Jalisco. Lo hace su padre, dedicado al cinematógrafo, en sus ratos libres, en un alambique familiar.

Al fondo del vagón vuelve a estar el pelirrojo que, completamente abstraído, va mirando por la ventana. Desde mi lugar no logro distinguirle bien la cara, noto que algo hace con una mano, veo brillos de vez en cuando, brillos metálicos cada vez que el sol inunda su espacio. Lío un nuevo cigarrillo y comparto mi tabaco con Casillas que no cesa de hablar de pintores rusos y de una revolución de la que sé muy poco. Habla también de un gringo que conoció en medio de nuestra propia revolución y del cual se hizo amigo, un tal John Reed, periodista como yo mismo y que anduvo con él en andanzas varias por el mismo norte en el que estamos. El tren se detiene lentamente haciendo gran alharaca de metales y vapores y miro por la ventana una serie de puestos desperdigados al lado de la vía donde se vende todo lo que Casillas dice que debo tener para poder sobrevivir el par de semanas que pretendo quedarme en Espinazo.

El revisor de boletos pasa junto a nosotros y nos advierte que sólo tenemos treinta minutos en la estación, que más vale que nos apuremos; después de dos días metidos en este vagón infernal, nos trata como si fuéramos de su familia, o sea, mal. Así que en cuanto la locomotora se detiene completamente, salto como si me fuera la vida en ello a la polvosa estepa de una estación de tren cuyo nombre no aparece por ninguna parte.

Después de tres tendajones, alegatos, regateos e intercambio de billetes y monedas, soy el feliz poseedor de una tienda de campaña personal, un mosquitero amarillento, un quinqué de aceite, una parrillita de hierro colado de tres patas, una cacerola de peltre, una cafetera del mismo material, un plato, un tenedor y una taza. Todo muy barato, todo de tercera mano, todo usado hasta el cansancio por los soldados que seguramente murieron en el Somme, al otro lado del mundo, asfixiados por el gas mostaza. Todavía me da tiempo para comprar a las volandas en una tienda de abarrotes algo de café, azúcar, carne seca, tabaco de dudosa procedencia, una botella de aguardiente. En menos de treinta minutos, como decretó el supervisor, ya estoy de nuevo en mi lugar, sudando como un loco y con el doble de equipaje del que salí de la ciudad de México hace tan sólo cuarenta y ocho horas, que en este momento me parecen una interminable eternidad.

El tren, arrastrado por la locomotora número 23 de Ferrocarriles Nacionales, reanuda su marcha sin contratiempos, pujando lentamente, haciéndose presente en el paisaje gracias a la enorme columna de humo blanco que despide mientras avanza. Miro a mi alrededor e inmediatamente percibo una ausencia. La mujer de la dinamita y su envoltorio humano ya no están entre nosotros. Supongo que se cambió de coche, las últimas horas la noté muy incómoda, mirándome constantemente después de haberme hecho las confesiones privadas acerca de su vida y el descubrimiento de las muy peligrosas acerca de su carga, carga cargada por otro que pagó con su vida la amabilidad.

Por supuesto que la cabeza no me deja en paz pensando en por qué ella llevaría dos cartuchos de dinamita y elucubro todas las posibles razones sin atreverme a dar ninguna de ellas como válida. Casillas duerme, repatingado sobre el asiento, apoyada la cabeza en el bombín que parece indeformable, roncando como sólo pueden roncar los que no deben nada en esta Tierra, soñando tal vez con bailarinas rusas y periodistas americanos metidos en las mejores revoluciones del mundo para contarle a todos para qué sirven.

Faltan sólo un par de horas para llegar a destino, como dicen los entendidos, y tengo la sensación de que cada vez sé menos de lo que encontraré en un sitio que convoca a los más extraños personajes: dinamiteras, pintores, enfermos de todas las enfermedades posibles e imposibles, pelirrojos, periodistas extraviados que no se llaman como se llaman y que cargan cruces tatuadas a fuego en el pecho sin ser ni siquiera creyentes.

Alguna vez mi madre, de la que por cierto no volví a saber nada, dijo en voz alta, viéndome subir a los escasos cinco años a la cima de una palmera:

—No tiene llenadera, le dije que arriba, junto a los coquitos, había nidos de araña; todo lo quiere ver con sus propios ojos.

Y era ésa una de las poquísimas cosas en las que la mujer tuvo razón.

Todo lo quiero ver con mis propios ojos. Ni modo.

XV

Un mago mocho

El cuerpo de un hombre se acostumbra a casi todo. Adrián, de día, veía su mano y corroboraba amargamente la ausencia de los tres dedos arrancados por el machetazo. De noche, soñaba con la mano completa, *sentía* la mano completa y cómo ésta ejecutaba a la perfección todos los trucos tan ensayados con monedas, sedas, dedales. Los médicos de Colima y posteriormente los de la ciudad de México habían insistido hasta el cansancio en que no podría recuperar la movilidad por el daño sufrido en tendones y ligamentos, pero ninguno de ellos conocía a Ulrich, no sabían de su inmensa terquedad ni de su capacidad para ponerse en la mano, mano incompleta y herida, su propio destino. De regreso en la ciudad de la que había huido se acercó hasta la receptoría de rentas para conocer el estado en que se encontraban los bienes familiares que él no había reclamado después del triunfo de la Revolución. «Un mago mocho no puede ser mago», pensó, mientras ponía sus documentos de identidad en la mesa de un abogado para comenzar los trámites que le devolverían la fortuna que nunca quiso para sí mismo. «En un país en guerra», volvió a pensar, «hay que tomar partido»; y ya otros lo habían decidido por él en una sangrienta tarde en la que había perdido todo. Agravios se pagan con agravios doblemente poderosos. La venganza tomada en pequeñas dosis, como se toma el láudano, sirve como motor que te ayuda a levantarte por las mañanas, para rasurarte frente al espejo, para caminar hasta la cola de la panadería, para meter trozos de comida en la boca, para usar sólo la mano derecha en cada pequeño, difícil, terriblemente difícil, acto de la vida cotidiana. No había amargura en ninguno de sus pensamientos, sólo las fauces de un increíblemente poderoso animal sin escrúpulos que iba creciendo paso a paso, negro y terrible, que se alimentaba con sangre enemiga. No sólo recuperó la mansión sobre Paseo de la Reforma, sino que le fue restituida la cuenta bancaria paterna con sustancioso saldo a favor cuando demostró su pasado militar al lado de los villistas. A pesar de tener dentro a una bestia, Ulrich prefería pensar en sí mismo como una versión corregida y aumentada del Conde de Montecristo pero sin aliados y dispuesto a despellejar vivos a todos los Danglar, Villefort y Morcerf que encontrara en su camino. Vendió la casa, demasiado ostentosa, y se refugió en una más humilde en las inmediaciones de Tacubaya. Dormía durante el día y salía sólo por las noches a caminar sin rumbo fijo, armado con una navaja sevillana de muelle de quince centímetros y un ansia extrema por encontrarse de frente con aquellos a los que consideraba antagonistas. No mataba a cualquiera, no mataba por matar, no mataba por la espalda, no mataba mujeres o niños, no mataba maestros ni soldados. Mataba curas. Siempre curas con sotana.

«Allá ellos, que salen de noche a encontrarse con sus demonios», repensaba Ulrich mientras aguzaba el oído en cualquier callejuela cerca de una iglesia. Los primeros dos curas muertos no llamaron demasiado la atención de la prensa, ya que fueron encontrados en colonias populares, llenas de criminales y *pelados* de los que se ganan la vida engañando a los demás con cientos de ingeniosas argucias, argucias simples para sacar el dinero a sus víctimas que llegaban a casa con la bolsa donde debía ir la cartera rajada puntillosamente o con sólo la leontina balanceándose en el aire, ya sin el reloj heredado de algún abuelito afrancesado. Algunas veces, en caso de que esas diminutas y hábiles triquiñuelas no dieran resultado, las diferencias acababan siendo zanjadas a golpes de puñal, machete o punzón de hielo. El caso es que los malhechores siempre se salían con la suya y las fuerzas del orden, si acaso, ordenaban enchiladas y cervezas a las fondas cercanas. El imperio de la ley, como dicen por ahí, imperaba en otros lados, no en la ciudad de México. No había día en que no apareciera un cadáver flotante en el río de Churubusco o que algún encuerado despojado de todos sus bienes fuera encontrado tiritando por la zona de los llanos de San Ángel. Ir al centro de día era de por sí complicado, había que atravesar las calles ganándose un trozo de banqueta a codazos contra pajareros, vendedores de chucherías, señoras con canastas de mercado, tinterillos, mecapaleros, merolicos que a voz en cuello vendían pomadas fantásticas de crótalo o zorrillo, ladronzuelos, gendarmes, pícaros de veinte tipos distintos y toda la ralea humana que se da cita en el corazón de una gran ciudad, intentando arrancarle de una dentellada un trozo de su carne para llevarse a la boca y saciar esa hambre de siglos con la que los ha dotado la divina providencia. En la plaza de Santo Domingo los escribanos, llamados jocosamente *evangelistas*, en un país de analfabetos, hacen su agosto, largas filas de hombres y mujeres esperan pacientemente a que se desocupe uno de esos hombres letrados pero sin fortuna, que alquilan su pluma para redactar desde muy cursis cartas de amor hasta pedimentos de pensión a uno de los muchos ejércitos revolucionarios que proliferaron en el país en el último decenio; cartas pergeñadas al alimón con sus firmantes últimos y que llegan la mayor parte de las veces a otros no menos analfabetos que tienen que andar pidiendo a curas y autoridades varias su lectura en voz alta. Entre todos estos habitantes del centro, Ulrich vivía como un pez en el agua, moviéndose a sus anchas, atisbando en la miseria y encontrando a cada paso nuevos motivos para su inquina y esa desazón que le quita el aliento. De noche, el centro y la ciudad entera son territorio de nadie y *nadie* es un monstruo que aparece mostrando los colmillos en cualquier esquina. «La muerte es castigo menor», volvía a pensar Ulrich, «cuando la ofensa se hace en nombre de un dios, sea cual fuere».

Medita y maldice apoyado bajo un farol quebrado la impertinencia de la memoria, esa vieja puta que te impide olvidar, y de su íntimo amigo el tiempo, un redomado cabrón que te empuja hacia adelante inexorablemente. Medita y maldice la baja calidad del papel de fumar, el pésimo alcantarillado de la ciudad, los nuevos colchones anunciados con bombo y platillo en el Palacio de Hierro, la fragilidad de la vida y la contundencia de la muerte. Mira desde lejos al ensotanado que viene haciendo *eses* por el camino cubierto de fango, evidentemente borracho. Se le tensa un arco en la espalda, afila la vista, aguza el oído. Mira cómo al cura se le cae una biblia de la mano al suelo, mira cómo la recoge y la intenta limpiar de barro con la sotana llena de barro. Mira cómo jura, cómo perjura, cómo dice mierda y mira cómo lo mira, como si mirara a un fantasma. El cura, viejo, de nariz roja, se le encara:

—¿Eres la muerte? —le pregunta el cura achispado, sonriendo, bromeando.

Y Ulrich, sonriendo también, sacando lentamente la navaja sevillana de muelle, lo abraza tiernamente y al oído le dice mientras le raja de arriba abajo el esternón:

—No, no soy la muerte, yo soy la salvación eterna...

XVI

Pequeños contratiempos

Veo que el niño se balancea peligrosamente en la ventanilla, no debe de tener arriba de siete u ocho años, saca la cabeza y medio cuerpo, los pequeños pies se quedan suspendidos en el aire. Estamos en una enorme planicie que tiene una suave pendiente hacia abajo, el tren va a su máxima velocidad. Si el pequeño cae, encontraremos, si es que los encontramos, sólo jirones de su cuerpo. Casillas, el pintor, y yo, nos levantamos al unísono y vamos hacia la pequeña figura que está cada vez más fuera que dentro, más aire y menos tren, más salto al vacío.

Como si fuéramos siameses, sostenemos al unísono las mínimas piernas que patalean y se resisten al contacto, lo elevamos y jalamos hacia atrás; afianzado por dos pares de manos que recuperan de la catástrofe a la criatura, nos desplomamos todos sobre el asiento. Entonces nos vemos las caras. El niño tiene bigote engominado con las puntas haciendo un coqueto rizo hacia arriba. Va peinado de raya en medio. Nos mira con ojos que despiden lenguas de fuego. Habla con acento veracruzano. Más bien nos grita con acento veracruzano:

—¡Y ahora quién carajos me paga el puro! Era un Partagas —dice amargamente, dándose manotazos en los pantalones de *tweed*, quitándose un polvo inexistente.

—¿Perdón? —digo estúpidamente.

—Se me cayó por la ventanilla, se quedó ahí trabado, en el vano, fuera, intentaba recuperarlo. Sólo pude darle un par de chupadas. ¿Quiénes carajos son ustedes? Par de *metomentodo*...

Jamás había discutido con una persona pequeña, con un liliputiense. Y no quería que ésta fuera la primera vez. Casillas, con el rostro enrojecido, quitándose el bombín, se me adelanta y le escupe al enano un:

—¿Y cuánto dice que vale su pinche puro?

Por respuesta, el pequeño señor toma su bastón de madera que hasta entonces reposaba tímidamente en el asiento y, con un rápido movimiento, incongruente con su estatura y aparente fragilidad, desenvaina un estilete oculto que brilla peligrosamente a la luz del día, muy peligrosamente, mientras apunta a las partes nobles de mi compañero de viaje.

—Usted tiene un problema. Y le juro que no es un problema pequeño como podría parecer. ¡Soy un Caballero de Colón! —dice el enano sonriendo maquiavélicamente, feliz con su juego de palabras, con voz atronadora que no parece venir de su garganta y blandiendo la refulgente espada.

Los otros habitantes del vagón nos miran atónitos. El pelirrojo del fondo sonríe pero no se mueve un ápice de su asiento.

Intento mediar, a costa de mi propia integridad, poniéndo me entre los dos. Explicando a uno y otro que todo era producto de una amarga confusión, de un sinsentido. El enano, al darse cuenta de que lo habíamos confundido con un niño, en vez de apaciguarse monta en cólera.

—¡Me cago en la concha de la lora de la reputa madre que los parió! —grita internacionalmente mientras da una estocada directa a la pretina de Casillas que horrorizado sólo alcanza, en un gesto que podría parecer cómico, a levantarse en las puntas de los pies, haciendo que el vértice del espadín atraviese el pantalón pero deje incólume su virilidad.

El enano retrocede para tomar distancia y acometer nuevamente. Mi amigo pintor se refugia tras un asiento y yo tomo del suelo una sombrerera de piel de cocodrilo con la cual, a guisa de escudo, me protejo. Doy, como un mal bailarín, un par de pasos a la derecha. El enano va midiendo la distancia con sus pequeños y ratoniles ojos. Me pongo en el centro del pasillo y con la sombrerera lo cito como si de un toro se tratara. Rojo de rabia, con el estilete en ristre, carga hacia mí, ondeando su arma. Ataca. Casillas, que ha quedado a su espalda, lo toma de la cintura mientras yo le arrebato el rejón. Suspiro aliviado. El tren está aminorando la velocidad a medida que vamos llegando a una colina.

El enano grita todos los improperios imaginables e incluso algunos que yo no había escuchado nunca mientras patalea e intenta morder a su captor. Casillas lo lleva hasta la ventanilla abierta y sin miramientos lo lanza al vacío. Se escucha un nuevo grito que va perdiéndose en el aire. Con los ojos todavía desorbitados por la impresión voy hacia la puerta y me asomo. Lejos, el enano, de pie en medio del polvo y a un lado de la vía, manotea, haciéndose a medida que avanzamos más pequeño que nunca. Por lo menos está entero y vivo. Me doy la vuelta y enfrento a Casillas. Lo miro a los ojos e intento reprochar su conducta cuando él empieza a reírse. Tiene la bragueta rota y se le ven los calzoncillos, azules, con rayitas blancas.

No puedo resistirlo. Los dos caemos en nuestros asientos llenando el vagón de carcajadas. Estamos ya muy cerca de Espinazo.

XVII
La dura cabeza de Juan. *Acapulco, 1922*

La historia de la Revolución mexicana es, por todos sabido, la historia de la infamia y sobre todo la historia de la traición. Y nosotros en ese recién estrenado Acapulco socialista, paraíso de la clase trabajadora, no podíamos ser la excepción. Necesitábamos algunas serpientes que le pusieran en la mano manzanas envenenadas al hombre nuevo para cumplir con el destino manifiesto.

Escudero dejaría la presidencia municipal tan sólo un año después para dar paso a nuevas elecciones que otra vez fueron ganadas por el POA, esta vez en la figura de Ismael Otero, con un altísimo porcentaje de los votos. Juan Ranulfo no sería esta vez parte del grupo de regidores, pero su ascendencia moral permeaba en la toma de decisiones; repetía a todo aquel que lo quisiera oír: «Que se mutilen los hombres por los principios, pero no los principios por los hombres». Yo me quedé a su lado. Las amenazas de gachupines, clero y terratenientes fueron en aumento al percatarse de que su poder de facto disminuía día con día. Los comerciantes del puerto le pusieron precio a la cabeza de Escudero; reunieron la estratosférica cantidad de dieciocho mil pesos y los ofrecieron al que tuviera los tamaños para matarlo. Nos quedamos a vivir en el Palacio Municipal, en dos pequeñas estancias, y velamos nuestras escasas armas ante la inminencia de la fatalidad.

A principios de marzo de 1922, por una confidencia, Juan Ranulfo se enteró de que el presidente municipal Otero, gente que fuera de todas sus confianzas hasta el momento, en complicidad con el jefe del rastro y un par de regidores, se estaba llenando de dinero los bolsillos obviando los impuestos municipales por una de cada dos reses sacrificadas en las instalaciones municipales. Se enfrentó a ellos y los recriminó agria y públicamente. Más de una vez salieron a relucir las pistolas, incluso la mía, y el día 7, gracias al escándalo ventilado por Juan, Otero renunció. Manuel Solano fue entonces designado alcalde sustituto. El 10 de marzo, Escudero exige la detención de Otero y sus cómplices. Su antiguo compañero trató de matarlo en plena calle y sólo la oportuna intervención de la policía lo impidió.

Tú puedes tocar el corazón de un hombre, pero no su bolsillo.

Así, los antiguos aliados se vendieron al oro de los otros, convirtiéndose alquímicamente en enemigos jurados. Esa misma noche un grupo comandado por Otero y el jefe de la guarnición militar, el mayor Flores, acompañados por doscientos soldados, avanzaron disparando profusamente hacia el Palacio Municipal. Escudero y yo nos parapetamos en una de las ventanas superiores, él armado con una automática y yo con mi revólver de sólo cinco tiros. Nos exigieron a gritos que nos entregáramos. Subió uno de los policías leales para decirnos que los presos pedían armas para combatir a los traidores. Uno nunca sabe dónde están los amigos.

El asalto fue corto. Yo disparé mis cinco tiros sin resultados aparentes, eso quiere decir que no logré derribar por lo visto ni a uno solo de los hijos de puta que venían a matarnos. Pablo Riestra y un grupo de policías que nos acompañaban, al ver que las puertas de palacio se incendiaban, nos pidieron que huyéramos por la parte trasera mientras ellos resistían el embate. A partir de allí todo fue confusión. Los soldados entraron a palacio, a mí me dieron un culatazo en la nuca y perdí el sentido. Supe después que los policías fueron metidos en la cárcel con los presos solidarios y que Juan saltó una barda intentando llegar a la panadería contigua, la de Sofía Yevale, pero un balazo lo alcanzó rompiéndole el brazo y entrando a las costillas. Arrastrándose, Juan llegó hasta su habitación y con ayuda de Gustavo Cobos y Josefina Añorve intentó una última resistencia hasta que, como el general Anaya, se quedó sin parque. Así, tirado en el suelo, a punto del desmayo, sangrando, fue encontrado por el mayor Flores, que se acercó y le pegó una patada en el brazo herido, para luego sacar su arma de cargo y, a poca distancia, descerrajarle un tiro en la cabeza.

El tiro de gracia.

Flores se retiró entonces del Palacio Municipal seguido por sus huestes, dejando atrás el cuerpo de Escudero y el mío propio. Se fue con los gachupines a celebrar la victoria, a contarle a todos que había matado al tipo ese que tenía ideas raras sobre la igualdad entre los hombres. Supongo que a cobrar la recompensa. Poco a poco los militantes y simpatizantes del POA, maestros y agraristas, fueron llegando al palacio, armados y listos para enfrentarse a los soldados. Solamente encontraron desolación y cenizas. Y en medio de las cenizas, el cadáver de Escudero. Su cuerpo fue llevado por Josefina y el juez Peniche, ese con el que tantas veces se había enfrentado, al hospital civil. En el trayecto, en un destartalado Ford T descubrieron que el supuesto muerto respiraba. Poco, pero respiraba. Fue operado por José Gómez Arroyo y el vicecónsul norteamericano en el puerto que no tenía título de médico pero que algo sabía. Le amputaron el brazo y, según referencias populares posteriores, de la cabeza «le sacaron una cucharilla de sesos ahumados». Yo desperté un día después y él se reponía, milagrosamente, en la cama de junto.

El Ave Fénix, pensé después de que me contaron todo lo que había pasado esa noche. El hospital estaba rodeado de gente del POA armada hasta los dientes. Nadie les quitaría a *su* Lázaro particular. Yo pedí una nueva pistola cargada y lista, con la que dormía siempre bajo la almohada, oyendo noche tras noche la lastimosa respiración de nuestro líder, que paralizado de medio cuerpo se recuperaba y no emitía ni una sola queja. Al día siguiente del atentado se instaló un ayuntamiento espurio del que Otero formaba parte. Tres días después y gracias a los caldeados ánimos del pueblo, el POA retomaría el poder con más fuerza que nunca, y Manuel Solano, éste sí gente de ley, juraría como presidente municipal del puerto.

Juan Ranulfo no podría hablar correctamente, caminar ni escribir. Pero estaba vivo y seguía creyendo a pie juntillas en lo que siempre había creído. Yo escribo todo esto tan atropelladamente como lo vivimos. No quiero que nadie olvide. No quiero olvidar.

Escudero viviría una larga convalecencia, conmigo a su lado. El Ave Fénix tal vez no volaría pero todavía podía dar de picotazos.

XVIII

Cuaderno de notas 2

Oído al pasar por la calle de Mesones, fragmento de una conversación entre dos indigentes: «¿A que no te atreves a mear en el Zócalo?» *Sin comentarios.*

VENDEN carísimas frutas cristalizadas en La Poblana de la calle de Orizaba. Una golosa dama de sociedad encontró un cercenado dedo humano, eso sí, muy dulce, entre sus trozos de piña. Las autoridades sanitarias afirmaron que todo «se debió a un lamentable error». ¿El error consistió en que los dedos cristalizados se venden en otra parte? ¿O en que no le cobraron el dedo?

¿O qué, el dedo era suyo? *Cosas veredes...*

EL ARZOBISPO afirma que los templos en malas condiciones deben ser restaurados por el Estado. Ni siquiera voy a poner aquí lo que estoy pensando.

LA MAESTRA Estrella Hernández de Ocotlán, Jalisco, fue encontrada asesinada en su casa, adyacente a la escuela donde daba clases. Un golpe contundente en la cabeza parece ser la causa de la muerte. Por esos rumbos últimamente se muere mucho y de mala manera. Este caso en especial me indigna. El cadáver tenía los labios cosidos. Parece ser que andaba diciéndoles a sus alumnos que el hombre desciende del mono. En Ocotlán las bestias andan sueltas.

No han estrenado una sola película de vaqueros en los últimos meses, sólo comedias ligeras y de amor. ¿Censura? O simple imbecilidad.

Ando siguiendo una historia sobre un libanés que toca melodías con flatos por el rumbo de Tacubaya. Lo llaman *el Pedómano*. Nadie me da cuenta de su paradero. ¿Cuántos platos de alubias con chorizo necesitará para entonar el Himno Nacional?

Últimamente he estado pensando mucho en Escudero. ¿Habrá un paraíso para los *rojos*?

Voy a dejar estas notas. Hoy tengo demasiadas preguntas y ninguna respuesta.

XIX
Cordero de Dios...
Ciudad de México, 1927

Ulrich estaba convencido de que el camino a la redención no es un camino y sí un canal, un canal por el que pasa un río, un río que no lleva agua sino sangre, sangre que no es propia sino de otros, otros que son el enemigo... Los pecados, pensaba y repensaba, no son más que ese lente difractor con el que los curas ven al mundo, la manera de transformar sensaciones en culpas, manzanas en expulsión del paraíso, atole con el dedo, culpas en dinero, dinero en indulgencias, indulgencias en nuevos y mejorados pecados sin culpa. Una maquinaria perfecta y aceitada para poder apoyar la cabeza en la almohada y soñar a gusto con el cielo al que habrán algunos de llegar tarde o temprano. Cuando el corazón se te vuelve de piedra y en la carne ajada y en el quejido mortal y en la última exhalación de la vida sólo ves la carne y el quejido y la exhalación y no encuentras en ello nada humano, quiere decir que lograste lo imposible. Quiere decir que perdiste lo mundano y ganaste lo divino. Quiere decir que jamás volverás a ser quien eras. Y que debajo de capas y capas de oscuridad puede que lata uno de esos corazones como de los que cualquiera presume, pero que sólo lata para llevar a cabo la misión, la terca e inevitable misión consistente en lavar con sangre los pecados del mundo. ¿O no era eso de lo que se trataba? Los periódicos comenzaron a seguir paso a paso los asesinatos. *El Matacuras,* lo llamó algún obvio redactor de tres por cuatro que ante la falta de evidencias y de imaginación, en un delirio provocado por su propia ingenuidad empezó a lanzar hipótesis a diestra y siniestra. Que si podría ser un ex dominico que habría sufrido maltratos por otros miembros de su orden (craso error, de los siete sacerdotes muertos hasta ahora sólo uno era dominico), que si era un loco fugado del manicomio de La Castañeda (de donde no había un registro de huidas recientes), que si se trataba de un hijo de Jack el Destripador (¡ja!), que si era un emisario del Vaticano (¿¿??), que si esto y que si lo otro, sin tener la menor ni repajolera idea de lo que estaba hablando. Ulrich, a partir del tercer cura, uno gordito que olía a fritangas y a nardos, una mortal combinación, le había dado un nuevo toque siniestro a su tarea. Después de consumado el hecho, entraba en la iglesia más cercana y limpiaba, lejos de miradas curiosas, en la pila de agua bendita, la navaja sevillana, dejando entintada en rojo escarlata el agua con la que los fieles se santiguaban cada mañana. Éste fue un suceso más, utilizado inteligente y publicitariamente por los sacerdotes de las parroquias, que se vio reflejado de inmediato en otra sección de las páginas de los diarios. Nadie hubo con dos dedos de frente que ligara los acontecimientos. El agua ensangrentada fue vista como un milagro, se convirtió en la sangre de los mártires que estaban haciendo una revolución enarbolando estandartes con vírgenes y disparando con balas sagradas contra el demonio de una república extremadamente liberal, extremadamente atea. A los pocos días, en el Callejón del Sapo y sus alrededores, botellitas con agua magenta eran vendidas a peso y cantadas sus propiedades milagrosas a voz en cuello por los hábiles mercachifles de la ciudad que no dejaban pasar una viva. Cientos de botellitas de agua bendita con la supuesta sangre de los defensores de Cristo Rey acabaron en altares privados y vitrinas de familias de abolengo de la sociedad mexicana o encima de huacales iluminados con veladoras en los cuartos de la plebe. Ulrich compró una, la trajo en el bolsillo del chaleco durante varios días, hasta que una noche, sentado desnudo a la mesa de su a propósito magra, despojada vivienda, mientras comía un pollo frito con papas, se la bebió de un trago, sólo para descubrir con sorpresa que era dulce, muy dulce. Tan dulce como la venganza. Unos días después, vagando por la estación de tranvías de Tacubaya, alerta como un felino que otea en el aire saboreando de antemano lo que vendrá, un rostro de entre la multitud dicharachera hizo que se tensaran todos los músculos de su cuerpo; incluso volvió a sentir cómo se movían en la mano derecha los tres dedos que ya estaban enterrados en el olvido, las sienes a punto de reventar y un rayo que subía y bajaba por la espina dorsal sin control. Ese hombre de bigote ralo, paliacate rojo al cuello, vestido de chinaco, con una cicatriz en el mentón era sin duda uno de los asesinos de Colima, era precisamente el que rompió la vitrina de la mujer-serpiente, era el que más se había ensañado con su cuerpo tirando machetazos salvajes, con los ojos desorbitados, gritando jaculatorias incomprensibles, era el que le había arrebatado al amor de su vida, arrebatado la gracia, el tesón, la voluntad de vivir. Venía con otros dos, parecidos a él, todos con paliacate al cuello y aparentemente broncos, obviamente armados. Los pies de Ulrich comenzaron a moverse por voluntad propia, arrastrándose lentamente como dicen que se desplazan los que salen de la tumba, siguiendo a la distancia a los hombres que seguían a otro, uno que llevaba equipaje como para un largo viaje. Dos o tres cuadras después vio cómo amagaban al viajero y lo introducían en un cuarto de una vecindad semiderruida. Las paredes de papel de las casas económicas de Tacubaya le permitieron sin dificultad escuchar casi completa la conversación entre el amagado y los amagadores. Los más eran el enemigo, sin sotana pero enemigo al fin y al cabo. De una patada abrió la puerta de madera del cuarto. En una silla, el viajero, con el pecho descubierto, lucía una impresionante cruz oscura y humeante sobre la piel chamuscada; estaba inconsciente. El que lo marcó todavía tenía en la mano el hierro candente, el mismo de Colima, lo podía reconocer a pesar de estar embozado. Como una centella, Ulrich sacó la navaja sevillana y le cortó el cuello en menos de lo que canta un gallo. Cayó al suelo gorgoteando y buscando palabras líquidas que pudieran resumir su asombro. Los otros dos, corderos de dios, ni se movieron de sus sitios; uno sólo subió la mano derecha un instante, Ulrich se la bajó con el antebrazo izquierdo. La navaja brilló dos veces en el aire, sendos latigazos de acero. Degollados, con los ojos desorbitados y repletos de espanto, lo último que vieron los ahora occisos fue un techo sucio, con manchas de humedad y tizne y no el cielo al que aspiraban con tanta devoción. Limpió la navaja en las ropas del chinaco colimense y le escupió a la cara embozada un gargajo grueso salido de lo más profundo de su desprecio y de su entraña. Pensó que el hombre marcado, tan marcado como él mismo, tenía cara de buena persona. Decidió en un instante que estaban de alguna u otra manera del mismo lado, compartiendo enemigos, compartiendo marcas indelebles en el cuerpo y tal vez en el alma. Salió entonces a la luz cegadora de una ciudad que empezaba a oler a muerto por todos los rincones y sonrió al ver pasar a un vendedor de algodones de azúcar de colores, perseguido por una turba de niños descalzos que le gritaban improperios.

XX
Vestirse de gris

—En unos minutos llegamos a Espinazo —me dijo, tocándome la solapa, amable pero firmemente el revisor de nuestro vagón. Salí del sopor en el que me encontraba sumido desde hacía tan sólo un rato, soñando con enanos saltarines, colgados optimistas y jóvenes viudas que sonreían ferozmente y se levantaban las faldas mostrando un cinturón lleno de dinamita por sobre las enaguas bordadas. Miré a los lados, Casillas roncaba plácidamente, como si llegar al infierno fuera un juego de niños, él, que lo único que quería en la vida era, como buen renacentista, pintar un milagro teniendo a los modelos vivitos y coleando frente a su lienzo y su paleta.

Comencé a desperezarme, a ubicar mis cosas con la vista, a abrocharme las botas con doble nudo. Por la ventana podía ver un polvo gris que empezaba a colarse por todos lados conforme el tren aminoraba la marcha, polvo gris que cubría íntegramente esta parte del mundo.

—Vecino, ¿está listo? —me dice Casillas completamente despierto, con sus bártulos de pintura al hombro, el bombín puesto y oliendo a colonia de naranja. No entiendo cómo pudo hacerlo todo tan rápido. Parece un gnomo salido de un libro de cuentos infantiles. Un conejo recién escapado de la chistera de un mago. Sonrío frente a la imagen sin que él comprenda nada de lo que ronda en mi cabeza.

El tren se detiene, ¡finalmente!, y no logro por más que lo intento ver la estación que según yo debía estar ahí, frente a mis ojos. El revisor nos apura un poco por el pasillo mientras avanzamos hacia la puerta.

—Les ruego que bajen pronto, por favor, el maquinista se pone muy nervioso cada vez que paramos aquí.

—¿La estación? ¿Dónde está? —pregunto, un poco abatido.

—No hay estación, lo siento —dice el revisor empujándome suavemente hacia la salida.

—¿Entonces, desde dónde manda uno telegramas? —alcanzo a suspirar mientras ya pongo el primer pie en el estribo.

—No, amigo, no se mandan telegramas desde Espinazo. ¡Suerte! —Y en un acto de condescendencia, o abierta burla, todavía no lo sé, se lleva una mano a la gorra azul fileteada de dorado, imitando un saludo militar.

Piso pues el suelo gris de Espinazo por primera vez en mi vida y me encomiendo en silencio a todos los ausentes que alguna vez fueron parte importante de mi historia. Mis santos laicos: san Tom Mix, san Juan Ranulfo, santos Barnum & Bailey, san Gutiérrez de los redactores de oficio. Y doy el primer paso por esa tierra que se me antoja a polvo de talco gris.

A mi alrededor hay efervescencia. De la nada aparecen carretas y caballos, hombres altos, norteños, de pistola al cinto, que ofrecen llevar a enfermos y enfermeros por sólo cincuenta centavos hasta el campamento. Son aproximadamente trescientos metros. Desde aquí se puede ver, esparcido por todos lados; parece una colcha de esas que las gringas hacen con retazos de tela. Ninguna tienda es del mismo color. Por lo menos no hay dos del mismo color que estén juntas. Estoy mintiendo. Todas son del mismo color. A pesar de que alguna vez fueron amarillas, rojas, azules, blancas, hoy por hoy el gris de la tierra las iguala, las viste de un uniforme triste y cansado, del color que en mucho se parece al de la desesperanza. Un poco más allá hay una tercia de construcciones, un galerón de ladrillo con techo de dos aguas. Un árbol solitario, parece un pirul, tan triste como el resto de la escasa vegetación, algún maguey. Si alguien pensaba que el infierno era rojo y candente, lamento desilusionarlo, el infierno es gris e igualmente candente.

Casillas me da un manotazo amistoso en la espalda. Me dice ¡marchando!, me sonríe una vez más. Le contesto con una mueca que quiere parecerse a un estado de ánimo del que carezco, echamos a andar hacia la parafernalia con que está construido el infierno.

La dinamitera se ha subido con su niño a uno de los carromatos; suda como sudamos todos los mortales. Debe de hacer por lo menos cuarenta grados. A lo lejos miro al pelirrojo de nuestro vagón que habla con un par de ¿campesinos? (no lo sé, no veo nada plantado a kilómetros a la redonda). Muchos otros carros cargan con sillas de ruedas, camillas, camas con sus cabeceras de latón. Los enfermos pobres se arrastran, mal caminan, cojean. Llegan hasta allí diez o doce mujeres vestidas de enfermeras de película, cofias blancas con cruces rojas bordadas, delantales inmaculados, faldas azul marino, zapatones de hebilla. Ayudan a los ricos, les señalan el camino. Los pobres son guiados por un ciego que lleva un violín a la espalda. Parecería una broma pero no lo es. No hay tendido eléctrico, pozos de agua aparentes, caminos hechos y derechos. Un olor dulzón viene de alguna parte. A lo lejos, más allá del caserío y el campamento, veo como una hilacha de humo oscuro que se levanta firme, ascendente y rítmicamente en el aire. No hay viento. Una mujer de rostro ajado, vieja prematura, con una enorme catarata en el ojo derecho, tapada con un rebozo tan gris como el paisaje nos ofrece un trozo de tierra para plantar las tiendas de campaña.

—De lo mejorcito de por acá, patrón, cerca del charco, cerquita de los milagros.

Conforme avanzamos hacia el centro de la concentración humana el olor acre se intensifica, y digo esto con dolo y tal vez un poco de rabia. Le hago una seña a Casillas, una negativa con la cabeza a la mujer que busca inmediatamente nuevos huéspedes y damos la media vuelta escudriñando ansiosamente el paisaje para encontrar un espacio decente donde plantar nuestro propio campamento. Vamos cargados como burros. Máquina de escribir, tiendas de campaña, enseres de cocina, mantas y chamarras. Todo ello bajo un sol de justicia que podría derretir soldados de plomo.

Lo encontramos pronto. Y comenzamos a poner estacas. Un tronco antiguo como los propios tiempos, casi fósil, sirve para colgar un mecate del cual sostener nuestras carpas. En unos minutos estamos instalados, una tienda junto a la otra. La de Casillas me recuerda enormemente a la enseña nacional de algún país africano. Mejor no pregunto. Admiramos nuestra obra cuando llega hasta nosotros un niño de unos diez o doce años, rapado, sin cejas, cubierto por una especie de bolsa de manta que le deja el culo al aire, por un oído supura un líquido amarillo y viscoso. Extiende una mano con la palma hacia arriba.

—Doce pesos al mes. Yo traigo dos cubetas de agua al día, una para cada uno.

—¡Doce pesos, cabrón, nunca he pagado tanto por vil agua! —brama Casillas.

—Es por el terreno. Seis por cabeza. El agua es gratis. La traigo desde un pozo del otro lado de la loma. Está limpia, no está mala —balbucea el niño exigiendo más que dando explicaciones.

La loma está en casa del reverendo carajo, sin dudarlo pongo el dinero en la mano del muchacho que súbitamente da la media vuelta y se marcha.

—El primer mes corre por cuenta de mi periódico, amigo Casillas. La propina ya se la dará usted al jovencito.

—Perdón. Pensé que nos cobraba por el agua...

—Si así fuera, me parecería un regalo. Mire a su alrededor.

Nos sentamos en dos piedras que para los efectos habíamos llevado hasta la entrada misma de las carpas. Liamos un par de cigarrillos y fumando y viendo se nos fue pasando la tarde.

Oscurecía cuando el muchacho, que resultó llamarse Germán, apareció con un burro que cargaba siete pequeños tambos de lata y unas cuantas cubetas de zinc. Vació el contenido de uno de ellos en una cubeta que puso a nuestros pies. El agua se veía efectivamente limpia.

—¿Onde les dejo el agua? —dijo mirando sin vernos. Casillas metió mano al bolsillo ante la abrumadora evidencia de nuestra falta de recipientes mientras le preguntaba:

—¿A cómo las cubetas?

—A cuatro cada una —respondió Germán mirando con el rabillo del ojo a lontananza, y volvió a extender la mano en un gesto que acabaría volviéndose característico de su humilde persona.

Casillas no chistó y puso los ocho pesos en manos del que acabaría siendo nuestro guía al corazón de las tinieblas.

Germán siguió camino y Casillas metió su taza de peltre en la cubeta. No resistí la tentación de abrir la boca cuando él ya se la llevaba a los labios.

—¿Qué prefiere, cólera o tifo? —dije con un ligero retintín.

—¿De qué carajos me está hablando?

—De dos de las muchas enfermedades que puede agarrar si no hervimos primero el agua. Un médico inglés de apellido Snow descubrió que hervirla mata los bichos que contiene. Claro, después de que el cólera arrasó con muchos en Londres en 1854. Es más, en el tren usted me advirtió de los peligros de no beber agua convenientemente tratada.

—Muy científico eso que dijo —respondió Casillas mientras echaba de nuevo el líquido al lugar de donde la había sacado—. Muy científico, sobre todo lo de los «bichos» —y se echó a reír mientras arrimaba un tronco seco y emprendía la tarea de astillarlo con un hacha de mano.

Fuego, cafetera, café, agua hervida, mantas sobre la espalda, unas alubias de lata con chorizo fresco. Un par de tipos charlando mientras salían las estrellas, las miles de estrellas que iluminan el desierto. Escena idílica si no fuera porque los dos estaban en la puerta del lugar donde, según la mitología e incluso la sabiduría popular, sufren castigo eterno las almas de los réprobos.

XXI
Lombrosiana. *Turín-México-Turín, 1906*

Turín, Italia, 16 de marzo de 1906

Querida Madre:

Te escribo sólo unas líneas para decirte que estoy bien. Te sorprenderá tal vez el hecho de que esté en Turín y no en Roma, pero puedo darte una buena explicación que a continuación detallo.

Creo que la Academia de San Fernando en México hizo todo lo que tuvo a bien para dotarme de la técnica con la que desde entonces pinto. Los maestros italianos de Roma tienen más fama de la que realmente se merecen. Después de un mes de clases me aburrí y lo dejé, convencido de que no hay nada allí que me dote de nuevas habilidades. Por más escuelas o academias, no podré nunca pintar mejor de lo que ahora lo hago, que tú sabes bien, no está nada mal.

Yo sé que tú y mi padre han hecho grandes esfuerzos económicos para que yo viniera al Viejo Continente y no tengo palabras suficientes para agradecerlo el resto de mi vida. Te puedo decir que, como sabes, nunca he sido malagradecido y ustedes dos recibirán con creces lo que han invertido en mi educación, que no ha sido poco.

Estoy en Turín porque, siguiendo mi instinto, llegué hasta aquí para asistir a unos cursos especiales de una materia que está causando furor: Psiquiatría y Antropología Criminal, impartida por uno de esos sabios que pocas veces tiene uno el placer de encontrar en la vida, el gran maestro Cesare Lombroso. Tengo que confesarte que los cursos no son en la Universidad de Turín; Lombroso ha acondicionado un par de aulas en una vieja casona y aquí dicta diariamente sus conferencias y el resultado de sus investigaciones. Es, pues, un curso libre. Somos más de cuarenta los seguidores que día a día nos apretujamos para escuchar sus impresionantes disertaciones sobre el origen del mal y de la criminalidad entre los hombres. ¡Incluso hay un japonés, un hijo del Imperio del Sol Naciente!

Para su tranquilidad (tuya y de mi padre), les cuento que el maestro Lombroso me ha dado una beca completa, por lo que el dinero que ustedes me envían será sólo para pagar, frugalmente, una habitación y la comida que, como saben, en Italia no es barata.

Se habla algo de México por aquí. Algunos periódicos mencionan que hay ciertos levantamientos por el norte y me preocupa. Por favor, cuéntame todo lo que puedas sobre la situación política de nuestra tierra.

No piensen por favor que han perdido un hijo pintor, y sí, mejor, que ganarán un antropólogo criminal, carrera con muchísimo futuro en todo el mundo. Pronto tendrán noticias mías.

Un beso de su hijo que los adora y extraña.

JC

Ciudad de México, 4 de mayo de 1906.
Querido hijo de mi vida:

¡Estás loco! Y eso seguro es una herencia de la familia de tu padre, llena de soñadores y gambusinos y no sé cuántas cosas más.

¿Cómo puedes dejar una brillante carrera de pintor por meterte en esas cosas modernas que nadie entiende?

O dime, ¿cuántos adinerados *antropólogos criminales* conoces?

Y en último extremo, ¿qué es eso de la psiquiatría que mientas con tanta emoción en tu carta?

Ten cuidado, no sea que el «sabio Lombroso», como lo llamas tú, no sea más que una engañifa, un cuento para sacarle dinero a unos cuantos jóvenes incautos que se deslumbran con cuatro palabras bonitas en italiano e «investigaciones» que nadie puede corroborar, ya que trata de una ciencia que ¡no existe!

Te advierto que no le voy a decir ni una palabra a tu padre sobre lo que me has contado. Y no se lo voy a decir porque seguro estaría de acuerdo con tus locuras. Yo lo que quiero es que te regreses de inmediato a México, que pasemos juntos, con Loli y las niñas, unos días en la finca de San Miguel y que nos hagas un retrato familiar como Dios manda.

Por favor, hijo, no sigas haciendo castillos en el aire. Utiliza ese don que Dios ha puesto en tus manos y vuelve a deslumbrarnos a todos con tu arte.

Eso que dices en tu misiva sobre levantamientos, deben de ser exageraciones de los anarquistas italianos. No leas el periódico y mejor vuelve a los lienzos, que es lo tuyo.

Si no sé nada de ti en las próximas semanas, te corto el suministro de dinero. Avísame por cablegrama en qué vapor llegas y vamos todos a Veracruz a recibirte.

Cuídate mucho de las *furcias*.

Tu madre, que no para de llorar.

Luisa

Madre adorada:

¡Qué exagerada eres! Las nuevas ciencias son importantes porque son nuevas; estamos hablando del futuro. Estamos hablando de la posibilidad de reconocer a un delincuente tan sólo por su cara, por los rasgos distintivos que lo hacen ser un delincuente. ¡Eso es el futuro! Te cuento que acabo de estar, hace tan sólo unos meses, en el IV Congreso de Antropología Criminal, como único representante (no oficial) de nuestro querido México, que se celebró con gran éxito en esta bellísima ciudad. Por lo que se infiere que no es una ciencia tan «nueva» como tú dices. Y que el sabio Lombroso, porque lo es, incluso se refirió a mí en una ocasión como uno de sus estudiantes más aventajados, lo cual debería llenarte de orgullo.

Te juro por lo más sagrado que jamás dejaría la pintura, ésa es una vocación que llevo en la sangre desde niño y que me sigue a todos lados donde voy. Te ruego por lo mismo que me dejes continuar con mis estudios aquí, que me apasionan y me han abierto la cabeza a un mundo fascinante y desconocido en el cual me puedo labrar un porvenir mucho más gratificante, espiritual y económicamente, que el de ser pintor de escenas bucólicas para vender a tus amigas de la alta sociedad.

Lombroso dice que la locura es hereditaria, pero en mi caso, no. Yo lo único que pretendo es tener las herramientas necesarias para establecer en nuestro México un gabinete de esta nueva ciencia que en mucho ayudaría a nuestra sociedad.

Insisto, por favor ayúdame a seguir subiendo en la escalera hasta ese sueño que día a día veo más cercano.

Además, puedo decirte orgullosamente que comparto habitación con uno de mis condiscípulos, por lo cual he reducido a la mínima expresión mis gastos, que nunca han sido en extremo onerosos.

Te envío un pequeño apunte a carboncillo de lo que se ve desde mi cuarto en Turín. La pequeña fuente que ves está siempre llena de gorriones y la iglesia del fondo está dedicada a santa Teresa.

En cuanto a las informaciones que NO me das de México, te puedo asegurar que no leo ni leeré jamás los periódicos anarquistas, sino sólo diarios serios y confiables. ¿Hay o no levantamientos?

Prométeme que me ayudarás y te juro solemnemente en mi calidad de primogénito varón y de caballero, como fui educado por ti y por mi padre, que saldré triunfante de esta espléndida aventura.

Tu hijo que no para de pensar en ti.

Saludos a Loli y a las niñas. Dile al marido de mi hermana que siempre pienso en todos con cariño.

JC

Posdata. ¿Qué son las *furcias*?

XXII
Perder el paraíso. *Acapulco, 1922-1923*

Mutilado, con una cucharilla de sesos de menos dentro de
la cabeza, sin poder articular bien las palabras, derrengado
en un sillón, Juan Ranulfo Escudero, el primer alcalde rojo
del puerto de Acapulco, a pesar de todo lo anteriormente
dicho, sonreía. A poco menos de dos meses del atentado que
casi le cuesta la vida, el 9 de mayo de 1922, Juan vuelve a
escribir en *Regeneración*; bueno, el que le toma dictado y
escribe es el jovencísimo Alejandro Gómez Maganda, que
teclea furiosamente sobre las letras casi desvanecidas de la
vieja Oliver que ya tantas batallas ha dado a lo largo de su
existencia. A pesar de que Escudero no articula correctamente las palabras, hay entre los dos una corriente especial
de entendimiento, un hilo delgado que los une. Alejandro
acerca el oído a la boca del hombre y posteriormente nos
mira, desde su aparente fragilidad, aclara la voz, intenta
hacerla más gruesa y más perentoria y suelta un «Juan
dice», que nadie se atreve a contradecir.

Cuando uno vuelve de la muerte, tiene mejores ideas.
Escudero, con dinero de la familia, funda una tienda a la
que llama El Sindicato. Una tienda que compite frontal y

brutalmente contra las de los explotadores gachupines. Se ofrecen en ella vituallas e implementos a precios justos, sin intermediarismo voraz y siempre abierta para dar fiado a obreros en huelga. Dicta artículos y manifiestos con renovados bríos y cada vez que *Regeneración* sale a la calle, los trabajadores lo reciben como si fuera un día de fiesta; caso contrario el de autoridades estatales, clero y milicia que a escondidas, de manera sombría, mueven de un lado a otro la cabeza mientras repasan sus páginas y luego las comentan con sevicia en corrillos de café, a todo lo largo y ancho del puerto.

Juan y su hermano Francisco se postulan al Congreso Nacional por el primer distrito de Acapulco. Escudero decide ir como suplente en la fórmula. En las elecciones federales del 5 de julio y con una amplia campaña por los candidatos del POA, a la que se suma Miguel Ortega por el segundo distrito, salen triunfantes. Unos días después, en el editorial del diario del partido podía leerse: «... por fortuna nuestro pueblo empieza a darse cuenta de lo que es el derecho de voto conferido por la Constitución como medio pacífico de nombrar a sus representantes». Tenía el puerto un diputado al que le faltaba un brazo y un trozo de cerebro, pero que sin duda era de una sola pieza.

Yo andaba con la nueva pistola entremetida en el pantalón por todas partes oyendo aquí y allá lo que podía sobre la resurrección de Escudero. Circulaba yo con sombrero de palma, ya no tenía el traje que me había dado Juan Ranulfo porque se quemó durante la toma del Palacio Municipal y el panamá de ribete tejido lo había devuelto. Tengo que contar aquí que cuando fui a pagar a Sebastián Guadamur mi cuarta o quinta mensualidad por el sombrero que era mi adoración, después del atentado, éste no quiso aceptarlo. Me dijo que era un regalo. Que era para él un orgullo que yo lo tuviera. Tentado estuve de aceptarlo cuando me acordé de que yo trabajaba para el municipio y que cualquiera podría ver en esta deferencia un acto de corrupción que alguien podría utilizar para echárselo en cara al ayuntamiento rojo. Un ayuntamiento que no aceptaba prebendas ni cochupos. Se lo devolví entonces ya que no quería aceptar por ningún motivo mi dinero; sombrero un poco gastado es cierto, pero todavía lucidor como pocos. Seguían las pesquisas para averiguar quién podría haber matado a Villaseñor. En todos lados se hablaba del suceso y se hacían mil y un conjeturas inverosímiles; yo corrí la especie en una cantina de mala estofa de que seguro había sido algún marido cornudo que había descubierto al cura con las enaguas tan subidas como las de su propia esposa, y más de uno asintió con la cabeza para luego propagar la noticia por todos los rincones de nuestro pueblo, generando así una imparable cadena de rumores.

Uno de los más siniestros personajes hostiles al escuderismo acapulqueño era el jefe de aduanas nombrado por el gobierno central, Juan B. Izábal. Este hombre, comprado por los grandes intereses del puerto, intentó estrangular económicamente al ayuntamiento rojo reteniendo desde julio el dos por ciento de los ingresos de la aduana que por ley correspondían al municipio. Para más amargura, propia y ajena, el ministro del que dependían las aduanas del país era Adolfo de la Huerta. Izábal envió un telegrama al presidente Obregón preguntando, en este tono, si debería entregar los fondos: «Considero a Juan y Felipe Escudero peores enemigos del gobierno sin valor levantarse en armas. Mismo opina jefe de operaciones de ésta. Ayuntamiento manejan dichos individuos no tiene personalidad por negación amparos suprema corte... Hermanos Escudero durante presente año pretextando temer por su vida han pedido cuatro veces amparo contra actos de usted».

Obregón, en menos de veinticuatro horas, respondió tajantemente que no se les entregara ni un centavo. Un acto suyo, muy suyo de él. Acapulco volvía a estar en la mira del poder federal. A pesar de todos los pesares, resistiendo, llegan en diciembre las nuevas elecciones en el puerto para restablecer el ayuntamiento legal. El POA pone a Escudero encabezando la lista de regidores y se presenta en todos y cada uno de los actos de campaña en silla de ruedas. A su lado, Gómez Maganda, que escucha atento cabeza con cabeza las instrucciones de Juan, y yo, discreto, atrás, a unos pasos, con la mano siempre metida en el bolsillo donde llevo la pistola amartillada por lo que se ofrezca. Anita Bello, su secretaria, mujer bragada como pocas he visto en mi vida, también está como una sombra a su lado, lleva una calibre 32 entre la falda y la blusa de encaje muy coqueta, eso para que no se anden fiando de las apariencias. Después de recibir instrucciones, Gómez Maganda se separa de la silla de ruedas y se sube a un cajón donde repite palabra por palabra lo que su mentor le refirió en voz baja; siempre empieza los discursos con un «Juan dice...» que nadie se atreve a cuestionar, porque sabemos que el joven repite lo que el hombre está pensando. Discursos incendiarios como pocos, salidos de la voz un poco aflautada de un chico que promete el fin del infierno para los habitantes de un paraíso en descomposición. El sistema para elegir presidente municipal era bastante sencillo; el partido que obtuviera mayor número de votos por regidores, elegía entre éstos a quien debiera ostentar el cargo. Así, el primer día del año de 1923, como celebrando mi cumpleaños, Juan Ranulfo Escudero asume de nuevo la alcaldía del puerto. Con el muñón izquierdo levantado, repitiendo el juramento de manera inteligible, con una garganta que no coopera y una emoción que le arrasa los ojos, con una multitud en la calle que vitorea, jalea, tira de pistola al aire, Escudero, en su propia casa habilitada como salón de cabildos, retoma el poder. El acta registra que Juan no pudo firmar por «imposibilidad momentánea». Esa noche me hice novio de una de las jóvenes activistas del POA que atendía un puesto de quesadillas de cazón en el mercado, María Eusebia, Euse para los amigos. Unos ojos que relampagueaban ante la afrenta y un cuchillo filoso en el mandil para poner en su sitio a los valientes que pasaran de la raya imaginaria (entre cinco y siete centímetros) que había marcado entre sus pechos y los demás. Una trenza negra y espesa, unos dientes parejos y blancos, una grupa de la cual me reservo la descripción porque era mía y no tengo por qué chingaos andarla contando a desconocidos como ustedes. Euse siempre iba la primera en las manifestaciones, los velorios, los enfrentamientos. No le hablaba a nadie de usted y exigía el mismo trato. Aprendió a leer a sus dieciocho años y desde entonces devora todo lo que cae en sus manos, incluyendo las hojas de periódico donde envuelve las quesadillas para llevar. En ocasiones hace esperar a los clientes mientras termina la sección de sucesos. Cocina como ángel y en la cama es un demonio. Tres meses estuvimos viviendo juntos, en una casita que ella había heredado de sus padres; los dos habían desaparecido durante la famosa explosión de la caldera del Florian en la Caleta, hacía once o doce años, dejando a su única hija al cuidado de Isaura, madrina querendona y consentidora que pronto se volvió una segunda madre. Euse pensaba que sus padres se habían ido juntos a alguna isla desierta y que algún

173

día volverían, jóvenes, lozanos, sonrientes, a reclamarla. Lo cierto es que jamás se encontraron sus restos.

En marzo de 1923 murió el padre de los Escudero. Juan tuvo un ataque durante el velorio y estuvo inconsciente algunos minutos ante la creciente preocupación colectiva por el evidente deterioro de su salud. Desde que me uní al POA, aparte de la pistola, la máquina de escribir con la que tomábamos dictado al inicio del sueño acapulqueño de los reclamos de la población para ser turnados a la oficina de Juan se volvió una compañera inseparable. Al principio yo tomaba nota con sólo los dos dedos índices mientras hombres y mujeres desesperados, con esa desesperación que produce ser parte de la legión de los desposeídos nacionales, me miraban con una paciencia infinita y esperaban tranquilamente mientras yo ocupaba folios de demandas. Cada día escribía más rápido, con más dedos, sabiendo que de mi destreza dependía, en mínima pero importante medida, el que por lo menos algunas de las tribulaciones de siempre dejaran de serlo por un elemental sentido de justicia y de cierta velocidad mecanográfica.

Así, practicando a todas horas, incluso de noche, poniendo una muselina sobre el rodillo para que mis teclazos no despertaran a nadie, me fui volviendo un rápido y respetable mecanógrafo. Era un oficio tan bueno como cualquier otro y yo me olía que eso del socialismo en el puerto no iba a ser tolerado demasiado tiempo y tarde o temprano acabaríamos todos tres metros bajo tierra. Si llegaba a ser un viejo de más de treinta años, cosa que dudaba y que entre paréntesis en el fondo me importaba un bledo, de algo tendría que vivir. Poco a poco fui mejorando, teclazo a teclazo q w e r t y u i o p a s d f g h j k l ñ z x c v b n m, escribiendo como alma que lleva el diablo y sin acentos porque esa tecla estaba rota, problema menor que se volvió una manía que tardé años en subsanar. Escudero decía que admiraba mi ahínco y que si seguía leyendo como lo hacía, acabaría siendo un nada despreciable redactor, que quien sabía leer sabría por fuerza escribir. Bueno, eso decía cuando podía hablar con todas las palabras, ahora sólo me sonreía cada vez que me veía frente a la máquina y no era necesario que dijera nada.

Las cosas en el puerto se iban descomponiendo rápidamente, como se descomponen los mangos en los trópicos; los oligarcas no iban a dejar alegremente sus pingües negocios creados al amparo de corruptelas y componendas ancestrales por algo tan absurdo y ambiguo como el llamado bien común. «Lo mío es mío y lo de los demás puede ser mío», era el pensamiento casi medieval que privaba entre todos los que se habían hecho ricos con el sacrificio de los otros. Una tarde de esas plácidas, bonachonas, amables, con día libre dado por Juan R. que estaba en su casa dictando discursos, estábamos la Euse y yo tomándonos un agua de coco en uno de los merenderos de la bahía cuando vimos pasar una manada de delfines, y pongo *manada* porque no son peces y sí mamíferos; el caso es que retozaban igual que los niños cuando salen de la escuela y brincaban uno más alto que el otro y hacían cabriolas adelante y atrás como si fueran parte de un espectáculo al que sólo le faltaran los bravos y los vivas. Así estuvieron media hora o más; eran seis o siete; y con cada nuevo giro o coletazo a mí se me salía el chamaco que vive dentro de nosotros y se me llenaba el alma y los ojos y la boca de sonrisas. De repente dejaron el juego y se fueron hacia la puesta de sol, nadando todos juntos, tan campantes. Euse y un servidor nos levantamos de las sillas de madera y aplaudimos con ganas, como sólo puede aplaudirse a los grandes bailarines del mundo. El dueño del merendero, sin ver hacia las olas, mirándonos sólo a nosotros, se rascaba la cabeza interrogante, pensando que dos locos se habían colado en sus dominios. Y yo, a mi vez, pensaba que esos delfines éramos nosotros, los socialistas de Acapulco, que íbamos contra el oleaje, bailando, sin esperar el aplauso del ansiado acto final donde habría que dar lo mejor de nosotros. Euse era muchísimo más radical que yo mismo, a la mínima provocación blandía su cuchillo contra militares, policías e incluso algún cura que argumentaba la manida posibilidad de «la otra mejilla».

Fue entonces cuando entramos al remolino, al desfiladero, a la zona oscura. El día 11 de marzo asesinaron al presidente del Comité Agrarista de San Luis de la Loma al grito de «¡Ten tu tierra, hijo de la chingada!», por órdenes del latifundista español Ramón Sierra Pando. *Regeneración,* por su parte, estaba sometido al embate de los editorialistas de los periódicos financiados por la oligarquía, que no eran pocos; de lo menos que se acusaba a los Escudero, Juan, Francisco y Felipe, este último tesorero municipal que siempre iba armado, era de ser los promotores de una rebelión militar que se gestaba en las sombras. Así, entre escaramuzas, golpizas y ardientes debates en plazas y playas, llegó la conmemoración del 15 de septiembre en la que Escudero por medio de Gómez Maganda hizo uno de los más combativos y acalorados discursos de que se tuviera noticia en el puerto. A tal grado que el vicecónsul norteamericano informó a Washington que corrían rumores sobre un levantamiento antiagrarista en la zona de Costa Grande. El alcalde de Atoyac acusó a Escudero ante el gobierno federal de estar organizando guerrillas armadas en la zona, a pesar de que era Ernesto Hernández quien lo suplía en la presidencia municipal desde principios de año, ya que por motivos por todos conocidos pasaba la mayor parte del tiempo en su casa convaleciendo.

El primero de diciembre un grupo de generales se levantan en armas en algunas zonas del país apoyando a Adolfo de la Huerta en la sucesión presidencial, hombres enfrentados al obregonismo por las viejas rencillas producto de una revolución inacabada que según ellos no les había hecho la justicia merecida. En estas andábamos, observando cómo las pinzas se cerraban sobre los eslabones más endebles de la cadena, cuando los militares del puerto toman partido y se ponen del lado de la rebelión delahuertista. Un largo debate se dio dentro de las filas del POA acerca de la conveniencia de llamar a los agraristas al puerto para atacar los cuarteles y defender a la presidencia, que no por ser poco afecta al escuderismo dejaba de ser constitucional, o retirarse estratégicamente. Mientras nos organizábamos (la historia de siempre), los gachupines conspiraban abiertamente con los militares. Incluso durante una reunión celebrada a puerta cerrada en el comedor de La Ciudad de Oviedo, por voz del capitán Castellblanch, los soldados pidieron a los propietarios de las casas comerciales de Acapulco un préstamo de cincuenta mil pesos para los «haberes» de la tropa; a pesar de que públicamente ya habían dicho que la asonada delahuertista les importaba «una hostia», Marcelino Miaja, en nombre de los españoles, no lo dudó un instante y reviró: «Damos los cincuenta mil en calidad de préstamo, porque tenemos fe en su palabra de soldado de que al triunfo nos los va a devolver» y tras una pausa dramática, agregó: «Pero damos diez mil pesos en oro, contantes y sonantes, peso sobre peso, al que mate a Juan Escudero y sus hermanos».

Pronto llegó la especie hasta oídos de Juan, que propuso al alcalde en funciones que abandonara el palacio, soltara a los presos y se uniera a las fuerzas agraristas que andaban por el rumbo de Coyuca. Nada de eso sucedió, y sí un tenso compás de espera que se prolongó hasta la noche del 15 de diciembre; Juan y sus hermanos estaban en la casa familiar, a mí me habían mandado a parapetarme, con un grupo armado pobremente, al palacio, con la orden de defenderlo «en la medida de las posibilidades»; una patrulla militar al mando del capitán Morlett llegó hasta la casa de los Escudero, donde fueron reducidos y enviados posteriormente en calidad de presos al Fuerte de San Diego. La presidencia municipal fue tomada como toma un niño un pan dulce de la charola puesta encima de la mesa. Disparé toda mi carga contra los agresores, vi caer a dos por lo menos y logré escapar por una de las ventanas traseras cuando ya todo estaba perdido. Euse, supe después, junto con varias locatarias del mercado, hizo frente a la soldadesca que ya quemaba con queroseno lo que fuera el único ayuntamiento rojo del país; con un valor encomiable, armadas con cuchillos «cevicheros», hicieron frente a los hombres que avanzaron sobre ellas a bayoneta calada, dispersando a algunas y ensartando como peces a otras más. Yo robé un caballo de una cuadra cercana y me fui hacia Costa Grande intentando dar con la huella de los agraristas que avanzaban hacia el puerto. Por el rumbo de Zacuatitlán me despeñé con todo y animal en una mina a cielo abierto y no supe de mí hasta varios días después, cuando desperté en un jacal, rodeado de mujeres que no me dejaban moverme y que me daban de beber algo salado en una mitad de coco seco.

Por lo tanto, supe lo que pasó por terceros, terceros confiables que me fueron desgranando la historia, contándomela de a poquito, evitando que en mis delirios febriles me levantara y me hiciera más daño en la pierna abierta desde la rodilla hasta el nacimiento de las nalgas. Y así supe que los gachupines del puerto juntaron treinta mil pesos que pagaron al coronel Sámano, al mayor Flores y al capitán Morlett para que la noche del 20 de diciembre sacaran a los Escudero del Fuerte de San Diego, se los llevaran al poblado de Aguacatillo trepados en un camión de la fábrica La Especial, y los fusilaran contra una barda. Me dicen también que para evitar que regresaran de la muerte, como ya lo había hecho Juan la primera vez, se ensañaron con sus cuerpos; Felipe, que tenía veintidós años, recibió catorce disparos; Francisco, siete y a Juan, en el suelo, sangrando, se le acercó Morlett, le puso la pistola en el nacimiento de la nariz y le dio el tiro de gracia.

Me contaron también, mientras mi herida cerraba, que a la mañana siguiente del fusilamiento, el campesino Leovigildo Ávila encontró los cuerpos y descubrió que Juan Ranulfo, lleno de agujeros, sin nariz, con el muñón chorreando de lodo, seguía vivo. Las autoridades locales del municipio de La Venta se negaron a llevarlo a Acapulco para que fuera atendido, tenía siete heridas de bala en el cuerpo pero el tiro de gracia había resbalado en el hueso sin llegar hasta el cerebro.

Me dijeron, cuando ya podía dar algunos pasos, que cuando los habitantes de Acapulco se enteraron de que los Escudero habían sido asesinados en Aguacatillo, una enorme procesión de hombres y mujeres salieron de la ciudad para buscar los cuerpos. Cuando a media tarde llegaron hasta el lugar de los hechos, algunos oyeron decir a Juan, con la voz rota y sibilante, que debían «seguir adelante». Lo subieron en un camión para llevarlo a Acapulco, pero en un lugar llamado El Raicero, dieciocho horas después de haber recibido el segundo tiro de gracia, a sus escasos treinta y tres años, moría en brazos de amigos y compañeros. Me contaron, cuando ya podía doblar la pierna y la barba que me colgaba de la cara era tupida, que muchos de los que habían estado al lado de Escudero durante los años de lucha estaban muertos o habían desaparecido. Que el movimiento delahuertista también había fracasado y varios de sus instigadores habían terminado sus vidas frente a un pelotón de fusilamiento. Que los gachupines habían puesto a un nuevo presidente municipal a modo y que sus arcas y despensas florecían. Que el paraíso era de nuevo el infierno.

Se atrevieron a mencionar, cuando subía el pie en el estribo del tren que me llevaría a la ciudad de México, recomendado por un viejo amigo de Juan Ranulfo para entrar de aprendiz a un periódico de la capital, que de Euse no se supo nada nunca jamás, que no encontraron sus restos.

El caso es que yo me volví a quedar huérfano de padre, por segunda vez, por dos tiros de gracia. Dejé de llamarme como me llamaba y desde entonces sigo, todas las noches, pensando que Euse se subió al mismo barco en el que alguna vez se marcharon sus progenitores y que volverá a buscarme, algún día, lozana y fuerte, sonriente, para empuñar juntos el cuchillo «cevichero» y cortarles, una por una, las gargantas a los que se cagaron en nuestros sueños.

XXIII
Vivos y muertos. *Espinazo, 1927*

Muy tarde descubrí que mi carpa tenía descosidas las juntas: pasé toda la noche un frío de perros que me obligó a ponerme la chamarra y calcetines dobles sin lograr mitigarlo del todo. No sabía que podía helar en el desierto; la imagen que me había hecho en la cabeza era muy otra: un sol de plomo, escorpiones, alucinaciones de oasis y odaliscas, camellos, y no esas agujas de hielo que me entraban por los pequeñitos agujeros de la carpa y que se me clavaban en las costillas, en la cara y también en las nalgas las dos veces que salí a hacer del cuerpo. En cuanto vislumbré el primer rayo de sol, salí de mi mortaja y empecé a juntar varas y leños para hacer un fuego que me devolviera la condición humana. Casillas apareció al rato, cuando el café ya había hervido y se veía el hormiguero de gente que era el campamento, buscadores de madera, de agua, de comida, de esperanza. Vi venir hacia mí a un par de mujeres ataviadas con largos y grises vestidos y paliacates anudados a manera de cofia, lápiz en ristre y una tabla con papeles donde apuntaban algo. Casillas fumaba y bebía café sentado en una piedra, ajeno al mundo que a su alrededor borboteaba y donde quejidos, gritos lejanos y silbidos variopintos se mezclaban sin orden ni concierto. La mayor de las damas se plantó frente a nosotros, miró reprobatoriamente nuestras humildes tiendas de campaña y mientras anotaba en la tabla con papeles, se dirigió a mí, sin ni siquiera verme:

—¡Mil ciento veintiuno! ¿Qué tiene?

—¿Yo? Nada —dije, intentando entender.

—Sí no tiene nada, ¿a qué vino a Espinazo?

Caí en ese momento en cuenta que me acababan de asignar un número de consulta con Fidencio y que por fuerza debía tener una enfermedad para poder verlo. Las dos daban una apariencia de eficiencia a toda prueba, y no sonreír parecía una muestra inequívoca de esa eficiencia.

—Perdón, no capté. Tengo dolores en los riñones, y una fístula en... ¿ya sabe, no? Allí, por dónde se orina —dije lo primero que se me vino a la cabeza.

—*Penen*, se llama *penen*. Dijo la mujer muy seria, muy segura de sí misma.

—Eso. ¿Cuándo voy a ver al Niño?

—Uyyy, verlo, verlo, lo puede ver todos los días desde aquí, pero para que él lo vea a usted... ¿Tiene dinero?

La pregunta me tomó completamente desprevenido. Con el rabillo del ojo pude ver a Casillas sobre su taza de café, a punto de soltar una carcajada.

—¿Hay que pagar por la consulta?

—¡Noooo, por supuesto que no! Le pregunto lo del dinero para saber como cuánto tiempo puede usted sobrevivir por aquí, ya ve que todo es muy caro —dijo la mayor de las dos, caritativamente; era la que menos sonreía.

—No se preocupe por mí. Yo me espero. ¿Como para cuánndo? —solté lo más humildemente que pude.

—Consulta privada, en no menos de mes y medio. Pública, con otros, por ahí de quince días, claro está, si usted quiere enseñar el *penen* a todo el mundo.

Y por supuesto que yo no estaba dispuesto a enseñar mi *penen* a nadie que no fuera amiga conocida o por conocer.

—¿Me podría apuntar para una privada? Por favor, no quisiera mostrar mis *vergüenzas* —dije, casi tartamudeando, sorprendido de mí mismo por la enorme capacidad de mentir que apenas descubría.

La mujer apuntó en sus papeles. Mil ciento veintiuno, mes y medio, mientras lo repetía en voz baja, como convenciéndose a sí misma. Volteó hacia Casillas y le espetó un:

—¡Mil ciento veintidós!

Y antes de que pudiera continuar, el bribón, poniendo la taza de café sobre el suelo polvoriento, dijo:

—Ni me ponga número, gracias, yo nomás vengo a vigilar que no se le caiga el *penen* al señor.

Y antes de que pasara algo que nos pusiera en falta, atajé preguntando:

—¿Ustedes trabajan con el Niño?

—Nosotras aprendemos, el Niño sólo trabaja con Dios.

Y como dos soldados de regimiento de granaderos prusianos, dieron media vuelta al unísono y enfilaron sus lápices hacia nuevas tiendas de campaña, a nuestra izquierda, con el mismo eficiente y adusto gesto con el que se habían presentado ante nosotros. Esperé a que estuvieran a prudente distancia para reclamarle a Casillas, que se había cubierto la cara con una manta para no reírse a cielo abierto.

—Si a usted se le ocurre siquiera atisbar desde un kilómetro mi *penen*, yo le juro por la memoria de mi padre que le meto un tiro entre los ojos.

Y entre un sonoro ataque de carcajadas, retorciéndose sobre el suelo gris de Espinazo, sosteniéndose la barriga con las manos, Casillas no atinaba a decir dos palabras seguidas. Para no reírme yo también frente a él, me metí en mi carpa a revolver papeles y, sobre todo, a asegurarme de que mi *penen* permaneciera en su sitio. Ascendía el sol y con él la temperatura en Espinazo. Parecía como si un hormiguero se hubiera despertado de repente a causa de la incursión de una garra temible en su territorio; cientos de hombres y mujeres iban de acá para allá trastabillando entre los terrones y las hondonadas. Decidí hacer en solitario mi primera incursión en el territorio mítico del Niño Fidencio, sin rumbo fijo, sólo observando. Y de tanto observar ya me duelen los ojos y también el alma. Hay enfermedades harto visibles como tumores, laceraciones, abscesos, tumefacciones, bubones, purulencias de diversos tamaños y colores en toda la geografía humana, desde la punta del pie hasta la coronilla de muchos de los habitantes temporales de este infierno y otras, no visibles pero sin embargo obvias, delatadas por los rictus de dolor de otros tantos. Hay enfermedades físicas y mentales también. Vi a un hombre completamente desnudo cagando en un claro entre varias tiendas de campaña sin que nadie objetara por el hecho, como si fuera lo más natural del mundo; un rato después uno de los habitantes de las tiendas cercanas salió de ella con una pala y haciendo un agujero en el suelo gris, enterró el mojón humeante que ya empezaba a llenarse de moscas.

Hay en Espinazo una construcción sólida, en forma de galerón, que domina la plaza, allí vive Fidencio con su corte, territorio todavía inexpugnable para mis ansias de saber y conocer, una tercia de casonas de una sola planta espaciadas en la geografía y no mucho más, si exceptuamos las cientos de carpas y refugios hechos de mala manera, desparramados por todos lados sin orden establecido, y una hacienda pequeña a un par de kilómetros. Hacia allá camino, para ver en perspectiva, con distancia, para alejarme un poco de tanto dolor y tanta inquina y tanta locura.

Por el camino encuentro a una niña sin extremidades que se desplaza por entre las piedras a fuerza de brazos; no debe de tener más de ocho o nueve años. A pesar de todo lo que he visto en mi vida, me conmuevo, estoy a punto de cargarla para llevarla a donde vaya, así sea el fin del mundo, cuando se detiene súbitamente y me mira a los ojos, desafiante.

—¡Qué! ¿Nunca había visto a alguien sin piernas? —me suelta a bocajarro.

—Sí, sí había visto. ¿Puedo ayudarte? —Hablo quedo, amablemente, parezco un jodido cura.

—No, gracias —contesta hoscamente—. Sólo puede ayudarme el Niño —amansa entonces la voz—: Él puede hacer que me salgan de nuevo las piernas, unas que aguanten todo.

Sigue su camino, mientras yo, petrificado, bajo el sol que empieza a quemar, siento cómo se me escurre una lágrima indeseable mientras pienso en que eso de la fe es algo asombroso, más fuerte que la lógica y mucho más fuerte que los brazos y manos de la niña, llenos de ampollas. Y casi sin querer voy pensando en todas las cosas que podría pedirle a Fidencio; por ejemplo, que trajera de regreso a mi padre, a Juan Ranulfo, a Euse de entre los muertos, si creyera... Pero no creo.

Llego caminando hasta las afueras del campamento, a la hacienda. Hay caballos amarrados afuera, logro divisar un par de carricoches de caballos que deben de ser caros, tienen tafetán bordado alrededor de las portezuelas. Cuando me acerco al portón principal, abierto, una jauría de perros sale de ninguna parte y me rodea, gruñendo, enseñando los dientes con ferocidad, todos a uno. Escucho un silbido agudo, prolongado. Los perros se echan al suelo como se supone se debió echar el león a los pies de Daniel. Aparece por el portón un hombre mayor, sesentón, de largas patillas blancas que alguna vez fueron rubias, vestido con un terno gris de charro a pesar del calor, botonadura de plata y botas de punta, lleva sobre la cabeza el más bello sombrero de chinaco que haya visto en mi vida. Camina despacio. Bien podría ser el hermano perdido de Maximiliano de Habsburgo, un nuevo heredero del trono de México recluido en medio de la nada esperando paciente para volver a tomar por asalto, algún día, los dominios heredados por Bonaparte y escapar indemne, vestido tan elegantemente como está, del Cerro de las Campanas.

—¿Viene a la sesión? —pregunta sin dar los buenos días.

Dudo un instante. Si digo que no, puedo ser devorado por la turba de perros que a pesar de estar momentáneamente tranquilos, me miran y se relamen los bigotes, esperando la orden que les dé el campo libre hasta mis carnes.

—Sí, a eso vine, a la sesión.

—Bueno, pues. Pero le advierto que no es hasta las once. Pero, pásese, hay adentro agua de jamaica.

Caminamos juntos hacia la casa grande. El sol arrecia cada vez más y yo no traigo nada en la cabeza; envidio como pocas veces en mi existencia ese sombrero de chinaco. Adentro, él agarra para su lado y yo me quedo viendo el patio de la entrada donde hay un círculo de piedra de río por el que entran los carros, y en el centro de ese círculo un pedestal de cantera rosa, finamente pulido, con símbolos grabados en cada uno de sus cinco costados y que yo no había visto nunca, excepto una rosa de los vientos, muy parecida a la que se tatúan en los brazos muchos de los marinos que vi beber hasta perder el sentido en los bares de Acapulco. ¿Masones? ¿Herméticos? ¿Anarquistas? ¿Evangélicos?

Me siento en la veranda, sobre unos bancos de madera de palo de rosa rodeados de bugambilias florecidas, cerca de una mujer gorda vestida de tul rosa que me resulta vagamente familiar. Pasa por allí una adolescente indígena con una jarra de agua de la que amablemente nos ofrece. Bebo dos vasos casi sin respirar. La gorda se abanica dramáticamente mientras suda a mares. Estamos sentados a poca distancia, me mira con el rabillo del ojo y sé que de un momento a otro va a comenzar a hablar. Yo estoy quieto, con la vista clavada al frente y el vaso vacío entre las manos, intentando pasar inadvertido. Oigo una estampida de tules y en un santiamén la mujer está sentada a mi lado abanicándose tan fuerte que alcanza fácilmente para los dos.

—¿Le gusta la ópera? ¿Es amigo de Teo? ¿Ya conoció a Greta? —dispara con una voz muy dulce, como si tuviera dentro a otra mujer, delgada y más joven.

Me sorprendo al escucharla y en algún lugar de mi memoria esa misma voz reverbera haciendo sonar las señales de alarma para traerme un nombre, un teatro y una ópera a la cabeza. Respiro hondo y opto por el más absoluto de los cinismos.

—Doña Eugenia, es un privilegio poder conocerla. La vi en *Turandot*, en el Principal, hace un par de años. La interpretación más exquisita que mis oídos hayan apreciado jamás.

Ella se infla como un sapo, la cara se le ilumina.

—¡Un conocedor! ¡Qué maravilla encontrar un alma sensible en este territorio de salvajes! Sólo estoy aquí por insistencia de Teo. —Se acerca todavía más a mí, quiere hacerme una confidencia en voz baja a pesar de que no hay nadie cerca, ni siquiera la jauría de perros que han desaparecido como por arte de magia—: Dicen que Greta es la mejor del mundo, que no hay nadie que produzca ectoplasma como ella y tenga tan buen «contacto» con los *hermanitos*. Por eso no me importó pagar los mil pesos que pidieron para traerla desde Sajonia.

La dejo hablar. Más bien, no me deja interrumpir su soliloquio. Se lanza como un tren que bajara sin frenos de lo alto de una montaña. No sabía que las sopranos famosas hablaran con tal desparpajo y a esa velocidad increíble.

—Porque yo tenía una temporada en Chicago. ¿Sabe? Pero lo dejé todo, ¡todo!, con tal de poder hablar con Luis una vez más. Incluso no me importa pasar estos calores infernales ni tener que venir en un tren lleno de gente... De gente... ¿cómo le explico? De gente *muy enferma.* Tuve que traer todo el camino un pañuelo con lavanda en la nariz y no comí nada desde que salí de México hasta que llegué a la hacienda. Mis *ayudantas* se pusieron ¡fatal! del estómago, las dos. Y he visto cosas estos días que me han quitado hasta el sueño. Un hombre con trompa de elefante, leprosos, pintos, «cuchos», locos, de todo mi amigo, de todo. Si no fuera porque tengo la esperanza de hablar con Luis, le juro que jamás me hubiera parado en un lugar así. ¿Cómo me dijo que se llama?

—Mi nombre no importa —me acerco ahora yo a su oído para seguir con el tono confidencial que por lo visto tanto le gusta—, sepa tan sólo que soy su gran admirador y que vengo hasta aquí por los mismos motivos que le provocaron a usted realizar ese viaje infernal.

Sé que ella es Eugenia Campoamor, soprano reconocida, niña mimada del Porfiriato y sobreviviente de la Revolución gracias a un general carrancista melómano que la puso bajo su «protección», la única mexicana que se ha presentado en la Scala, un poco pasada de peso y de años pero bella todavía, y en estos momentos me brinda una espectacular caída de pestañas y sigue entre tules rosas, contando como si en ello le fuera la vida.

Y así me entero de que la hacienda donde nos encontramos pertenece a Teodoro von Wernich, hijo de emigrantes alemanes y dueño también de la mina La Reforma, hoy en decadencia, primer paciente reconocido del Niño Fidencio, a quien hace algunos años dio trabajo como peón y posteriormente como cocinero y erigido en impulsor de la fama que hoy el Niño ostenta. Cuenta Eugenia que Fidencio le salvó a Teo, como familiarmente lo llama, una pierna gravemente herida gracias a emplastos de gobernadora, miel y tizne y que en agradecimiento le ha dejado fundar esa suerte de colonia de la fe.

Von Wernich explotó la mina hasta que ésta se secó, volviéndolo el más rico de la región, pero por reveses de la fortuna y caprichos varios, es ahora una entidad financiera propietaria de las más de cincuenta hectáreas que componen este «santuario» (así dijo, *santuario*). Por lo visto el banco con sede en Monterrey no se atreve a tomar posesión de este trozo de desierto por las implicaciones que ello traería y prefiere tenerlo como un pasivo, permitido por algunos de sus accionistas que han sido también curados por obra y gracia de Fidencio Constantino Síntora, y otros simplemente por ser proclives a las extravagantes ideas de Teo. En 1923, Von Wernich, por lo visto no conforme con los milagros que sucedían cotidianamente a su alrededor, creó en el núcleo de lo que fuera su propiedad, esta hacienda, la comuna Amor y Ley, dedicada al espiritismo, donde todos los días hay *contacto* con las almas de los muertos y hasta donde ha llegado la ingenua Eugenia para hablar con Luis, el amante trágicamente fallecido por un duelo ilegal de pistolas en el Bosque de Chapultepec. Ha venido los dos últimos años sin resultados, pero ahora es diferente. Greta es la nueva niña maravilla, una adolescente alemana que en cada *sesión* entra en trance en instantes y traspasa el umbral entre los mundos, éste y el de los fallecidos, como si entrara por la puerta de su casa en la Baja Sajonia. No sólo puede ponerse en *contacto* con los muertos, sino que habla con sus voces, en sus múltiples idiomas y «materializa» con ectoplasma salido de su boca las efigies de aquellos que han dejado de estar entre nosotros pero que todavía tienen algo que decirnos. *Médium* espectacular que franquea las puertas del pasado, el presente y el futuro.

Aprovecho que Eugenia toma un respiro y un sorbo de agua de jamaica para intentar saber un poco más sobre un tema del que no sé casi nada.

—¿Y usted, ha estado en muchas sesiones, ha visto muchos *espíritus*? —utilizo los mismos términos que acabo de oír hace tan sólo unos segundos.

—Muchas, muchos —contesta las dos preguntas sin transición y continúa—: incluso en mis tiempos de mayor gloria y esplendor fui asidua al círculo del señor Madero. ¡No sabe la cantidad de prodigios que pasaron ante mis ojos!

Se refiere al presidente Madero. Algunos rumores escuché que ahora confirmo. Ciertos intelectuales amigos míos hablaban del tema en susurros. Cada vez estoy más tentado a quedarme a la sesión espiritista y en una de ésas pedir la presencia de Madero y preguntarle cómo fue que se equivocó tanto como se equivocó.

—Usted no es un *iniciado*, ¿verdad? —me mira ahora Eugenia con cierta desconfianza, como si uno de sus espíritus le hubiera soplado al oído mi verdadera identidad. Veo que comienza a incorporarse, revolviéndose entre un mar de tules rosas que por momentos me empiezan a parecer amenazantes—. ¿Sabe quién es Allan Kardec? —pregunta.

Y por supuesto que no lo sé. Abanicándose con tal fuerza que la corriente de aire podría llevar a un velero hasta Borneo sin escalas, Eugenia me da súbitamente la espalda después de hacer un obvio aspaviento de disgusto y se dirige refunfuñando hacia una de las puertas de la casa.

—Voy a buscar a Teo —dice con resolución.

Y yo tomo el camino hacia la salida con cierta urgencia, pensando en la jauría de perros muy vivos y hambrientos que seguramente de un momento a otro se «materializarán» ante mis ojos.

XXIV

Cesare Lombroso. *Turín, Italia, 1906*
V Congreso Internacional de
Antropología Criminal

El profesor camina de aquí para allá, ocupando con su
voluminosa humanidad todo el espacio del anfiteatro y la
atención de los ciento veintiocho sabios europeos que lo escuchan arrobados mientras dicta su conferencia. No cesa de
golpearse un muslo, cadenciosamente, con una flexible vara
de cerezo. Remarcando con cada breve fustazo los puntos y
las comas que tiene en la cabeza y que le devuelven el aire
entre el inmenso borbotón de palabras tan estudiadas, tan
nítidas, tan contundentes con las que ha armado la magistral disertación para el cierre del congreso. No ha mirado a
nadie a los ojos. Hay en la sala una de esas calmas inexplicables, premonitorias del huracán que se avecina.

Mi italiano es todavía malo y a pesar de eso entiendo
perfectamente cada una de las palabras que Lombroso va
tejiendo. Él es el gran jefe de la antropología criminal, quien
ha catalogado cientos de rostros humanos en los que puede
leerse la maldad como si se leyera un mapa, una carta de
navegación; él, quien pasa horas enteras en cárceles, manicomios, orfanatos, tipificando rostros y concatenándolos con

acciones criminales para demostrar que la geografía del delito está en las caras de los que lo cometen. Hoy va a demostrar aquí una nueva teoría, todos estamos expectantes.

Escucho procurando respirar bajito, para que no sea mi torpe e inoportuno silbido producto de la adicción al tabaco el que lo saque del trance en que se encuentra.

—Otro fenómeno —dice— explicado con toda claridad en nuestros días es el excesivo desarrollo del cerebelo, que contrasta con el volumen del cerebro —respira, da un breve fustazo, hace una pausa dramática—; esto se ha notado aun entre las mujeres criminales, que presentan siempre el mínimum de las anomalías. El peso del cerebelo y de sus anexos era, en estas observaciones, de ciento cincuenta y tres gramos —yo lo anoto—, en tanto que el de las mujeres honradas alcanza solamente los ciento cuarenta y siete —vuelvo a anotarlo—, en los hombres llega hasta ciento sesenta y nueve —y ya no lo anoto por carecer de marco de referencia.

Lombroso se acerca a la mesa que se encuentra al centro del proscenio. Sobre ella hay dos telas, una roja brillante y la otra blanca; cada una cubre algo. En el medio, una báscula clásica de charcutería italiana, inmaculada, brillante. Se pone Lombroso teatralmente detrás de la mesa y frente a todos nosotros deja a un lado, con mucho cuidado, la vara de cerezo y, al mismo tiempo, como un mago de *vaudeville*, levanta las dos telas para descubrir un par de blancos morteros de farmacia. Un suspiro de alivio, no se por qué, se escucha en la sala. Parecería que algunos están a punto de aplaudir.

—*Amici*, permítanme presentarles a nuestras dos invitadas especiales —dice Lombroso pomposamente señalando los dos pálidos morteros con las manos extendidas hacia afuera, circunspecto.

—Engracia Casteloblanco, a mi derecha. Bueno, el cerebelo de la *signora* Casteloblanco, ama de casa ejemplar, madre devota de tres hijos, amante fiel, católica. Muerta trágicamente hace un par de días, atropellada por un tranvía. A mi izquierda, en cambio, se encuentra Lola Scara, prostituta. Asesina convicta y confesa de por lo menos cuatro hombres de una manera cruel y despiadada. No daré detalles escabrosos de la forma en que mató a estas personas por encontrarse damas en la sala —dos enfermeras españolas que se miran entre sí y sonríen, muy poco científicamente, afianzando su condición de únicas en su género—. Sólo diré que los cadáveres carecían de lengua y de partes nobles. —Se hace un silencio incómodo, Lombroso toma aire y continúa—: Lola Scara fue ahorcada la tarde de ayer en la cárcel municipal de Turín cumpliéndose un mandato judicial y auxiliada espiritualmente por la Iglesia romana. He aquí dos cerebelos que en vida pertenecieron a dos personas tan distintas como lo son el agua y el aceite. Permítanme, en beneficio de esta ciencia nueva a la que estamos apelando, la antropología criminal, hacer las mediciones y pesos correspondientes frente a todos ustedes, queridos amigos.

Lombroso entonces se pone unos guantes blancos de felpa de farmacia, toma cuidadosamente la pequeña masa informe del mortero de su derecha y lo pone en la brillante báscula. Lamentablemente, desde donde me encuentro, no veo todos los pequeños movimientos que hace con las pesas, agazapado sobre su invaluable material. Lombroso se incorpora y a voz en cuello, como los vendedores de flores del mercado de la *piazza*, o los anunciadores de pugilistas de feria, dice triunfal:

—¡*Signora* Casteloblanco, ciento cincuenta gramos! Exclamaciones de aprobación.

Vuelve a tomar el cerebelo y con delicadeza lo deposita en su mortero, en su fugaz tumba. Arremete ahora contra la pobre Lola que espera paciente en su habitáculo. Repite la operación, tal vez un poco más agresivamente, yo lo noto. Pesa, vuelve a pesar, acomoda el cerebelo en el centro de la báscula, mira a los lados, busca ayuda con la vista, se empieza a poner nervioso. Un ayudante de bata color gris se acerca. Hablan los dos unos segundos, en voz baja. El ayudante sale de escena y Lombroso da un par de zancadas y se pone frente a la mesa, frente a un estremecido auditorio que espera lo peor.

—Caballeros. Les ruego paciencia. La báscula nos está jugando una mala pasada. He pedido a mi asistente que vaya hasta el laboratorio de la Università y nos traiga una nueva.

Veo cómo el profesor Koneing, de la Real Academia Sueca de Anatomía, levanta la mano y en italiano sin acento pregunta en voz alta:

—Mala pasada, ¿cómo? ¿Acaso pesa menos el de la asesina?

—No, no, responde Lombroso. Pesan exactamente lo mismo. Nunca había pasado algo así. —Y luego al público—: Les ruego tan sólo unos instantes para corroborar el pesaje.

Se desencadena entonces un río de murmullos en la sala. Afortunadamente, por previsión del propio Cesare Lombroso, el gran maestro de la antropología criminal, no hay periodistas ni fotógrafos en el auditorio.

El ayudante de Lombroso vuelve con otra báscula, jadeando, sudoroso la deposita sobre la mesa; ésta parece más moderna, tiene un pequeño sistema hidráulico que sostiene la bandeja y una flecha de bronce que sube y baja por sobre un cartón que tiene progresión numérica de cero a mil. De nada a un kilo. Lombroso la mira y sonríe socarronamente. Repite entonces, en el más absoluto de los silencios, su ritual de pesaje de cerebelos.

—La *signora* Casteloblanco. ¡Ciento cincuenta gramos exactos!

Pone entonces a la pobre Lola, a la traidora Lola, a la asesina Lola en la bandeja y se acerca a la flecha delatora, comiéndose con los ojos los números, sudando como un cerdo. Súbitamente se da la media vuelta y al borde de las lágrimas, quitándose de un golpe la casaca, grita:

—¡Exijo otra báscula, señores!

XXV
Ulrich

Le sorprendió la ausencia de curas en el lugar a pesar de estar lleno de cruces, cánticos, gente de rodillas por todas partes, estados de gracia, veladoras y milagros. El tal Fidencio no era un cura, no llevaba sotana tradicional, no daba misa ni de comulgar a sus fieles que eran legión. Ulrich no comprendía bien a bien el fenómeno al que se enfrentaba, las aparentes contradicciones entre *esto* y la religión, y sus representantes en la Tierra sobre los que había centrado toda su inquina y deseos de venganza, lo tenían severamente confundido. Se consiguió alojamiento en una carpa rentada, a unos doscientos metros de la del hombre con la cruz grabada en el pecho al que había salvado la vida tan sólo hacía unas semanas. No le quedaba muy claro el porqué lo había seguido hasta este desolado paraje. Mentira. Pensaba en lo más hondo de sí que el periodista (sabía que era periodista, sabía su nombre, sabía de sus afinidades y desavenencias, sabía de sus amistades con tiples y poetas, había preguntado mucho y muchos habían respondido) podía ser un magnífico imán para atraer hasta cerca de sí a una enorme cantidad de esos que consideraba enemigos. Durante todo el viaje en ferrocarril lo observó atenta, cuidadosamente, buscando la más pequeña falla de carácter en su accionar que le diera un pretexto suficiente para rajarlo de arriba abajo. No era su amigo a pesar de que el periodista le debiera el pellejo, era tan sólo un instrumento. Otro de los instrumentos, como la navaja, como las sombras, como la vista o el olfato; todos ellos atentos en la búsqueda de un solo fin, el desagravio, esa bofetada sangrienta que todavía le dolía como si fuera dada hacía tan sólo unos segundos. Ulrich, que no había sonreído una sola vez desde la masacre donde perdiera al amor de su vida, se había permitido un mínimo desliz cuando vio cómo el acompañante del periodista tiraba por la ventanilla del tren al enano iracundo que pretendía castrarlo con un estilete. Nunca había contemplado nada tan cómico, ni siquiera en sus tantos años de presentaciones en salones, circos o teatros de revista. Pero fue un solo instante. Él no lo consideraba una sonrisa en forma, si acaso un rictus. Sentía que los dedos faltantes de la mano aún estaban allí y que la fiel moneda seguía dando giros, circunvalaciones, tantos destellos como antes. Consideraba a Espinazo, lo poco que había visto de Espinazo, como un permanente lloriqueo, una pequeña molestia, un guijarro metido en el zapato; no sentía ninguna conmiseración por esa ingente cantidad de personajes que estaban allí intentando revertir lo inevitable, aplazar el fin, paliar la obviedad de su lamentable estado, buscar consuelo donde sólo hay dolor. Le gustaba el desierto, los días abrumadores y las noches heladas, el aullido de los coyotes a la distancia, la luna llena volviéndolo todo azul como en un sueño, la permanente ausencia de nubes, los alacranes, los ciempiés y las serpientes. Sobre todo las serpientes, con ese ondular perpetuo y sibilante en busca de presa, con esa cadencia mortal, con esa aparente parsimonia ancestral, con esa belleza incomparable. Caminaba todo el día de aquí para allá como alguien que hubiera vuelto de la tumba y no supiera bien a bien en dónde acomodarse a la vida, perturbado, insomne; miraba por entre las personas, no por encima o a un lado sino a través de ellas, como si no existieran, como si fueran de esos daguerrotipos que se imprimen en cristal, translúcidos, que con el tiempo se van volviendo más y más transparentes; esos donde casi tienes que andar adivinando quiénes eran los que alguna vez posaron para la lente. Por las noches soñaba que su cuerpo era de fuego y que caminaba por el campamento iluminando todo a su paso como una antorcha humana, asomándose a las carpas y viendo directamente a los ojos de los enfermos, que los pelaban grandes, grandes, como si estuvieran viendo a la mismísima muerte. Terminaba su recorrido dejando a su paso un sendero de luz hecho de decenas de teas encendidas con incinerados dentro, un sueño donde nadie gritaba. Ulrich había dejado de sentir el frío, el calor, el hambre. Había dejado de sentir pena, vergüenza, lástima, sed. Ulrich había dejado de sentir, y cuando uno deja de sentir puede ocurrir cualquier cosa.

XXVI
Apariciones

Si algo había aprendido andando con Escudero, de entre las muchas cosas que había aprendido en aquellos entonces, era que se tiene que ver para juzgar. El pensamiento racionalista se basa en la observación de los fenómenos sin apasionamientos y luego en la disección de los mismos desde una perspectiva científica, encontrando causas y efectos sin caer en especulaciones. Por eso me di la media vuelta hacia la hacienda, por eso y tal vez porque la jauría de perros andaba cerca husmeando y entre manifestaciones ectoplásmicas o dientes afilados, prefiero las primeras a los segundos. La soprano ya venía de alguno de los departamentos de la casa acompañada por el pariente perdido de Maximiliano que miraba hacia los lados buscando al trasgresor en el que por momentos me había convertido; el hombre con el envidiado sombrero de chinaco era el mismísimo Von Wernich, Teo, el amo y señor de la comuna Amor y Ley, y en cuanto me vio, una sonrisa surgió, espontánea, de sus labios.

—No tema, está entre amigos —me dijo sin ninguna clase de acento que traicionara su ascendencia teutona, mientras extendía una mano callosa pero diminuta hacia mi humilde persona.

—Salí porque me pareció haber perdido mi paliacate —dije sin la menor convicción.

—No sabe mentir, periodista —reviró el chinaco rubiocano y patilludo. Eugenia se había escudado a sus espaldas a pesar de que sobresalía mucha Eugenia de tules rosas por todo el contorno del esmirriado personaje, mirándome como quien mira al demonio mismo por primera vez en su vida.

En ese momento, mientras le daba la mano que había quedado suspendida en el aire, supe a ciencia cierta que el anonimato en Espinazo no era posible, que había demasiados ojos, demasiados oídos, demasiado ruido, y sin embargo, no pude contenerme una vez más, yo que quería pasar inadvertido pero parecía que traía un letrero colgado a la espalda.

—¿Cómo sabe que soy periodista?

—Aquí sabemos todo de todos, los hermanitos pueden ver en la más completa oscuridad y oír en el silencio —dijo Teodoro von Wernich crípticamente, mientras me guiñaba un ojo—. ¿Quiere quedarse a nuestra sesión?

—No estoy seguro, me cuesta ya bastante entenderme con los vivos como para andar tentando a que me respondan los muertos —respondí sin ninguna malsana doble intención.

—Podría aprender mucho, amigo, podría ser testigo de portentos inaccesibles para otros.

Presentí que Eugenia quería chistar algo en contra de mi presencia, pero vi cómo una mano de Teo al sentir un rugido de tules a su espalda le hizo un gesto de tranquilidad, o de exigencia de silencio, como si le estuviera dando órdenes a uno de sus perros. Eugenia hizo un mohín que, como una niña descubierta en falta encaramándose a la bandeja de dulces puestos en la repisa más alta de la casa y descubierta por su aya, cerró los labios apretándolos fuertemente. La voz de Teo era dulce, sincopada, tranquilizadora, como si hablara con un niño y desde un trono inaccesible.

—Acompáñenos, ya casi es la hora —ordenó más que sugerir.

—Pero, ¿no se hacen de noche las sesiones? O eso dicen...—repliqué un poco incómodo.

—No, las once de la mañana es la hora en que *frau* Greta entra en comunión con el otro extremo. Cada médium es diferente. ¿Sabe usted lo que es *maya*? —y antes siquiera de poder negar con la cabeza, mientras caminábamos hacia dentro de una de las dependencias de la hacienda, me ilustró—: *Maya* es una percepción, todo lo que usted ve alrededor, a mí, a la señorita Campoamor, a los perros, las construcciones, el propio desierto es sencillamente una ilusión, un espejismo, la realidad real es diferente.

Y abrió una puerta grande y pesada que daba a la oscuridad mientras yo me devanaba los sesos pensando en cómo algo tan robusto, tan voluminoso, tan excesivamente rosa como la señorita Campoamor, podría ser tan sólo una ilusión. Pasamos al lugar de la cita, faltaban sólo unos minutos para las once y ya varias personas, hombres y mujeres, estaban sentadas alrededor de una mesa sólida y redonda de madera, enorme; noté cómo las ventanas estaban cubiertas por trapos negros y el intenso frío que hacía allí dentro. Lo agradecí, no sin sentir antes un pequeño *repeluz* que corría por mi espalda; llevaba tan sólo un par de días en el desierto y sin embargo ya odiaba ese sol. Teo se sentó y me indicó un lugar vacío a su derecha, la dama de rosa hizo lo propio al otro lado; en total éramos ocho. Cuatro de los cinco desconocidos me miraban como si tuviera monos en la cara, interrogándose, una ni siquiera acusaba recibo de mi presencia. Teo levantó la voz, cambiada, más poderosa y tal vez más autoritaria.

—El señor es nuestro invitado, voy a obviar las presentaciones por innecesarias, siempre es bueno un poco de secrecía, sobre todo con los tiempos que corren. —Sin embargo me pareció que el hombre vestido de negro con corbata de lazo sentado casi frente a mí se parecía barbaridades al gobernador del estado, al que había visto en un par de rotograbados en mi periódico, el otro sin duda era militar, que aunque vestido de civil para la ocasión no podía ocultar el obvio corte de pelo y el gesto adusto que parece caracterizar a ésos de alta graduación; las mujeres a sus lados debían de ser sendas esposas, vestidas sobriamente, como para ir de safari. Un safari donde no se cazarían leones sino espíritus.

Greta, centro de todo, llamaba la atención por su extremada palidez, de un blanco inverosímil que translucía venas azuladas en los brazos y el cuello; no debía de tener arriba de quince años, vestía con un trajecito veraniego verdoso sin mangas y mantenía la vista sobre la mesa. Rubia paja con el pelo lacio que le caía como un chorro por sobre los hombros. Pensé que unos cuantos minutos al sol de Espinazo podrían haberla vuelto casi guapa, parecía un ratón que acabara de salvarse de un naufragio.

Las puertas se cerraron misteriosamente con un estrépito de madera y goznes herrumbrados, gran efecto dramático que hizo que el par de señoras de sociedad dieran un breve respingo y que a mí me hizo soltar una espontánea sonrisa cuando vi en un atisbo unos pies enguarachados al otro lado del umbral. Nos quedamos sumidos en la más absoluta tiniebla hasta que Teo encendió un cerillo largo con el cual dio candela a una vela de pabilo recortado que había al centro de la mesa sobre un plato y que iluminó mínimamente la estancia. Volvió a tomar la voz cantante.

—*Frau* Greta —dijo reverencialmente, como si estuviera en una catedral o le hablara directamente a dios sin intermediarios.

Todo era penumbra, me costaba trabajo distinguir las caras de los otros, pero percibía sus respiraciones llenas de ansiedad; ronca la del militar que debía de fumar como un carretonero, suave como un pájaro la de la mujer a su lado, casi felina y ronroneante la de Eugenia, entrecortada la mía. Pasaron muchos minutos de este silencio lleno de ruidos. Todos teníamos las manos apoyadas sobre la mesa, con las palmas firmemente adheridas a su suavidad vegetal por instrucción última dada por Teo antes de caer en este aparente trance colectivo y advirtiéndonos que por ningún motivo las separáramos de allí, a riesgo de romper el contacto con el otro mundo. Por un momento casi me vence el sueño, quería hacer muchas preguntas pero no se prestaba la ocasión. Mis ojos se habían acostumbrado a la penumbra, podía observar a Greta que no se movía un ápice entre las sombras cambiantes que provocaba la débil iluminación, y que seguía con la vista clavada en la madera. Cabeceé un par de ocasiones: el contacto con el mundo de los muertos era mucho más aburrido de lo que yo me imaginaba. Súbitamente, el frío arreció, como si hubiera entrado una nevada de novela rusa a ese recinto en medio del yermo y lo hubiera convertido en estepa. Pensé en Ana Karenina, en un trineo jalado por percherones, en una piel de oso, en un par de húsares a caballo con los largos bigotes llenos de escarcha cabalgando contra el viento.

Greta se echó para atrás, como si la hubieran jalado con una cuerda para ganado de un solo golpe, provocando que se arqueara, con los brazos rígidos a los lados de la silla. Empezó a hablar en un perfecto español, con una voz ronca y gruesa que parecía salir de lo más profundo de sus entrañas.

—Eugenia —decía la voz varonil que salía del cuerpo de la niña. Me estremecí, estuve a punto de creerlo todo. A punto de caer en su embeleso, a punto de olvidar que no creía en nada de lo que estaba viendo y oyendo en ese instante.

—Eugenia —repetía la voz. Como si la niña se hubiera comido a un tipo y éste hablara desde dentro de ella.

Y Eugenia, temblando como una gallina, sin atreverse a mover de su sitio asentía con la cabeza mientras musitaba un muy quedo:

—Sí, Luis, soy yo.

Alguna vez había visto gente que imitaba otras voces, incluso en el Lido de la ciudad de México se había presentado unos años atrás con gran éxito un fonomímico español que imitaba animales, niños, mujeres e incluso silbatos de tren o campanas con gran acierto y ante el asombro de la concurrencia, y del cual escribí una elogiosa nota en el periódico. Pero esto era sin duda diferente. Será que no estábamos en un teatro de variedades y sí en medio del desierto, que la niña parecía incapaz de matar una mosca, que el frío seguía entrando por todos lados y que yo estaba paralizado viendo cómo venía de su boca la voz del extinto amante de la soprano que cada vez gemía con más fuerza.

—Eugenia, no me olvides —dijo claro, alto y fuerte el perdedor del duelo en Chapultepec por boca de Greta.

—No mi amor, no te olvido —lloraba y moqueaba la soprano estremecida.

Y Greta, o Luis, no me quedó del todo claro, se soltó a darle a la soprano, que asentía todo el tiempo, una serie de instrucciones complejas para pagar abogados, depositar dinero en una cuenta, vender unos caballos y no sé cuántas cosas más. Parecía que estábamos escuchando a un notario y no a un alma en pena. Para mis adentros me juré a mí mismo que si algún día volvía de entre los muertos por interpósita persona, daría mensajes más poéticos, menos triviales. Luego de una sarta enorme de conceptos y cuentas por pagar que Eugenia apuntaba febrilmente en una libretita, sin despedirse de su amante, el alma calló y la médium volvió a sumirse en el mutismo arqueado con el que comenzó la sesión. La vela del centro de la mesa se apagó, o fue apagada por alguien. En unos segundos volvió a aparecer la mano de Teo empuñando una nueva cerilla y de la oscuridad pasamos a la penumbra. El silencio era total, sólo interrumpido por espaciados gemiditos de la soprano que supongo veía cómo su capital se había mermado considerablemente en tan sólo unos segundos. Teo tomó entonces la palabra.

—Hemos tenido la enorme oportunidad de comunicarnos con la otra parte, agradezcamos a los hermanitos su benevolencia. La sesión ha terminado.

Entraron a la sala, como una ráfaga, conjurados por un ensalmo mágico, tres o cuatro peones que diligentemente descorrieron cortinas y abrieron puertas y ventanas. Greta fue llevada por una señora mayor, tan pálida como ella misma, a otra habitación, casi en brazos, y yo fui conducido, amable pero firmemente por Von Wernich hasta la puerta de la hacienda, usando conmigo todas las frases de cortesía manidas y sobadas que tenía en la cabeza y ofreciendo invitarme pronto a una nueva «experiencia». Mientras desandaba el camino hasta el campamento, todavía confundido por la agreste despedida, yo sólo podía pensar en la formidable cantidad de hielo que se debía usar para mantener la habitación tan gélida como estaba y en la enorme cantidad de dinero que la pobre señorita Campoamor debía desembolsar para mantener la esperanza y a una serie de vivales que ahora mismo debían de estar frotándose las manos, y no precisamente por el frío. Lo único que no quedaba manifiesto, después de manifestarse los espíritus, es el porqué había sido invitado a presenciar tal chapuza, fraude, o como lo quiera usted llamar, cuando divisé a Casillas haciéndome señas frenéticas con su bombín indeformable desde una pequeña lomita.

XXVII
Cara de malo

Turín fue como un sueño. Los tres años de gabinete con Cesare Lombroso lo habían vuelto otra persona, más intuitiva,
más observadora, más perspicaz. En muy poco tiempo se
transformó de un pintor regular en un excelente antropólogo criminal; o por lo menos eso decía Lombroso. No había
manera de saberlo con certeza, porque era tan sólo el terce-
ro en pasar el curso con el maestro, tan sólo por detrás del
japonés Nizhisawa y un encantador francés de nombre Phi-
llipe Olé Laprune que entre clase y clase escribía versos. El
mexicano iba por las calles intentando descifrar en los rostros tendencias criminales, atisbos de insania, estrábicas
malas intenciones. De cada diez sujetos observados, disec-
cionados con la vista, tenía la certeza de encontrar siempre
por lo menos dos como potenciales criminales. Por ejemplo
ese hombre aparentemente vacuo que no sacaba las manos
del pantalón, ese que miraba todo de reojo, ese que cojeaba
levemente, sin duda tendrían instintos homicidas según
lo visto y lo asimilado largamente. Los fines de semana la
pasaba, gracias a la anuencia del director del psiquiátrico
de Collegno, a las afueras de Turín, entre los locos; fue allí

donde trabó amistad con un personaje singular, presidente de la sociedad de velocípedos, famoso autor de novelas, folletines, supuesto capitán de barco que paseaba por los jardines de la institución del brazo de una pálida y bella mujer, su mujer, internada por sus estridentes crisis y ataques y dos aparatosos intentos de suicidio, a la que acariciaba cariñosamente la cabeza mientras repetía su nombre una y otra vez: Aída, Aída, Aída... Como llamándola para que saliera de un sueño. Compartió así muchas tardes con Emilio Salgari y se enteró de primera mano de la trama de algunas de las aventuras que bullían como agua hirviendo en la cabeza del escritor. Por insistencia del propio Salgari, le describió lo mejor que pudo el desierto mexicano para una trama sobre el Far-West en la que estaba trabajando; irascible, gritón, desesperado por la enfermedad de su Aída, don Emilio, ya que no se atrevía a tratarlo de tú, le contó de sus penurias económicas. Los contratos con los editores no eran por la cantidad de libros vendidos sino anuales y ello lo tenía en una permanente zozobra. Le ofreció dinero, que el escritor rechazó dignamente, y con un abrazo tan italiano que casi le rompe dos costillas se despidió de él. Un tiempo después, a principios de 1911, se enteró de que se había suicidado, al igual que su mujer. No supo nunca si escribió esa aventura de indios y vaqueros que debía de tener un paisaje que no correspondía.

En la última etapa de sus estudios, como prácticas finales, las autoridades italianas permitieron por fin a los discípulos de Lombroso entrar en la cárcel municipal para observar de cerca la fisonomía de los más notorios criminales allí encerrados. El prospecto de antropólogo criminal mexicano en ese entonces fue beneficiado con una serie de reuniones privadas con un sujeto de apariencia simiesca;

había sido acusado de asesinar a su mujer y a sus dos hijas a hachazos en un rapto de locura. Luigi Visconti, treinta y cinco años, natural de Sicilia, de oficio herrero, sin aparentes problemas anteriores con la justicia, sin padres, criado en el orfanato de Santo Tomé donde se le enseñó el oficio que hasta hace poco tiempo ejercía, vecino de Turín, domicilio y accesoria conocida cercana al mercado de las aves.

No se encontraron registros en el cuartel de los *carabinieri*, ni se supo por una serie de entrevistas con vecinos y conocidos acerca de otros ataques de ira que hubiera sufrido el señor Visconti desde su llegada a la ciudad de Turín después de abandonar el orfanato. Por lo tanto la primera impresión, rescatada por los diarios que dieron cuenta profusa y sangrientamente del hecho, es que se trató de un arranque que terminó con la gran tragedia. Pero, como bien sabía el mexicano, hay ciertos rasgos en la persona que demuestran fehacientemente, como si de una huella se tratara, su propensión a la criminalidad. No era que se fijara en la cara de malo de éste o del otro, eso era demasiado reduccionista, a pesar de que de vez en cuando ayudaba. En esto había ciencia, mucha ciencia.

Recordaba perfectamente una de las clases de Lombroso que luego se convirtió en el primer capítulo del libro titulado *Los criminales*; ésa en la que hablaba de una de las más claras características entre los homicidas: el hoyuelo en el occipital; revisó sus notas tomadas a conciencia. Escribe Lombroso:

«Comencemos por la anomalía que pudiera decirse más característica y ciertamente más atávica en los criminales, es decir, el hoyuelo en medio del occipital. Todos los observadores nos hablan de su frecuencia: Techini, Benedikt, Mingarrini... Todos excepto M. Féré, el cual, nosotros creemos, no ha profundizado suficientemente en el estudio de esta materia.

»Morselli, según los registros de los *Archives de Psichiatria* de 1890 encontró este hoyuelo en 28 de entre 200 locos estudiados. Analizando 70 cráneos de antropomorfos, el mismo sabio ha hallado esta anomalía constantemente en los *semnopitecos* y *cinomorfos*; con alguna irregularidad en los *ilobates* (todos ellos primates inferiores), faltando sin embargo casi siempre en los antropomorfos superiores: chimpancé, cero veces de cada tres; gorila, una vez por cada tres; orangután, una vez por cada treinta. No puede negarse que todos estos datos confirman la importancia atávica de dicha anomalía».

Así pues, con todos estos datos en la cabeza y en cuanto pudo adquirir del asesino la confianza suficiente, palpó sin reparos la base del cuello del señor Visconti y siguió por todo el cráneo, en donde descubrió por supuesto la singularidad en el *foramen magnum*. Pero no era suficiente para describir la verdadera personalidad del asesino común.

En cada una de las entrevistas, el mexicano observaba más que hablar; dejaba que el otro se explayara a sus anchas mientras iba haciendo, mentalmente, la lista de peculiaridades estudiadas por los métodos craneométricos de Rieger y que el asesino lucía como un sello; la *plagiocefalia* (esa malformación asimétrica de la cabeza), la mandíbula voluminosa, la frente fugaz, la asimetría facial, la nariz torva, las orejas normales y los labios sexuales, todos ellos elementos que demostraban plena y absolutamente, dentro de las características típicas de esta nueva ciencia, que se trataba efectivamente de un criminal, del más típico de los criminales. La estampa perfecta con la cual cualquiera de sus colegas estaría encantado de trabajar para llegar a conclusiones determinantes. Pero el casi antropólogo criminal, antes artista, tenía la vaga pero certera noción de que el león no es como lo pintan.

Así, pasa largas tardes con Visconti, olvidando todas las medidas antropométricas requeridas y dedicando más y más tiempo a escuchar causas y efectos. Se entera, pues, de la vida y milagros de un hombre al que el destino le ha jugado todas las malas pasadas que puedan existir en el catálogo de las calamidades, se entera de sus reclamos de inocencia, de sus mareos y pérdidas constantes de memoria, de la injusticia permanente y, ante todo, del mal fario que significa ser un siciliano pobre, huérfano de padres, abusado por maestros y curas, cornudo, padre de dos hijas que no eran suyas. En fin, un hombre al que más le valía no haber nacido, uno que no tuvo en toda su precaria existencia un momento de felicidad para recordar. Tenía cara de malo, pero para el antropólogo criminal mexicano, sin duda, eso no era suficiente.

Se impuso la tarea de convertirse en una suerte de confidente del asesino, un confidente que no opinaba, ni daba juicios morales, ni quería saber nada más que lo que el hombre le contara. Pasaron muchas tardes juntos en esa húmeda y pequeña celda donde el hombre estaba recluido, escuchando y compartiendo miserias. Hasta que llegó el momento del juicio, unas semanas después; momento en el que supo, casi como un iluminado, que no tenía otra opción que defenderlo durante el proceso. El testimonio del antropólogo, tratado por el juez y el jurado popular con el título de *dottore*, nombramiento lejano de la realidad pero que no se atrevió a contradecir por temor a las consecuencias, fue determinante en la resolución del caso. Se explayó en su italiano con acento acerca de las causas del mal congénito transmisor de la maldad que sufría el pobre Visconti, midió frente a un público atento y atónito la cabeza del individuo, habló de la justicia social y de las afrentas que la vida le había puesto en suerte y de los tropiezos y los sinsabores que había sufrido para sacar a su familia adelante. Habló de su falta de cultura, de su imposibilidad para distinguir entre el bien y el mal, lo bello y lo terrible, lo sano y lo impío. Habló sin parar durante tres horas mirando a la cara a los jurados, muchos de los cuales moqueaban a cielo abierto y se restregaban las mangas de la camisa por la cara. Al terminar, un atronador aplauso se dejó sentir en el tribunal de la Prefectura 14 de Turín. El hombre con cara de malo salía por la puerta del juzgado, ya sin cadenas, entre vítores y rodeado por decenas de caras de conmiseración, a buscarse una nueva vida.

Un par de semanas después Visconti partiría en pedazos, con un hacha, a una prostituta de la zona.

El antropólogo mexicano, el mismo día en que se hizo pública la noticia, salía rumbo a Génova para tomar un barco. Llevaba en la maleta un atado de ropa, sus libros y un diploma firmado apresuradamente por Cesare Lombroso.

XXVIII
Manos para curar

Llego hasta el promontorio donde Casillas me espera y antes de preguntarme nada me suelta a bocajarro:

—¡Ahorita va a operar! Están allí arremolinándose junto al Niño. ¡Allí junto al pirul! ¿No los ve? —Y señala con el dedo a un grupo de gente que conforme se junta va levantando polvo a su alrededor.

Bajamos la loma a la carrera, rebasando a unos y otros que por diversos motivos físicos son más lentos que nuestras mercedes. Noto, conforme avanzamos, algunas caras de disgusto y yo intento sonreír, como pidiendo perdón por tener dos piernas que funcionan mientras sigo con mi trote. En algún momento de la bajada, Casillas se separa de mí diciéndome entrecortadamente que va a buscar su cuaderno de apuntes. Estoy a punto de seguirlo para buscar yo mismo lápiz y papel, pero veo cómo la noticia de la presencia de Fidencio ha corrido como pólvora y comienzan a moverse personas por todo el campamento acercándose hasta el lugar que empieza a congestionarse, así que decido confiar en mi memoria.

Doy tres o cuatro empujones sin mala fe, como seguramente lo hacen las sardinas que han quedado atrapadas en la red buscando el mar abierto, y logro colarme hasta la primera fila de espectadores que miran en el más absoluto y reverencial de los silencios lo que sucede a sus pies.

Fidencio va vestido de blanco, lleva una especie de mandil y un gorro de cirujano; es la primera vez que está frente a mí, un mocetón moreno de ojos tristes, de manos enormes, que está arrodillado sobre una manta de lana buscando algo. A su alrededor, mujeres de pie, con cofia, hacen un semicírculo compacto. Más que enfermeras parecen su guardia personal; si fueran vestidas de legionarios romanos, con escudos y espadas brillantes, daría exactamente lo mismo. Nadie da un paso más allá de la barrera invisible que han trazado con la mirada y que nadie se atreve a desafiar. Yace acostado, a la vera de Fidencio, un maduro campesino vestido de manta, que tiene arremangado el pantalón por sobre una rodilla que exhibe sin pudor un tumor elefantiásico, un tumor que deforma completamente esa extremidad. Dos mujeres, malencaradas legionarias, lo sostienen por las axilas suavemente, no para impedir su huida, que es impensable, más bien, poniéndolo cómodo para lo que vendrá a continuación. Oigo a mi alrededor cientos de ansiosas respiraciones. Estoy paralizado, respirando tan ansiosamente como el resto. Junto a Fidencio, que ahora sonríe, hay tres o cuatro botellas vacías y algunos potes de farmacia con tapa de latón, gasas, una cubeta de zinc llena de agua, un botellín de alcohol con etiqueta y corcho; parece que hace un inventario y va contando mentalmente. Le miro las manos, grandes y de uñas bien cortadas y limpias, no son como las de los cirujanos que conozco, delgadas y de dedos largos y flexibles, más bien rechonchas, manos de palmas muy blancas que contrastan con el resto de su piel. Una de sus asistentes legionarias pide silencio al público presente a pesar de que nadie, absolutamente nadie, ha pronunciado una sola palabra. Sin embargo, dejo inmediatamente de oír las cientos de respiraciones que hasta hace unos segundos me circundaban y lo único que se mueve y suena es el aire, el escaso aire que barre levemente la comunidad de Espinazo, municipio de Mina, Nuevo León. Si el cielo sonara, otra cosa sería, habría un estruendo de címbalos y trompetas celestiales y tambores enormes tocados por ángeles y céfiros y querubines. No, querubines no, porque por lo que he visto en iglesias y retablos sólo tienen cabeza y alitas y nubes de algodón que los sostienen. Los querubines tal vez cantarían o silbarían a coro, batirían las alas.

Fidencio, el Niño Fidencio, toma una de las botellas vacías y la estrella contra una piedra; repite la operación con la segunda. Un pequeño tesoro de vidrios rotos lanza destellos verdes desde el suelo. Los observa cuidadosamente, los mueve con un dedo escrutador, está escogiendo. Levanta un instante la vista y clava dos ojos incomprensiblemente claros en los míos. Tiene una mirada penetrante que me atraviesa como un cuchillo a la mantequilla, estoy por bajar la vista, como si hubiera sido capturado en falta, cuando decido sostenerla, retando al hombre que dicen que hace milagros.

—Bienvenido —me dice Fidencio en un susurro que yo escucho tan claramente como el batir de olas contra la piedra de la caleta de mi infancia. Un susurro que tiene tono de niño. Ahora entiendo.

—Gracias —digo yo en otro susurro que sólo escucha el hombre con voz de infante que ya no me mira, porque está ocupado dándole una ojeada muy profesional a un trozo de vidrio verde que tiene entre los dedos, observándolo a tras-luz contra el sol; cientos de puñales de fuego esmeralda que titilan desde esos filosos bordes.

Pone el vidrio sobre la manta, destapa el botellín de alcohol y rocía generosamente la rodilla del enfermo que ahora está con los ojos cerrados musitando algo incomprensible, sostenido firmemente por las mujeres. Fidencio toma el trozo de verdor con las dos manos y alza la voz:

> Que se haga tu voluntad por mi mano.
> Que se cumplan tus designios.
> Que se aparte la oscuridad y venga la luz.
> Que cese el dolor y dé paso a la alegría.
> Que todo cambie.
> Que nada permanezca.
> Que yo sane por ti y que nadie nos estorbe.

Se agacha sobre la rodilla inmensa y hace con el vidrio roto un corte de unos diez centímetros sin titubear, de un solo y preciso, milimétrico tajo. Tarda unos segundos en sangrar, tan sólo unos chorrillos, nada aparatoso. Suena en el aire un «ooooooh» contenido que proviene de muchas gargantas sorprendidas. Abre con dos dedos la herida. Ahora comienza a brotar pus y sanguaza blanquecina. Una de las legionarias limpia con gasas el revoltijo con enorme profesionalismo, en tres súbitos pases, como si limpiara una ventana llena de vaho. Yo estoy tan asombrado que ni siquiera siento asco. Miro como quien mira por primera vez, con los ojos desmesuradamente abiertos para que no se pierda nada en el camino.

Fidencio manipula ahora la herida abierta con las dos manos, comienza a sacar trozos de carne que parece podrida y que va desechando en un trozo de periódico viejo a su lado. El enfermo no se mueve, está sin estar, como en un trance, sigue musitando plegarias sibilantes, sigue creyendo a pie juntillas en el milagro que ahora obra sobre su frágil humanidad. Fidencio toma otro trozo de vidrio, hurga en la herida, corta, quita, destaza concienzudamente. No suda, no mira a los lados, no duda, no se inmuta ante la carnicería en que se ha convertido la rodilla del hombre. Todo el evento no dura más de diez minutos escasos. Ha sacado una enorme cantidad de material sanguinolento que reposa sobre el trozo de periódico. Cose la carne con hilo blanco que una enfermera le ha enhebrado en una aguja muy larga, puntada a puntada, cariñosamente. El enfermo no ha emitido ni una sola queja. Vuelve Fidencio a rociar con alcohol la herida ya cerrada y luego la unta cuidadosamente con una crema amarilla sacada de uno de los potes de farmacia. Una enfermera venda, con un lienzo blanquísimo, la articulación operada. Se incorpora entonces Fidencio, va hasta la cubeta, sumerge las dos manos que están llenas de sangre y de hilachos de carne y pus y se lava. De pie mira al enfermo, sonriéndole compasivamente y con su voz de niño le dice:

—Se ha hecho la voluntad del Señor. Puedes irte en paz.

Las dos enfermeras legionarias incorporan al hombre y una de ellas lo conmina al oído a decir unas palabras.

—¡Ándele, sin miedo!

Entonces él, de pie, con la rodilla liberada de su carga, sin atreverse a apoyar del todo la pierna, se pasa un paliacate por el cuello, y viendo a través de la masa compacta de espectadores recita como de memoria:

—Soy Eusebio de la Cruz Toledo, natural de Tlacotalpan, Veracruz, tengo sesenta y cinco años, he sido curado por el niño milagroso. Bendito sea el Señor. —Y luego, mirando suplicante a la más fornida de sus cuidadoras y en voz más baja—: ¿Ya me puedo ir a mi casa?

Una salva de aplausos, de jaculatorias, de amenes, de llantos se dispersa por el aire. Yo no miro al hombre que empieza poco a poco, a saltitos y auxiliado por las mujeres que ahora sonríen como si hubieran ganado un concurso de belleza sin merecerlo en lo absoluto, a caminar hacia una de las edificaciones. Más bien reparto mi mirada entre el amasijo de desechos humanos que han quedado sobre el suelo y el Niño Fidencio, que avanza hacia la casa grande poniendo la mano derecha sobre la cabeza de un niño de verdad, de unos seis o siete años, jorobado, que camina alegremente junto a él, supongo que esperando fervientemente que el próximo trozo de vidrio verde, empuñado por la mano de dios, le corresponda, por derecho propio, a su maltrecha espalda.

Casillas llega a mi lado esgrimiendo su cuaderno de bocetos y un carboncillo pequeño y gastado.

—¿Qué tal? —me dice, mientras me pone frente a los ojos un papel donde yo creo que veré el apunte de lo que acaba de suceder, para encontrarme, súbitamente, con el dibujo, bellamente trazado, de la mano de Fidencio empuñando el pedazo de vidrio de botella.

Recupero la compostura y el sarcasmo y le contesto:

—¿No que venía a pintar un milagro?

—Por eso, pues, sus manos son el principio de cualquier milagro.

Pasa junto a nosotros una miríada de muchachitos grises que levantan, con los guaraches o el pie descalzo, una polvareda contundente. Algunos gritan excitados:

—¡Las frutas, las frutas! —y entiendo que el día, que para entonces ya me parece eterno, aún no ha terminado.

—¿Vamos? —pregunta Casillas haciéndome un gesto con la cabeza en dirección a la casa grande donde ya se arremolinan cientos de personas.

—Vamos —digo yo, echando a andar mientras bullen en mi cabeza los más recientes acontecimientos que no acabo de asimilar del todo, a pesar de que lo he visto con mis propios ojos.

Devanándome los sesos por esa mezcla imposible de ciencia y fe, haciendo trastabillar mis más sólidas creencias, asombrándome por la pericia de ese muchachote de ojos tristes que opera con un trozo de vidrio, rodeado de creyentes en los milagros en los que no he creído nunca. Estoy a punto de enfermarme, sólo para comprobar en carne propia que estoy en un lugar donde se vuelve posible lo imposible. ¡Y yo que venía a desenmascarar un fraude! Pendejo.

Cavilaba y caminaba al unísono siguiendo el bombín indeformable de Casillas cuando choqué de frente, como contra un muro, con la espalda del pelirrojo que venía con nosotros en el tren. Alto, fornido, eléctrico, que al sentir el contacto mete apresuradamente la mano en la bolsa de su saco mientras voltea la cabeza con el más agrio gesto que he visto en mi vida, como si le hubiera mentado a su madre, como si le hubiera escupido. Tiene la cara amarillenta, chupada, un fino bigotillo color naranja, no está rasurado, los ojos destellan con una rabia salida de las más recónditas profundidades de su alma.

—Perdón —digo. Y en ese momento cambia asombrosamente la cara de mi interlocutor. No se dulcifica, simplemente relaja los músculos de la quijada en un santiamén, como si le hubieran tirado una cubeta de agua fría. Y lo recuerdo, no del tren sino de antes, de algún lado, yo lo he visto, ese hombre me es familiar.

—No se preocupe. Mucha gente por aquí. Mucha. Cualquiera tropieza.

—¿No nos conocemos? —digo extendiendo la palma derecha.

—No —asevera contundentemente y sin sacar la mano del saco.

—Perdón, pensé que tal vez de la ciudad de México...

—No —repite incómodo.

Estoy a punto de insistir cuando siento que alguien me jala de la manga. Es Casillas.

—Vámonos —dice.

La gente empieza a pasar entre nosotros y nos vamos separando del pelirrojo que ha vuelto a tomar su camino. No voltea ni una sola vez.

—Yo lo conozco, de algún lado, creo que de los teatros de variedades, estoy casi seguro —afirmo mientras descubro en la cara de mi amigo un gesto de preocupación desconocido hasta entonces.

—No creo. Hay aquí mucha gente que se parece a otra.

—¿Qué dice? ¿De dónde saca tal mamarrachada?

—Da igual. No lo conoce. ¿No le vio los ojos? Le juro que *no* lo quiere conocer. Se ve que es mala persona. ¡Olvídelo! —y es tan categórico el tono de Casillas que opto mejor por el silencio.

Seguimos caminando hacia la edificación mayor de la zona. Veo que el Niño está en el techo acompañado por algunas personas, a su lado hay un par de huacales con frutas. No entiendo nada.

—¿Qué va a pasar? —pregunto a mi amigo.

—Lanza las frutas desde el techo hacia la gente. Aquel que es tocado por una de ellas queda curado. Bueno, eso dicen. No siempre sucede. Hoy es un día especial.

Ya tiene Fidencio en las manos una manzana. Abajo la multitud abre los brazos, los pone en alto. La arroja como lanzan los beisbolistas, levantando un poco una pierna, divirtiéndose, riendo a carcajadas. El primer proyectil le da a una señora gorda en un brazo, ella llora, no del dolor sino de la emoción que le produce el contacto; inmediatamente la recoge del suelo y se la mete entre los senos, la atesora, la estruja como si fuera un animal diminuto y salvador.

Fidencio casi vacía la primera caja de manzanas. Decenas de personas ya tienen su premio, su cura, su bálsamo para el dolor y el miedo. Empiezo a ver más sonrisas. Hoy debe de ser un día especial, como dice Casillas. Lo volteo a ver, se está divirtiendo también, igual que el Niño. Se ríe en cada lanzamiento y en cada contacto.

De repente siento un golpe pleno en el centro del pecho. Hay una manzana roja a mis pies. La cruz de fuego tatuada me ha dejado de escocer. Estoy muy asustado pero curiosamente me descubro sonriendo.

XXIX
Cuaderno de notas 3

HAY UN globo que todos los días se eleva en los campos de Tacubaya administrado por un francés apellidado Tardif, que además vende tamales buenísimos. Son tiempos difíciles. Cobra un peso por mirar la ciudad desde el aire. En la canastilla caben cuatro por cada vuelo. Muero por saber cómo se ve la Ciudad de los Palacios desde el aire. Voy a ir el sábado.

TOMÉ UNAS copas con el general Serrano después de ver la zarzuela en la tanda de El Principal. Me contó que entre ciertos sectores de la oficialidad hay molestia por la manera en que se manejan los destinos del país. Me confió que está pensando en lanzarse de candidato. Estar pendiente.

HE SOÑADO casi todas las noches con Escudero. ¿Qué habrán hecho con sus libros?

UNA PLAGA de pulgas está azotando la ciudad. Por todos lados han aparecido vendedores de polvos insecticidas. El mejor es un falso italiano que pone su tenderete junto a la iglesia de la Profesa; diariamente vende alrededor de doscientos sobres del polvo «matapulgas» de su invención. Hace unos días se oyó cómo una señora le reclamaba agriamente por el fiasco de su producto en la tarea de aniquilar a las cientos de pulgas que seguían retozando alegremente por su casa. Muy serio, el imaginario siciliano le expuso que lo que había fallado no era el polvo sino el procedimiento. Teatralmente le explicó la forma correcta de acabar con el mal: «Cogili pulgili. Abrili boquili, echili polvili. ¡Pulgili mortili!» El hombre recibió un martillazo en la cabeza. Se recupera gradualmente en el Hospital de Bailén.

LEO EN las necrológicas que el 19 de enero de 1927 murió Carlota de Bélgica, la emperatriz, en su castillo de Bouchot. ¡Todavía estaba viva, sesenta años después! ¿La volvió loca este país que también me vuelve loco a mí? ¿O volvió loco al país? No lo sé de cierto, pero lo supongo…

HE ESTADO pensando en qué consiste la felicidad, y en estos sombríos tiempos no es más que nadie te dé un tiro por la espalda, poder hacer una comida decente, ver de vez en cuando una película, compartir la cama con otra tibieza, admirar el amanecer. Poca cosa, de verdad poca cosa, aspiramos sólo a despertar al día siguiente.

XXX
Un antropólogo...

El despacho en los altos de la calle de Mesones 115 lucía sobre la puerta de vidrio biselado, en perfectas letras negras pintadas con esmero, el rótulo soñado: «Antropología y Psiquiatría Criminal». Por dentro, sin embargo, era de una parquedad pasmosa, tan sólo un escritorio de caoba, un par de sólidas sillas tapizadas en cuero negro, un librero atestado, el diploma firmado por Cesare Lombroso en la pared, puesto estratégicamente para quedar justo por encima de la cabeza del inquilino del despacho. Y como detalle macabro pero necesario, un esqueleto amarillento unido con alambrines que dominaba desde una esquina toda la habitación y a los posibles clientes. Las primeras semanas no se pararon por allí ni las moscas, a excepción de un vendedor de mezcal que tocó la puerta como si en ello le fuera la vida, y una pálida adolescente vestida de tafetán verde que realmente buscaba al médico de señoras que tenía su consultorio al otro lado del pasillo y que respingó notoriamente al ver el esqueleto. El antropólogo había comprado a *Toledano*, como lo llamaba cariñosamente, antes persona, hoy sólo sus restos, en una subasta de la Casa Boker por sólo cinco pesos y no quiso saber cuál había sido el motivo de su fallecimiento; tan sólo se enteró, por una confidencia del vendedor, que durante años adornó la habitación de una dama de alcurnia de la capital que había pasado a mejor vida unos días antes, heredando la casa, la fortuna y el esqueleto a sus sobrinos, que lo pusieron en venta casi de inmediato. Pasó todos esos primeros días, religiosamente, de nueve de la mañana a cinco de la tarde sentado frente al escritorio, muy profesionalmente, revisando sus notas y haciendo apuntes de sus observaciones en el coto de caza en que se habían convertido las inmediaciones del territorio. Estaba convencido, por simple reflexión, de cosas que a otros, menos avezados, les parecerían nimias o sin importancia, pero lo suyo era la deducción analítica, la disección de rastros, rostros, gestos, actitudes, separaciones entre los ojos, labios más finos, orejas desiguales, cojeras imperceptibles. Así, sabía que la mujer de la limpieza tenía alguna deficiencia congénita, tal vez provocada por una mala alimentación traspasada de generación a generación que la había dotado de un cráneo evidentemente (evidente sólo para él) deforme, que debía oprimirle los sesos y por lo tanto la hacía menos apta para ciertas labores, como el lavado de ventanas. Supo, por los mismos caminos, que el médico de señoras del otro extremo del pasillo, mirada gacha, mentón afilado, cejas poco pobladas pero unidas en el ceño, realizaba abortos clandestinos.

La ausencia de clientes era compensada por una cantidad de dinero que religiosamente su madre le pasaba cada dos viernes, en un discreto sobre blanquísimo con su nombre dibujado, más que escrito, con una tinta sepia y refulgente. Venía dentro la misma suma que le mandaban a Italia, como si nunca se hubiera ido, como si siguiera estudiando arte. Varias veces estuvo tentado de poner un anuncio en el periódico ofreciendo sus servicios, pero no tenía la más mínima idea de cómo describirlos o a quiénes podrían hacerle falta. En una de ésas, la antropología criminal no era lo que él se esperaba, esa nutrida salva de aplausos en medio de un auditorio lleno de sabios que miraban atentamente cómo se pesaban cerebelos. Pero al igual que cambian las estaciones, más notoriamente en Italia que en México, cambia la suerte de las personas. Cierta mañana, un bigote engominado traspasó el umbral del despacho del antropólogo para transformar su destino. El coronel Mendizábal se presentó, primero, como un supuesto marido cornudo buscando al culpable de su desgracia, pero poco a poco, conforme avanzaba la conversación, que pasó de la política a los árboles genealógicos, fue dejando claras sus verdaderas intenciones. Pertenecía el hombre al cuerpo de guardias especiales encargados de velar por la seguridad del presidente de la República. «Cada nuevo día de paz —explicaba— *el jefe* se siente más confiado y se deja ver en actos públicos, algunos de ellos multitudinarios. ¿Sabe lo que eso significa?». Y el antropólogo, que no lo sabía ciertamente, sugirió algo como ¿complicado?, para recibir como respuesta un vuelo de manos y de refunfuños, una atropellada perorata en la que distinguió más de una vez la palabra *caótico*, dicha con varias e inflamadas inflexiones de la voz. Total, que la cercanía con el pueblo de la que tanto presumen los políticos, resultaba en este particular caso, comprometedora. Mendizábal pensaba que un atentado era más que factible en estas circunstancias y necesitaban ayuda urgentemente para velar por la integridad presidencial. El antropólogo criminal explicó, con suaves maneras, que él no era un experto en seguridad y que difícilmente podría evitar, con su compacta humanidad, que alguien agrediera al jefe máximo de la nación. Mendizábal, entonces, le contó detalladamente su plan. El gobierno de la República solicitaba formalmente los servicios del antropólogo de manera permanente para ser «observador» de avanzada de la guardia presidencial. Le dijo que gracias a sus conocimientos y capacidad de «reconocer» a posibles criminales tan sólo con mirar sus rostros y actitudes, prestaría un gran servicio a los supremos intereses de la patria. El sueldo ofrecido era más que generoso y sólo tendría que ir en la vanguardia de la comitiva presidencial a los lugares designados previamente, mirar a la gente antes y durante las apariciones públicas para encontrar algún probable magnicida, y señalarlo discretamente para que Mendizábal y sus hombres entonces hicieran su parte. Fue así como se convirtió en el que todos los allegados al presidente llamarían con familiaridad *el Ojo,* y sus éxitos en el descubrimiento de anarquistas, bolcheviques, mochos fanáticos, monárquicos, enemigos de la República y simples chiflados que acabaron sin excepción tras las rejas o en discretos manicomios, fueron muy sonados en ciertos círculos, pero nunca públicos. El Ojo se adaptó fácilmente a una vida vertiginosa y repleta de ujieres condescendientes que cubrían sus necesidades, viajaba con lujo y luego se mezclaba, disfrazado como uno más de la plebe, entre las multitudes para observar de cerca las caras de todos aquellos que, en su momento, podrían subvertir el orden. Era un pescador que miraba fijamente a sus presas del otro lado del vidrio de la pecera. El trabajo era tanto que tuvo por fuerza que entrenar a un par de ayudantes para darse abasto: dos tenientes de artillería, tan bajitos como él mismo, que aprendieron rápidamente las técnicas básicas de reconocimiento de anormalidades faciales delatoras y que muy pronto fueron para él indispensables. Tejió también una red de contactos de todo tipo que incluía a dueños de tiendas, *mecapaleros*, policías de garita, cocheros, taquilleras, vendedores de armas legales e ilegales, prostitutas, maleteros, encargados de pulquerías y cantinas, vagos e individuos de baja estofa que lo mantenían permanentemente informado de movimientos poco usuales a cambio de monedas o favores.

Así se enteró de que una bella mujer iba a subirse a un tren, rumbo al norte, con dos cartuchos de dinamita entremetidos en la faja, junto a una estampa del Sagrado Corazón de Jesús.

XXXI
Ojos para ver el mundo

Han pasado ya un trío de semanas desde que llegué a esta tierra y no he logrado mandar una sola crónica al periódico que me envió aquí para ser testigo presencial de lo que sucede, con excepción de una, escrita a volapié al llegar, de noche cerrada, donde describía lo mejor que pude el campamento de Espinazo y que le di en mano al maquinista al día siguiente; él la tomó con las yemas de dos dedos y me juró que la pondría por cablegrama desde Saltillo. Tal vez me despidan, pero no me da la vida para escribir; pasan a mi alrededor demasiados sucesos enigmáticos. Ayer me acerqué hasta lo que Fidencio y sus allegados llaman el Círculo Cuadrado, un columpio hecho de reatas y un balancín metálico que cuelga del enorme pirul en el centro de esta corte de los milagros, lugar donde el Niño mece, hamaca, acuna entre sus piernas a algunos enfermos, sobre todo los mentales, durante largos minutos y repentinamente los suelta, los lanza a tierra en el momento más álgido del balanceo. Todos acaban en el suelo polvoriento pero sonriendo, como si les hubieran quitado de encima un peso enorme, como si la tara manifiesta no estuviera más allí royéndoles el cerebro, como si hubieran sido tocados por las manos de un dios misericordioso que los hiciera volver a nacer sin su problema.

Me he dedicado a husmear por todos los rincones de Espinazo, a hacer infinidad de preguntas, a seguir a la distancia a algunos de los *curados* para testificar si no recaen. Me estoy volviendo otro, con las mismas escépticas ideas con las que llegué dentro de mi cabeza, pero también con un ligero aire de duda que me va cubriendo lentamente como un velo. ¿Cómo explicas lo que no tiene explicación? ¿Cómo le cuentas a alguien que una cruz de fuego tatuada en el pecho ha dejado de escocer? ¿Cómo decir que he visto al hombre del tumor en la rodilla caminando por ahí como si nada? Aquí parece que los ciegos ven, los sordos oyen, los *cuchos* caminan, los enfermos sanan y los suspicaces, como yo mismo, nos quedamos sin palabras y sin aliento.

He encontrado un cementerio a un par de kilómetros, hay decenas de tumbas abiertas, simples agujeros que esperan a sus nuevos moradores. Una funeraria tendría bastante éxito. Llegan a Espinazo entre veinte y treinta personas diariamente, a este paso esto podría convertirse en una ciudad de regulares proporciones. Muchos de los que se curan, se quedan, tal vez temerosos de recaer en cuanto posen un pie dentro del vagón que los lleve de regreso.

He visto también cómo del tren bajan ya algunos siendo cadáveres, no todos tienen la fuerza ni la voluntad para aguantar hasta su cita o carecen de la suerte necesaria para asistir a una de las esporádicas curas masivas del Niño. Otros mueren inevitablemente dentro de sus tiendas, sobre todo durante la noche. He caminado, guiado sólo por mi instinto, entre un mar de suaves y roncas lamentaciones, pero también de espantosos alaridos que hacen de Espinazo por las noches un lugar que erizaría la piel del más pintado. Casillas pasa el día entero mirando las caras de la gente, haciendo bocetos y anotaciones crípticas. Si quiere, como dijo, pintar un milagro, ya podría empezar, porque de ésos, aquí sobran. Lo noto un poco inquieto. Fumamos todas las tardes fuera de la tienda de campaña mientras esperamos nuestros baldes de agua, no me dice nada, pero presiento que él está esperando algo, algo más grande que un simple prodigio emanado de las manos que curan con sólo tocar.

El pelirrojo con el que choqué el día de las frutas me saca constantemente la vuelta; en cuanto me ve, agarra para otro lado, haciéndose el disimulado. Tengo la sensación de que está enfermo, pero que no quiere remediar su situación. Hay en este sitio un permanente estado de zozobra, de repente no hay huevos (a los de gallina me refiero), otro día es imposible conseguir aceite para las lámparas, las mantas suben y bajan de precio por minutos, la carne de res llega enmoscada, el azúcar no existe. Cada semana, los sábados, llegan carromatos que vienen de algún lugar del norte para vender vituallas, al doble o el triple del precio habitual. No dudo que uno de estos días se organice una revuelta que seguro acabará mal, con los intermediarios colgados del pirul, único árbol respetable en esta geografía.

Debería ponerme a escribir sin sentimientos encontrados, simplemente describir, como mi oficio lo exige, sin pasión innecesaria, sólo contando qué, cómo, cuándo y dónde pasan las cosas. Debería volver a ser lo que era, un periodista que sabe qué hacer. Pero me cuesta. Por momentos creo que creo lo que veo y al instante siguiente descreo, como mi formación y mis enseñanzas me lo demandan.

Después de mi recorrido, noche tras noche, hasta el borde mismo del desierto, que no es más que la frontera con este lado del abismo, descubrí que allí es el lugar que me sirve para decretar en voz baja que hay más mundo allende al reino del dolor y para respirar un aire menos malo. Regreso hoy a mi tienda, alumbrado por una luna naranja e imposible que está colgada como un farolito chino de algún pliegue del cielo. Veo cómo mi sombra larga va por delante, abriéndome camino, metiéndose entre las hendiduras de la tierra, pasando por los huizaches, creciendo y encogiéndose dependiendo de túmulos, simas, crestas, ondulaciones; parece que estuviera más viva que yo mismo. Empiezo a seguirla, si se va hacia la derecha viro, si se mueve me detengo, si crece me agacho. Es un juego que empieza a divertirme, que me hace olvidar por un momento el lugar mismo donde juego. En un descuido me pego contra la pared de ladrillos de una de las edificaciones más lejanas a la casa del Niño, me quedo inmóvil, como intentando darle el esquinazo, sostengo la respiración, cierro los ojos. Oigo un coyote a la distancia.

Algo se posa sobre mi hombro. Miro horrorizado de reojo el muñón que sale por la ventana con barrotes de la morada y que avanza hacia mi garganta. Me despego de la pared como una furia y corro alejándome de la casa de los leprosos; la Colonia de la Dicha, como la llama el propio Fidencio. Llego hasta mi tienda y me doy un baldazo de agua fría en la cabeza, vestido como estoy. Chorreo. El agua que me resbala del pelo impide que alguien pueda ver las lágrimas, pero es en vano, a esta hora triste todos duermen en Espinazo, Nuevo León.

XXXII
Destino manifiesto

Ulrich se ha dado cuenta de que el periodista lo ha reconocido aunque eso sea imposible. Estaba absolutamente inconsciente cuando lo salvó de morir a manos de los fanáticos religiosos. Que pueda saber quién fue en otros tiempos lo pone en un riesgo innecesario cuando todavía quedan motivos de venganza. Lo siguió después de su convalecencia en la ciudad de México durante muchos días, esperando que alguno de los asesinos de la mujer-serpiente diera la cara y posteriormente la ofrenda de su sangre, sin resultados; esperando que el imán que representaba el periodista para estos hombres fuera suficiente. Se subió al tren rumbo a Espinazo esperando lo mismo y lleva ya dos meses en el lugar buscando frenéticamente, día y noche, esas caras que lleva tatuadas en la memoria como el periodista lleva la cruz de fuego sobre el pecho. Últimamente se siente mal, en las madrugadas lo invaden súbitos temblores y fiebres que no lo dejan levantarse de su catre de campaña, presiente que ha contraído alguna de los cientos de enfermedades que por aquí campean a sus anchas. Puede ser tifo, viruela, paludismo, vómito negro. Puede ser que la muerte de los otros ha decidido venir de una vez por todas por ese cuerpo que habita y que está cada vez más descompuesto, menos apto para el combate, más raquítico. Durante su estancia no ha visto a un solo cura ni a los asesinos nayaritas, no ha cobrado una sola presa, no se ha derramado la sangre que lava las culpas; tal vez por eso esté enfermo, tal vez por eso crea que se acerca el final. Aquí no están los emisarios oficiales de dios en la Tierra, ensotanados, bien comidos, fragantes a lavanda, no hay ni siquiera iglesia ni pilas bautismales, aquí hay dolor y llanto y un tipo que cura con las manos, que aplica emplastos, que se mece en un columpio, que tira frutas a la gente, que sumerge a otros en un charco que huele a ácido fosfórico y a tierra. Ulrich ha dejado de darle vueltas entre los dedos a su moneda de plata; ya no le responden como quisiera por más terquedad que aplique en el intento. Ha olvidado las caras de sus padres, de su hermana, de los que alguna vez quiso. Ya no lo visitan ni en sueños. Será que le tienen miedo. El único que se atreve, sólo a veces, y que ronda su tienda de campaña antes del amanecer, rozándola suavemente, gruñendo de tanto en tanto, es el tigre de Iván que ha regresado de la selva donde reposa para hacerse presente con sus dos ojos enormes de color ámbar que siguen sin entender qué sucedió. Ulrich ya no está del todo en este mundo, en dos ocasiones le ha dejado un plato de leche al felino en la puerta de su tienda y ha constatado a la mañana siguiente que el líquido había desaparecido, convenciéndose así de las visitas del magnífico animal que alguna vez fue su amigo y compañero de *troupe*. No lo ha visto del todo pero lo adivina, rayas negras y naranjas que aparecen y desaparecen entre las sombras, lo siente, incluso lo huele, ese olor almizcle y salvaje característico de los de su especie. Sueña que ése puede ser el camino final a la redención, ser devorado por un rey, para descansar de esta pesadilla de una vez por todas y llegar al paraíso que está convencido se merece. Ha perdido la navaja sevillana. Su arma. Le pidió prestado a la vecina, una vieja ciega y paralítica, un machete con el que se ha confeccionado una lanza que a guisa de aparente bastón lleva ahora a todos lados. Come desperdicios que encuentra aquí y allá. Bebe agua del charco. Tiene los interiores del chaleco llenos de monedas de plata que no sabe para qué sirven. Una noche persiguió a un coyote durante horas enteras y logró arrebatarle, después de un arduo forcejeo, los restos de un conejo flaco que a dentelladas salvajes devoró a la luz de la luna. Durante el día pasa horas enteras frente a un cartón que las gladiadoras han pegado sobre uno de los muros de adobe y que resume la filosofía de su líder: «No son pobres los pobres ni ricos los ricos. Sólo son pobres los que sufren por un dolor». Él, sufre, a pesar de que no puede descifrar de dónde vienen los dolores, si son del cuerpo o del alma. Ulrich, el mago, es ahora un guiñapo que no puede, ni siquiera, desaparecer triunfalmente su propio cuerpo con un pase mágico, desvaneciéndolo para siempre en el aire.

XXIII
El tamaño de la melancolía

He dormido a pierna suelta por primera vez en semanas, sin soñar, en una plácida, conmovedora, casi cenagosa inconsciencia. Despierto apenas, con la boca seca y la apremiante necesidad de un café y un cigarrillo, sin importar el orden. Un ruido ensordecedor, mezcla de trompeta desafinada, trueno y enorme pedorreta, hace que me incorpore súbitamente pensando en el desborde de un río, en un terremoto. Me veía ya arrastrado por la corriente y los troncos y los cadáveres de animales empujados por la fuerza del agua cuando, al subirme los pantalones hasta la zona pudenda, recapacité un momento sobre tal impostura y logré vestirme casi del todo antes de asomarme a descubrir de dónde provenía el maremágnum.

Casillas ya está fuera de su tienda, sonriendo como sólo pueden hacerlo quienes gozan con la posesión de un secreto. Me tiende un cigarrillo ya liado y lo agradezco. No ha dicho todavía palabra cuando me lo enciende con su mechero «contra viento y marea», como esperando a que le pregunte el origen del escándalo. Señala entonces con la vista hacia la

243

parte posterior de las tiendas, hacia el camino polvoriento que va hasta las vías del tren y veo cómo se acerca hacia nosotros, lentamente, resoplando, con toda su majestuosidad y kilos a cuestas, un enorme elefante tan gris como Espinazo, de orejas cortas, enormes colmillos; viene balanceándose mientras sigue mansamente a un hombre vestido de frac y chaquetilla roja, otrora limpio, que lleva al hombro un palo con un paliacate atado, como dicen que van los vagabundos por el mundo.

Nos miramos, Casillas y yo, alzando las cejas, preguntándonos sin palabras, sin el más mínimo atisbo de asombro porque en Espinazo puede pasar cualquier cosa, adónde se dirigen hombre y bestia. Nos acercamos tímidamente a la singular pareja. El hombre de frac grita: «¡Quieta Lola!», y la elefanta (obviamente es una hembra, ahora lo discierno) se detiene al instante, balanceándose amable, mecánicamente, mirándonos con curiosidad.

—¿No tienen un mango? —dice el hombre, sonriendo de oreja a oreja. Mostrando unos dientes amarillentos y de regulares proporciones. Debe de tener unos cincuenta años, las sienes blancas, se conduce como todo un artista, tiene tablas. El frac, ahora, de cerca, se nota luido, proveniente de otros tiempos, sin duda más dulces.

—No, lo siento —contesto—. Por aquí faltan muchas cosas, entre ellas mangos. Pero allá atrás hay hierba verde, ¿sirve?

—Hierba. Perfecto. Soy Archibaldo Montemayor. Y ella... —señala al paquidermo—: es Lola. ¿Habrá agua?

Veo que Casillas corre a buscar una de nuestras cubetas y regresa con ella, obsequioso, poniéndola en el suelo. La elefanta bebe con fruición; en unos segundos la vacía. Miro a mi amigo, se excusa a mi oído argumentando que le encantan los elefantes, y yo no puedo hacer menos que levantar los hombros resignado.

—¿Qué lo trae por estos rumbos, amigo? —pregunto.

—La melancolía —contesta Montemayor sentándose sobre una piedra, como preparándonos para una historia que debe de ser larga.

—Lola y yo crecimos juntos. Bueno, ella creció más. ¡Je! Mi padre era dueño del circo que lleva mi apellido, ¿no lo han oído mencionar, fue muy famoso en el norte a principios de siglo? A Lola la compró en Tejas, pequeñita. Tenemos un acto muy comentado en todos lados; hasta me acuesto en el suelo y ella pone una pata sobre mi cabeza sin hacerme daño. Confío más en Lola que en cualquier mujer. ¡Je! El caso es que el circo desapareció en medio de un montón de deudas, mi padre murió y todos los artistas se desbalagaron. Yo me quedé con Lola y nos presentamos donde nos dejan, con bastante éxito, permítanme la inmodestia. El caso es que así vamos por todo este lado de la frontera, actuando en circos, ferias, palenques, fiestas vecinales y parroquiales; en fin, donde se puede. Todo iba bastante bien hasta hace unos tres meses. Lola está desganada, no quiere actuar, se queda en el centro de la pista balanceándose, como ahora mismo, viendo al infinito. Un médico veterinario del *otro lado* me dijo que tenía melancolía. ¿Cómo se abate la melancolía? No tengo la menor idea. Ya me gasté todo lo ahorrado buscando una cura inexistente. Pero me hablaron mucho y bien de un tal Fidencio. ¿Es aquí, verdad? Dicen que el único que puede curarla es él. Pues a él me atengo. No tengo otro asidero. Llevamos tres días caminando. Ahorita vengo, la voy a llevar hasta la hierba. No ha comido nada desde ayer. Yo tampoco...

Y Archibaldo, con un cariñoso gesto, tomó a Lola de la trompa y empezó a andar cabizbajo. Casillas casi con lágrimas en los ojos me propuso inmediatamente invitar a desayunar al amigo de Lola y yo, que soy aparentemente duro de corazón, asentí aparentando resignación.

El hombre comía más que la bestia. En un santiamén se zampó cuatro huevos con longaniza, varias tortillas y casi medio litro de salsa verde, de la que Jovita nos preparaba de tarde en tarde. Lola, por su parte, era agasajada por una multitud de niños y adultos que le ofrecían manzanas, huizaches, tunas, heno, hierba, hasta piedras. Cubetas y cubetas de agua fueron acarreadas hasta el magnífico animal por Germán y sus amigos que por esta curiosa ocasión ofrecieron gratuitamente sus servicios, sólo por el placer de estar cerca de un monstruo amable del tamaño de una casa y cuya existencia ni siquiera habían sospechado. El alboroto que se hizo alrededor de la elefanta llamó la atención de las ayudantes de Fidencio que rápidamente acudieron hasta el sitio para observar de cerca el prodigio, con sus cuadernos y lápices afilados en las manos, apuntándolo todo. Hasta el propio Fidencio se apersonó en el lugar minutos después, seguido como siempre de una caterva de niños, para hablar con Archibaldo que muy ceremonioso casi se hinca para recibirlo. Se dieron la mano, Archibaldo rodeado de una multitud volvió a contar los males que aquejaban al paquidermo, entreverando silencios dramáticos, y luego se fueron acercando a ella, a Lola, que pacientemente masticaba heno que le metían manos piadosas en la boca.

—¿Puedes hacer que se acueste? —inquirió Fidencio.

—Puedo tratar. Últimamente no siempre me hace caso —respondió Archibaldo poniendo una mano en el testuz de la elefanta. Unos segundos después, la bestia rodaba hacia uno de sus costados ante la algarabía generalizada que jaleaba y aplaudía como si fuera un acto, como si un barco saliera de las aguas y hubiera varado en el desierto. Fidencio se acercó al enorme animal que lo miraba con un ojo de color almendra que sin duda pudiera haber tenido algo de humano en su fondo claro; no estaba asustada, expectante tal vez. Respiraba como un enorme fuelle de herrería manejado por gigantes, con la trompa en el suelo, lánguida; iba levantando el polvo gris que cubre esta parte del mundo y que hacía pequeños remolinos. Fidencio se acerco prudente hacia ella, primero puso las dos manos sobre su pecho y fue acariciándola, riéndose con el contacto rugoso de la piel, hablando todo el tiempo, como si acurrucara a una criatura, tranquilizándola. Luego caminando le dio la vuelta entera y se puso junto a su cabeza, muy pegado a la oreja de la bestia, que para entonces parecía dormida, se acercó y comenzó a hablarle quedamente, como se le habla a un niño. Lamenté no tener una cámara de fotografía. Ver al hombretón vestido de sayal blanco con un elefante a sus pies hubiera sido un digno suceso en mi diario; pero recordé que ya ni siquiera estaba seguro si seguía trabajando para un diario del que no sabían de mí hacía ya mucho tiempo.

Fidencio dejó a la elefanta acostada y fue hasta Archibaldo.

—Ya está. Pueden seguir su camino. No le dé de comer plátanos verdes por un tiempo.

—¿Cómo? ¿Ya está curada? —dijo asombrado el domador.

—No estaba enferma. Vayan con Dios…

—¿Cuánto le debo? —preguntó Archibaldo metiéndose las manos en los bolsillos vacíos.

—Nada, nada —Fidencio hacía gestos con las manos como si limpiara un ventanal—. Bueno —recapacitó de pronto—. Podrían hacer un acto hoy por la tarde, para todos. Necesitamos alguna distracción. Sólo si usted lo desea.

—Por supuesto. Están todos invitados —y Archibaldo después de anunciarlo en voz muy alta, con lágrimas corriéndole por los ojos y cayendo inmisericordes sobre el frac luido y sucio, se arrodilló e intentó besar una de las manazas del Niño, que éste retiró amablemente pero con decisión.

Fue entonces cuando Lola se levantó súbitamente, como inquirida por un ensalmo mágico, y elevó una pata delantera en el aire, haciendo esa evidente señal triunfante que sólo pueden realizar aquellos a los que ha abandonado para siempre la melancolía.

XXXIV
El ojo y el oído

Ver, mirar, observar, percibir. A eso se dedicaba. Pero también oír se había convertido en uno de sus sentidos favoritos: un solo trazo perdido en una conversación, un par de palabras escuchadas al azar, un nombre suelto, algunos adjetivos servían a veces muchísimo más que un rostro o una de esas miradas estrábicas que aparentemente le descifraban por sí mismas las intenciones de los hombres. Incluso estaba un poco decepcionado, había notado entre la multitud tres o cuatro caras inequívocas de asesinos, pero lamentablemente no significaban nada; todos ellos estaban de una u otra manera impedidos para cometer no digamos un asesinato, ni siquiera un desliz. Dos carecían de extremidades inferiores, uno era ciego y el último, el más prometedor, babeaba mientras movía atrás y adelante la cabeza rítmicamente, como si se columpiara en otro mundo ajeno a éste. Nunca había estado en un sitio como Espinazo, nunca había respirado tanta tierra gris, nunca la había usado antes como condimento en todos y cada uno de los platillos que se llevaba a la boca, indefectible, sumariamente, como una maldición bíblica. Fue entonces cuando por el oído y no por su extraordinaria capacidad de observador, sentado frente a un plato de machaca servido con su aliño de tierra gris, escuchó la conversación entre dos matronas de rebozo que mientras *echaban* tortillas hablaban de una mujer misteriosa que había llegado con un niño deforme hasta estas latitudes y que ahora ya no lo tenía consigo. Las matronas lamentaban lo que parecía una muerte anunciada. Seguramente se referían a la guapa, a la que él venía siguiendo desde México gracias al *pitazo* que le había dado un confidente. Hacía un par de días que no la veía. Y sí, era cierto, la última vez no llevaba al niño entre sus brazos. Las sospechas iban confirmándose. Al antropólogo sólo lo atormentaban una duda y una certeza, en ese orden. ¿Cómo sabía la mujer del niño deforme de la inminente visita del presidente Calles a este infierno? Y la certeza, esa certeza de que en el rostro de la dama en cuestión, aparentemente angelical, no había ni una sola de las huellas lombrosianas tan estudiadas que podrían delatarla.

Así, el antropólogo criminal, el *ojo* de los servicios secretos presidenciales, el que podía con un solo vistazo determinar culpables e inocentes, se sentía abandonado por su instinto. Tan abandonado como en el camarote del vapor que lo trajo de regreso a México cuando recordaba, mordiéndose los nudillos por la rabia, cómo había ayudado a un asesino a asesinar, con tan sólo defenderlo.

Pero esta vez, pensaba, no sería igual.

XXXV
Ave Fénix

La noche es un hervidero de fogatas, de pequeños infiernillos que tienen más de un propósito; alumbrar, calentar alimentos y personas, ahuyentar bichos y alimañas. El caso es que Espinazo se mueve de noche al ritmo de las llamas, chispas y rescoldos, pavesas que se pierden en el aire. Parece de lejos una mina liliputiense, como si fuera una maqueta de esas que a veces exhiben en la Casa Boker de la ciudad de México, esa enorme ferretería que parece más un palacio de las maravillas que el lugar donde se venden clavos y serruchos. Iluminado así, en Espinazo las sombras que se mueven por el territorio en busca de consuelo son de una apariencia sobrenatural, si arrastraran cadenas podrían estar en un barracón de feria para asustar a niños y jovencitas de colegio de monjas; pero no, lo que van arrastrando es la enfermedad, las miles de enfermedades que aquí se concentran y que bien podrían llenar una enciclopedia o una serie de catálogos médicos. El mago mira sin mirar desde una colina que domina la escena, de vez en cuando sigue con los ojos a algunas de las almas perdidas, que al igual que los halcones van observando, antes de atacar, a sus presas, pero sin tener siquiera el deseo de atacar a nadie ni a nada. El hecho de que no haya un solo cura lo tiene desconcertado. La sed de venganza se ha ido apagando como un cabo de vela, un cansancio milenario invade su cuerpo y siente cómo la vida se le va escapando en cada nueva y penosa respiración. Cada vez le cuesta más trabajo recordar nítidamente la cara de la mujer-serpiente; una niebla espesa le ronda la cabeza y confunde los días, las horas, las sangres que ha vertido él, y que han vertido otros. La mano derecha ya no responde, ésa, la de los dos dedos que se han quedado inmóviles, como ramas de un árbol seco. Hace algunas noches pensó haber visto a su hermana, se atrevió a seguirla por entre las tiendas de campaña, llamándola por su nombre sin recibir respuesta. Incluso, en sus delirios, creyó que había un elefante en el centro del campamento. En sus escasos momentos de lucidez, en cambio, afirma en voz alta que para recuperar la conciencia necesita recuperar la rabia, recuperar la rabia, recuperar la rabia...

XXXVI
Escribir por ejemplo...

Veo desde lejos cómo el mocoso descalzo viene directamente hacia mí esgrimiendo en la mano derecha un papel blanco.

—Pa' usted... —dice mientras me tiende el muy obvio telegrama.

—¿Cómo sabes que es pa' mí? —reviro sin tomar el mensaje.

—Pos... ¿usted es el *pediorista* no?

—Pe-rio-dis-ta. ¿Quién te dijo que me lo dieras?

—Pos ¡el Niño! ¿Quién más? ¿Se lo doy o me lo llevo?

—Dame, dame —estiro la mano mientras una mala premonición me recorre el brazo entero. Leo sentado en la piedra que, a fuerza de estar abonado, se ha ido volviendo casi una extensión de mis nalgas.

```
SIN PREGUNTAS PUNTO MANDE CRONICA URGENTE PUNTO
RECIBIRA GIRO EN SALTILLO PUNTO O QUIERE QUE
VAYA A BUSCARLO PUNTO GUTIERREZ PUNTO
```

«¿Quiere que vaya a buscarlo?», debía decir, pero a pesar de no tener signos de interrogación me quedó muy claro. Y yo que había pensado que, después de cuatro meses, Gutiérrez me había dado por perdido. Sin duda me tenía cierta estima, a lo mejor sí me consideraba el *delfín* del que hacían mofa perpetua mis colegas. Lo mejor del mensaje era lo de «sin preguntas». Fue como si un latigazo de corriente eléctrica me hubiera entrado por la planta de los pies y llegado hasta la cabeza. Gutiérrez seguía pensando que yo era periodista, el chamaco que me había traído el telegrama también, incluso Fidencio lo tenía claro. Por lo visto el único que a estas alturas no estaba del todo convencido era yo mismo.

Algo me pasó, no sé explicarlo; es como cuando un niño sabe que hizo algo mal y trata de enmendarlo sin que nadie se entere. Me levanté y busqué en el fondo de la tienda de campaña la Underwood ligera que había dormido hasta entonces el sueño de los justos. La acomodé, después de quitarle todo el polvo acumulado, que no era poco, sobre un huacal; yo mismo en mi piedra y sin más, empecé a teclear, furiosamente, utilizando todo lo aprendido, para contar lo visto en los últimos tiempos en el campamento de Espinazo.

Confieso, sin ninguna modestia, que me salió un reportaje espléndido, muy cuidado, objetivo, con muy pocas observaciones personales que pudieran dar al traste con la descripción de este infierno. En fin, una de esas que se leen a gusto, con ganas, como si de un cuento se tratara. Terminé casi al anochecer; Casillas había sido del todo discreto durante el día, no me habló ni una sola vez para no interrumpir el frenesí tecleador en el que me había instalado. A media tarde me había puesto un plato con comida a un lado y una cerveza fría que me sorprendió gratamente por haber aparecido como por arte de magia. Un oasis en medio del desierto. Sólo lo volteé a ver para darle las gracias. No tengo ni idea de qué fue lo que comí.

Ya de noche, le di a mi amigo las once cuartillas revisadas y casi sin tachaduras. Sentado en el suelo polvoriento y alumbrado por nuestro quinqué, el mismo que parecía ser miel para insectos varios, las leyó de un tirón.

—Muy bueno. Muy bien contado. Lo felicito amigo. Como que las musas volvieron a Espinazo —dijo, devolviéndomelas con una sonrisa cómplice surcándole la cara.

—Ojalá no se enfermen...

Gutiérrez podía preciarse de tener un buen alumno, iré a Saltillo a abrir un apartado postal, a mandar el reportaje al periódico, a bañarme en un hotel con agua caliente, a ver una película, a dormir en una cama de verdad, a beber una copa, a soñar buenos sueños.

Así retomé el oficio que creía perdido y me convencí de que no pagaremos nada por nuestros pecados y en cambio, sin duda, pagaremos con sangre por nuestras virtudes.

XXXVII
Morir del todo

—Malaria —dice la viejita muy segura, señalando con un dedo torcido al bulto que se retuerce y vomita y caga sin parar debajo del entoldado amarillo.

Los hombres se cubren inmediatamente la boca con paliacates y las mujeres que escucharon el diagnóstico dan un paso atrás como en un coro de *music-hall* ensayado previamente. Todos saben bien que al hombre le quedan tan sólo unas pocas horas de vida. La viejita se acerca al amasijo tembloroso e intenta darle de beber agua de arroz con un guaje. El hombre abre la boca y son muy pocas las gotas que pasan de los labios; su cuerpo sufre cada vez más espasmos y los brazos se le revuelven en un molinete que le hace a la mujer recordar un títere.

—¿Y si le hablamos al Niño? —pregunta una matrona gorda que lleva en jarras una canasta llena de jitomates.

—Ni pa' qué —dice la viejita que después de un par de intentos se ha dado por vencida en eso de dar de beber al sediento—. No pasa de esta noche, dejen al Niño, que él tiene a muchos que arreglar; pero eso sí, háblenle al padre Nico, pa' que le dé su despedida.

La tarde se derrumba en Espinazo llevándose del cielo una inmensa paleta de colores.

El enfermo se ha quedado quieto, tal vez esté dormido. Los hombres y mujeres que hacían guardia se van alejando poco a poco, pretextando cualquier cosa. Es ya noche cerrada. Un cura pequeñito, con hábito lleno de lamparones, viene acercándose, se acomoda la estola bordada, tiene lentes de arillo, en la mano lleva una Biblia encuadernada en tafetán gris y el estuche de las extremaunciones donde conserva celosamente los santos óleos; sobre el pecho se bambolea una gran cruz de metal terminada en punta, regalo de su abuela cuando tomó los hábitos hace ya más de diez años.

El municipio de Mina, que lleva ese nombre en honor del militar español que luchó junto a las fuerzas rebeldes durante la guerra de Independencia, fue originalmente un pequeño poblado fundado por Bernabé de las Casas en 1611. La iglesia de Nuestra Señora de Guadalupe fue inaugurada en 1850, cuando el municipio aún era tan sólo una villa. El padre Nicolás Palma oficia misa los miércoles por la tarde y los domingos a las doce en punto. El resto de los días recorre el campamento de Espinazo tomando confesiones y ungiendo de aceite en la frente a decenas de moribundos para hacer más expedito su tránsito hacia el cielo. No tiene una buena relación con el Niño, al que considera un falso profeta. Han discutido un par de veces; Fidencio sólo sonríe y lo deja hacer, lo considera sin decirlo un falso enviado de dios. Algunas mujeres a escondidas le llevan comida. Tan lejos de todo, la presencia de una sotana las tranquiliza. Creen en el poder curativo de las manos del Niño Fidencio, pero saben que para el último tránsito se necesitan los papeles que el padre Nico proporciona. Quieren quedar bien con todos y se esfuerzan.

El padre Nico vino a Mina castigado por su provincial en Guadalajara por romper con el voto de pobreza. Y le tocó aquí la mayor pobreza imaginable. Lleva dos años y pico comportándose admirablemente, esperanzado en el perdón y un destino más halagüeño, calzando sandalias y llevando alrededor del hábito de diario el cordón franciscano que comprueba su origen. Rodeado de muerte y de aparentes milagros, el padre Nico aprovecha la mínima ocasión para desplazarse a Monterrey, con cualquier pretexto, y pasarse un par de días escuchando música y comiendo como un tragaldabas en casa de su prima Rosaura. Quiere ser obispo.

Se acerca el padre Nico al enfermo de malaria que está inmóvil bajo el entoldado. A regañadientes, entre las sombras, se agacha penosamente y le toma la mano. Comienza a rezar un Ave María en voz muy baja.

Adrián lleva varias horas intentando sacar un conejo de la chistera que se rehúsa a salir. De vez en cuando abre los ojos y ha visto desconocidos que hablan de él sin mirarlo, una vieja que le da de beber, un niño que se saca los mocos con el dedo índice, un embozado que le acomoda la cabeza sobre un sarape que le pica en el cuello. Así debe de ser la muerte: olor a mierda, un grupo de personas que bajan la cabeza resignados, un conejo renuente, un atisbo del cielo color naranja por el agujero del entoldado amarillo, calambres, sudores, orines empapándole la pretina, los ojos de la mujer-serpiente que lo miran desde lejos, el lejano rugido de un tigre, una mano que le saca del chaleco algunas monedas de plata, una inmensa pesadez en los párpados y los músculos de todo el cuerpo, una lengua de estropajo, una piedrita en los riñones. Sí, así debe de ser la muerte.

—¿Te arrepientes de todos tus pecados? —escucha una voz al oído.

Y no, no se arrepiente de nada, ni siquiera hace el intento. Porque a pesar de su estado, sabe a ciencia cierta que no hay cielo ni infierno, ni indulgencia, ni expiación, ni redención, ni pecado ni gracia. Se arrepiente acaso de no haber tenido más tiempo para despertar al lado de la mujer que amaba y que le fue arrancada como si de una mala yerba se tratara, se arrepiente de no haber podido aprender a manipular monedas con la izquierda, se arrepiente de no haber tomado ese tren a Berlín para ver actuar a Houdini, se arrepiente, si acaso, de tener que morirse en este miserable pedazo de la nada. Abre los ojos, una cruz de metal se balancea ante ellos. La mano izquierda está fuertemente asida por otra mano suave, casi femenina. Enfoca lo mejor que puede entre las tinieblas. Ve al cura joven que le sonríe y le insiste en eso del arrepentimiento. La lava del volcán vuelve a su cuerpo; viene desde las verijas y le sube al torso, a los brazos, le nubla la vista recién recuperada. Le arranca al cura la cruz con la mano herida y con ella apuñala al hombre del hábito tres veces en el pecho, con una fuerza sacada de lo más hondo de su memoria. El cura se desploma tras proferir un par de quejidos como un bulto de arena; cae sobre su pecho, no lo deja respirar. Adrián baja los brazos, suelta la cruz ensangrentada. A pesar de la oscuridad, súbitamente todo se oscurece.

Ulrich logra sacar al fin el conejo de la chistera y lo muestra a un público invisible que aplaude a rabiar. Bajo el entoldado, dos cadáveres ciegos no ven a la serpiente que se pasea a sus anchas sobre la tierra rojiza de Espinazo, y que a pesar de la hora permanece caliente.

XXXVIII
Pintar

Cuando salgo de la tienda de campaña, despuntando la mañana, Casillas ya está de pie, el café hecho y humeando junto a los rescoldos de la fogata. En mangas de camisa está frente al atril dibujando enérgicamente con un carboncillo sobre el lienzo. Después de servirme me siento a su lado. Si él no interrumpe mientras escribo, no tengo el más mínimo derecho a hacerlo mientras pinta.

—¿Qué?, ¿durmió bien? —averigua mientras sigue emborronando.

—Sí, mejor que muchas otras noches.

—Eso es porque el trabajo ennoblece. Porque después de tanto tiempo volvió a hacer lo que le gusta.

—Será —me escucho decir a mí mismo. Comienzo a liar un cigarrillo.

Por primera vez presto atención a lo que dibuja. No es el apretado paisaje de lonas y mecates que se despliega ante nosotros. Se prefigura sobre el cuadro la insondable figura del Niño Fidencio, de pie, poniendo la mano derecha sobre un muchachito tan deforme que no logro descifrar su rostro, si es que lo tiene. Dibuja de memoria; de memorias porque nunca ha visto esa escena, son dos personajes sacados de dos momentos diferentes en dos lugares diferentes. Me escucha suspirar. Me pide que aprovechando que lío, también le haga un cigarrito a él. Voltea a mirarme.

—¿Sabía usted que los espartanos tiraban desde una roca a todos los recién nacidos que llegaban al mundo con alguna malformación? —dice mientras se saca con un trapo los restos de carboncillo de los dedos.

—Sí sé. La roca se llamaba Tarpeya. Quien no podía guerrear no podía ser espartano. Gracias a un hombre maravilloso pude leer a Herodoto, el padre de la Historia.

—Fidencio puede curar algunas enfermedades, no todas. La deformidad es incurable. A esos pobres sólo se les puede dar consuelo, pero jamás esperanza —Casillas enciende el cigarrillo que le paso acercándolo a los carbones blanquecinos.

—O tirarlos desde una roca —me escucho decir sin mala fe.

—Ésa es la salida fácil. A veces las más crueles enfermedades no están en el cuerpo sino en el alma. La locura, por ejemplo.

—Hace muchos años conocí a un indio comanche que decía que los locos eran santos. Que no había que importunarlos. En su tribu los tenían en un gran concepto.

—Santos... O demonios. La locura puede tener más de una vía de salida —Casillas se sienta en la piedra junto a mí. Parece que está a punto de hacerme una confesión. Y en cambio, pregunta:

—La mujer del tren. ¿Conocida suya?

—No, me dio lástima. Sobre todo el niño.

—La vi de lejos ayer, el niño ya no está con ella.

Se hizo un silencio incómodo. No quería decirle nada acerca de la dinamita y los probables propósitos que ésta podría tener. Opté por el sarcasmo, que en ocasiones distiende los momentos difíciles.

—A lo mejor encontró una roca Tarpeya —sonrió. Buena señal. Compartir el humor muy negro es como compartir un secreto entre iniciados en una secta.

—Me voy a Saltillo a enviar la crónica. ¿Se le ofrece algo?

—Ya que lo dice, si no le importa ¿me podría buscar un tubo de azul cobalto? No estoy seguro de que en Saltillo exista una tienda de pinturas, pero se lo agradecería. Y bueno, un par de libras de café, y algún buen tabaco y tal vez ron. Y ya. —Termina triunfalmente—. Si no es mucha molestia, claro —y me extiende un par de billetes.

Rechazo el dinero con un gesto. Por esta ocasión, el café, la pintura, el tabaco y el ron correrán por cuenta de Fidencio Constantino Síntora. Por su semblanza.

Un par de horas después ya voy instalado en el tren. Tuve mucha suerte. Los jueves hay corrida matutina. Saltillo es una de esas típicas ciudades de frontera con pretensiones. Encuentro pronto una habitación en el inevitable Gran Hotel que existe, por lo menos de nombre, en toda nuestra geografía. En el bar, antes siquiera de subir a mi cuarto, me bebo una jarra de agua con hielo, con mucho hielo, ante la perpleja mirada del barman que me mira como quien mirara un espejismo. Ésa es mi manera simbólica de volver al siglo de las luces, de las luces eléctricas, digo, de salir del infierno para entrar al paraíso. Después de un largo baño y una rasurada en regla salgo a la calle a buscar la central del telégrafo.

Envío la crónica por cablegrama y me registro para recibir giros postales. Por dirección doy la del hotel. Como en una fonda la tradicional carne asada del norte acompañada con frijoles caldosos y chiles güeros. Nada espectacular. En cuestiones gastronómicas la civilización sin lugar a dudas está en otras latitudes, allí donde hay ollas y mujeres sabias que guisan y hacen salsas. Paseo un rato por el centro y me meto al Principal, el teatro que ofrece tanda doble de cine. No ponen nada de Tom Mix. A pesar de ello veo las dos, una comedia insulsa de enredos, de las llamadas «de astracán» y otra mejor sobre un tipo que llega a un pueblo haciéndose pasar sin proponérselo por el hijo pródigo vuelto de la guerra. La chica se enamora de él, los padres lo reciben como si fuera propio y la comunidad entera lo trata como héroe. Y el tipo ni siquiera se llama como dicen que se llama. Igual que yo. No puedo menos que sonreír ante tamaña coincidencia. La única diferencia es que él quiere decir la verdad y en mi caso la verdad es que no hay verdad que decir ni nadie a quien decírsela.

Me meto de vuelta al bar del hotel; pido una botella de brandy y brindo en silencio con mis muertos.

Allí me entero, por la sonora conversación de un par de militares ataviados de gala que beben sin parar a mi lado, de que un par de semanas antes en un poblado llamado Huitzilac, Morelos, ha sido acribillado durante su traslado a la capital el general Francisco Serrano junto a algunos de sus hombres, catorce en total, militares y civiles, todos desarmados. Serrano era candidato a la presidencia. Los bebedores lo llaman traidor, golpista, otras lindezas sin argumentos, no me atrevo a entrar en polémica; hablan del mismo hombre con el que yo bebí hace algunos meses en otro bar. Dejé la pistola junto a la máquina de escribir y ellos la traen al cinto. Y para poder sostener una conversación de tú a tú por estos lares, más vale venir armado dialécticamente. La Revolución sigue cobrando víctimas a estas alturas. La fecha exacta de la masacre es el 3 de octubre de 1927; parece ser que todo fue urdido para que Obregón pudiera llegar, solo, a las elecciones que se acercan. Se cuentan los militares en la barra que Calles había pedido al general Fox que trajera a Serrano y sus hombres vivos a la ciudad de México. Parece que Obregón, *el Manco de Celaya,* había exigido su asesinato.

El enano que tiramos del tren está allí, en una mesa al fondo del local, hablando en susurros con dos hombres que bien podrían ser los dueños de la funeraria de la ciudad, los dos van vestidos de un negro lustroso, los dos llevan bombín, los dos bigotillo, antiparras, leontina colgada del chaleco. Bajo la cabeza, no quiero que me vean. Bebo en silencio. Un rato después, una mujer se une al grupo del diminuto personaje que ahora ha levantado la voz y gesticula por los efectos del alcohol. Es un envase demasiado pequeño para lo que se ha trasegado en esa mesa en los últimos minutos. La dama en cuestión está de espaldas pero podría reconocerla a leguas. Llega hasta mí un ligero aroma a naranjas; pasé mucho rato junto a ella y su niño deforme en un tren como para olvidarla. Los cuatro miran alrededor. Yo me hundo como un topo en el periódico que ahora tengo entre las manos. No puedo escuchar lo que hablan, sólo palabras sueltas como: «maldito, demonio, venganza». Un par de puñetazos sobre la mesa. Un «¡virgen santísima!»

Después de un rato, los cuatro se levantan de golpe y salen por la puerta que da a la calle, el enano se tambalea ligeramente, en la mesa ha quedado vacía una botella de ron; veo cómo aprovechando su vaivén de beodo roza con su minúscula mano la enagua de la dama, a la altura de las nalgas, ella no parece sorprenderse, una risa que se va ensanchando mientras avanza es lo único que queda flotando en el aire. Si yo fuera policía o militar me hubiera acercado a pedir sus documentos. Pero afortunadamente no lo soy. Y a los dos capitanes que beben en la barra parece no importarles que dos cuervos, una princesa y un enano, conjuren contra el rey y contra el reino. En este cuento de hadas el único que parece haber sido metido con calzador soy yo mismo.

Duermo en una cama mullida y con almohada de plumas y sin embargo tengo pesadillas. Despierto sobre las nueve de la mañana, tardísimo, después de haber adquirido el hábito de estar de pie en los amaneceres de Espinazo, estoy empapado en sudor a pesar de que sobre mi cabeza un rehilete de aspas ha dado rítmicamente vueltas toda la noche. Me baño y afeito por segundo día consecutivo. Uno puede acostumbrarse a esto. En la tina blanca, enjabonado, sin mediar palabra, como si fuese un ente extraño a mi cuerpo, mi *penen* (y mientras lo escribo sonrío) se levanta por su cuenta y riesgo. Aprovecho la ocasión, la soledad, la tibieza del agua y me masturbo pensando, curiosamente y contra todo pronóstico, en la soprano vestida de rosa, entrada en refulgentes carnes que quiere hablar con los muertos en medio del desierto.

Desayuno solo en el comedor del hotel, especulando en torno a los motivos que llevaron al delgado general del Ejército Mexicano de apellido Serrano a dejarse matar. Pronto dejo de lado mis cavilaciones fútiles que no llevan a ningún sitio; por lo menos no en México, las causas y los efectos parecen venir siempre de los mismos lugares. Vuelvo a la realidad cuando un botones negro como carbón, lo que supongo debe de considerarse una verdadera exquisitez, me pone frente a los ojos una charolita de plata con un telegrama y se despide, mientras lo tomo, con un afectado y falso acento francés con el que me lanza el epíteto de *monsieur*.

Leo:

CRONICA RECIBIDA PUNTO PODRIA SER MEJOR PUNTO RECOJA DINERO Y MANDE NUEVAS PUNTO TRABAJA PARA MI PUNTO RECUERDELO PUNTO GUTIERREZ PUNTO

Es un enorme elogio aunque no lo parezca a simple vista. Después de pagar la cuenta del hotel, feliz me voy caminando por mi giro postal, el cual es más sustancioso de lo que pensaba. Compro los encargos de Casillas, incluyendo la pintura y un turrón español. Me doy un lujo, un panamá de ribete. Cuando me miro al espejo de la sombrerería, descubro al que alguna vez fui, un muchacho que soñaba que el mundo podría ser un lugar mejor y recupero de golpe el corazón y la razón que creía haber perdido.

Me voy silbando, con mi paquete debajo del brazo, coronado por el espléndido panamá, rumbo a la estación de Saltillo.

XXXIX
Un resumen

Ulrich fue enterrado en la fosa común de Espinazo junto con tres leprosos, una anciana aquejada de un mal hepático y un recién nacido, todos acaecidos en un lapso de veinticuatro horas. Curiosa compañía. Antes de poner las últimas paletadas de tierra, un campesino roció los cuerpos con cal viva; ésa era una de las nuevas ordenanzas del recién inaugurado municipio de Mina, que temía la propagación de enfermedades. Parecía que los cubría la nieve. Sobre la tumba, una mano misericordiosa puso un letrero con los nombres de los fallecidos. Al final de la lista aparecía un ominoso «desconocido» en lugar del nombre del mago.

La fama de Fidencio crecía a pasos agigantados; los trenes a su vez crecían en número de cabuses, logrando en ocasiones venir atestados exclusivamente con enfermos y algún maquinista aterrorizado. Sin duda eran más los que morían que aquellos que se ponían bien. Quien llegaba a Espinazo había perdido toda esperanza.

En el país flotaba, como el aceite en el agua, una tensa calma producto del asesinato de Serrano, y se preparaban unas elecciones que todos sabían quién iba a ganar. La cruzada entre creyentes e infieles continuaba a pesar de que los infieles fueran del mismo credo y culto que los creyentes; parece que nadie se los dijo. Aparece por Espinazo, clavada en una puerta, una hoja firmada por el Ejército Nacional Libertador Católico fechada el 18 de julio en San Juan Capistrano, que ofrece un resumen de sus actividades durante el año y que a la letra consigna:

Principió el Grupo con unos 50 hombres y actualmente cuenta con unos 500.

Ha tenido 18 expediciones a distintas partes de los estados de Zacatecas, Jalisco y Durango.

Ha sorprendido al enemigo armado 2 veces. Ha sido asaltado por el enemigo 6 veces.

Ha sostenido 18 combates de importancia. Ha tenido 15 tiroteos.

Ha perdido 47 hombres muertos en combates.

Ha tenido 45 heridos, pero sólo 1 ha quedado fuera de servicio.

Ha perdido 15 hombres hechos prisioneros por el enemigo y que no han vuelto.

Ha causado 468 bajas al enemigo entre federales y agraristas de las que se ha podido dar cuenta, pues de tres combates de importancia no se han podido calcular las bajas ni siquiera con aproximación. De las bajas dichas, consta que 116 hombres enemigos quedaron muertos en los campos de batalla y 54 heridos, entre ellos 2 generales. El resto de los 468 está tomado en globo comprendiendo muertos y heridos y dispersos en los combates, asaltos y tiroteos. Los prisioneros, que han sido innumerables, no están comprendidos en el número arriba dicho, pero todos ellos o casi todos fueron puestos en libertad.

De esa manera, le rinden cuentas al pueblo después de rendirle cuentas al Altísimo. No hay guerra en el norte, la hoja debió de venir en el bolsillo de algún enfermo.

El elefante que hasta hace unos días campeaba a sus anchas entre los huizaches del municipio de Mina se ha marchado con su dueño, rumbo a alguna ciudad buscado nuevos escenarios...

Dicen las malas lenguas que el presidente Calles tiene una dolencia secreta. Dicen también que los mejores médicos de la capital no han podido dar con el origen de su mal.

Visitará México, a mediados de diciembre, el coronel Charles Lindbergh, el mismo que cruzó en solitario el Atlántico en su avión llamado *Espíritu de San Luis.* El país quiere volverse parte de la escena mundial, los muertos y los colgados en los postes telegráficos no lo dejan.

El periodista envía puntualmente, cada semana, una crónica sobre el Niño Fidencio y lo que ve en Espinazo. Cada mes se va a Saltillo a pasar dos días en el hotel. El diario de Gutiérrez es el único medio nacional o internacional con un corresponsal fijo en medio de la nada.

El 23 de agosto fueron electrocutados en Dedham, Massachussets, los anarquistas italianos Nicola Sacco y Bartolomeo Vanzetti por el cargo de asesinato de dos personas en un supuesto asalto. Hay protestas en todo el mundo. El juicio tiene tintes ridículos.

Casillas hace bocetos, apuntes a lápiz, acuarelas, pequeños óleos. Ya podría montar una exposición si lo quisiera.

Las sesiones espiritistas en la comuna Amor y Ley se desarrollan con y sin sobresaltos, dependiendo de los asistentes, cada tercer día. Una carreta con hielo llega puntualmente desde un lugar desconocido por la parte trasera. La soprano está de gira en Tejas. Prometió volver.

La población de Espinazo, al 24 de noviembre de 1927, es de veintiséis residentes fijos y más de doce mil nómadas.

La mujer que llevaba a un niño deforme se ha convertido en una de las ayudantes de Fidencio. No hay indicios de dónde se encuentra, viva o muerta, la criatura.

En Saltillo, venden en cinco pesos el agua embotellada y milagrosa del «Charco» del Niño Fidencio y los habitantes de la ciudad e incluso los del otro lado de la frontera se la arrebatan de las manos. Nadie ha ido a Espinazo a sacar agua del charco, debe de ser de la llave.

XL
Seres alados

Leía despreocupado en la estación esperando el tren de la tarde cuando noté, con el rabillo del ojo, a un pequeño andrajoso de mirada vivaz que comía a mi lado un pan enorme, sentado en el suelo; calzón de manta, paliacate al cuello, camisa a cuadros, melena tupida e indómita, guarache de cuatro correas y decenas de kilos de polvo sobre esa aparentemente frágil humanidad. Con cada nuevo mordisco, un breve escándalo salía de su boca, haciendo evidente la lejana era geológica en la que el susodicho pan debió de haber sido horneado.

No soy proclive a la conmiseración ni a la dádiva. Creo firmemente en el trabajo, en la justa repartición de la riqueza, en la llegada inminente del hombre nuevo que habrá de redimirnos como sociedad y como personas. Decidí probar suerte.

—¡Chamaco! —acusé.

Dejó de morder el pan instantáneamente. Me miró de arriba abajo calando mi posición, metafóricamente; decidiendo con una balanza mental si podría sacar algo de provecho de este encuentro. Bajó la mordisqueada pieza hasta la altura de las rodillas. Me miró fijamente, sin miedo alguno y dijo:

—¿Pa' qué soy bueno?

—¿Sabes de alguna tienda de ultramarinos cercana?

—Eyyy. La de don Ricardo, aquí atrás, nomás. ¿Qué busca?

—Brandy. Español —dije poniéndole en la mano un billete nuevo de diez pesos.

Ya llevaba una en la maleta, para Casillas, pero se acercaban las noches crudas del invierno en el desierto y no hay mejor fuego para el estómago y el alma que un buen brandy español a mi saber y entenderes. Podía perder diez pesos o ganar la certeza de un futuro diferente. Diez pesos no son nada si el destino de la humanidad está en juego.

Tomó el billete con un rápido movimiento y antes de poder decir yo nada, ya estaba corriendo hacia la salida del andén. Pasaron diez minutos y no había rastros del pequeño «hombre nuevo» que para entonces ya tendría un nuevo par de pantalones o una bolsa entera de pan recién horneado. Resignado a la espera de otros tiempos más benévolos para la confianza, opté por meterme al pequeño café, de sólo dos mesitas que daba a las vías del tren.

A falta de brandy, me despaché dos tequilas mientras seguía ojeando en el periódico cómo iba avanzando esta nueva revolución encabezada por el clero. Al sentir frente a mí una presencia, bajé el diario tan sólo unos centímetros. El polvoriento muchacho me miraba fijamente. Me extendió un brazo con una evidente botella envuelta en papel estraza y firmemente sujetada del gollete por una mano de uñas enormes y sucias.

—No había con don Ricardo. Fui al centro —dijo, mientras lentamente recuperaba el resuello. Tomé la botella cuando otra mano apareció de la nada, con la palma extendida y un montón de billetes y monedas sobre ella. No sé si notó mi cara de perplejidad, pero se dio el lujo de esbozar una tímida sonrisa.

—¿Hasta el centro? ¿Tomaste un coche? —pregunté admirado del resultado de mi experimento.

—Corriendo, pues. Los coches no llevan a *gentes* como yo —dijo entonces, poniendo el cambio íntegro sobre la mesa. Lo invité a sentarse ante el reprobatorio gesto del mesero y le pedí una limonada grande y con hielo.

—¿Tienes hambre? —pregunté tontamente sabiendo la respuesta. Y sin dejarlo contestar le pedí una carne asada con tortillas maneadas, frijoles, cebollas y chiles toreados.

No hablamos durante un buen rato. Los billetes seguían sobre la mesa esperando destinatario.

—Eso es tuyo —le dije señalando el dinero.

—Es más de lo que costó la botella —respondió mientras miraba la carne humeante sin saber por dónde empezar.

—Es el pago por tu trabajo. Todo trabajo merece un pago justo.

Tomó el dinero y se lo metió entre el pantalón, en un pliegue insondable y oculto de la vista de los rapiñeros. Luego comenzó a comer, con un hambre de siglos. Dejé que terminara todo antes de someterlo a mi batería de preguntas de periodista mexicano de clase baja en angustioso ascenso.

—¿Cómo te llamas?

—Moisés

¡Joder con la manía de los nombres bíblicos!, pensé inmediatamente.

—¿Cuántos años tienes?

—Creo que doce para trece o trece para catorce, no me acuerdo.

—¿Con quién vives?

—Solo. En un jacal junto a la estación. Mi mamá se murió de algo de la panza.

—¿Y de qué vives?

—Cargo maletas, limpio pisos, hago encargos... Nunca tan bien pagados como el suyo de usted.

—¿Quieres un empleo?

—¿Nada indecente?

—Espero que no te parezca indecente comprarme todos los días el periódico, guardarlo y entregármelos cada mes —dije, mientras metía la mano en la cartera.

—¿En bonche?

—Sí, en bonche. Ahí te dejo quince pesos. Para comprar el diario y el resto es tu sueldo por adelantado.

Miraba el dinero sobre la mesa sin atreverse a tomarlo, como si pudiera quemar. Al final se decidió y los billetes acabaron en las mismas profundidades que el cambio del brandy. Por primera vez en mi vida tenía un empleado, honesto por lo recientemente visto y que me haría un favor enorme. En Espinazo, los pocos periódicos que llegaban eran todos viejos y en menos de lo que canta un gallo acababan siendo mecha para algún combustible. Moisés me miraba intentando descifrarme.

—Bueno, ¿y usted a qué se dedica? —preguntó el muchacho.

—Escribo para los periódicos, soy periodista, pues. Veo cosas y luego se las cuento a otros, soy como los ojos y los oídos de los que no pueden estar allí para verlo y oírlo por sí mismos.

—Ya caigo. ¿Y le gustaría ver algo que nadie ha visto?

—Por supuesto —contesté inmediatamente, con esa curiosidad a flor de piel que con los años he ido abonando y que me ha deparado más de una sorpresa.

—Vamos pues —dijo levantándose de la silla.

Dejé suficientes monedas para pagar la cuenta sobre la mesa y calándome el panamá salí de la estación siguiendo a mi nuevo amigo por las polvorientas (¡que raro!) calles de Saltillo.

Yo pensé que ésta era una ciudad cuadriculada, al estilo poblano o yanqui, y muy pronto caí en cuenta de mi garrafal error. Caminamos largo rato, dando vueltas en las esquinas e internándonos en vericuetos de callejones y plazas inexplicables, metidas como con calzador entre sobrias y altas construcciones cerradas a cal y canto. Por un momento pensé que me estaba haciendo perder la orientación a propósito, como si quisiera que no pudiera dar por mí mismo con el destino, hasta ese momento, ignorado. Se detuvo frente a una alta y sólida puerta de madera y pegó tres veces con la aldaba. Los golpes resonaron dentro, sordos, como si detrás de la puerta hubiera una bóveda. Luego se oyeron pasos, más bien algo arrastrándose hacia nosotros. Un viejo de barba luenga asomó por una rendija todas sus arrugas y entornó los ojos enfocándonos. Sonrió con una boca desdentada al reconocer a Moisés y luego, inmediatamente, hizo un rictus de desaprobación al ver que no venía solo.

—¿Quién es éste? —dijo. O eso creí entender, porque sonó mucho más a *quiesesete*.

—Mi jefe —soltó Moisés a bocajarro. Dejando clara nuestra nueva relación obrero-patronal—. ¿Le deja ver los ángeles?

—Mmmmm —caviló en un susurro el viejo, para acto seguido abrir un poco la puerta, sólo un poco.

Moisés se escurrió dentro de la oscuridad como una serpiente y yo entré como deben de entrar las sardinas en las latas, de lado y con dificultades. Parecía que el viejo iba cerrando mientras yo pasaba, como si temiera que conmigo se pudiera colar también un soplo de lo impío hasta su reino.

Caminamos hasta un patio interior donde había tres pequeñas puertas; una de ellas cerrada con cadena y cerrojo antiguo. De dentro de la camisa, el viejo sacó una llave enorme y oxidada y se la aplicó al candado haciendo que un chirrido de siglos ocupara la estancia. Quitó la cadena y abrió la puerta. Se metió dentro mientras mascullaba un *eperen* más que obvio. Aproveché esos segundos para inquirir a Moisés sobre nuestro paradero.

—¿Ángeles, dijiste? ¿Oí bien y dijiste ángeles?

—Cómo siete tiene don Cheno, ya verá.

—¿Ángeles con alas y trompetas? —masculló mientras sonreía cínicamente.

—No, éstos no tienen trompetas. Pero alas sí tienen.

Se iluminó la habitación. Don Cheno llevaba un quinqué en la mano derecha, abrió un poco más y con un movimiento de cabeza nos indicó que pasáramos.

La habitación estaba vacía. A excepción de un anaquel donde brillaban algunos tarros enormes de cristal con líquidos dentro, cerrados firmemente con tapas de metal. Don Cheno acercó el quinqué hasta ahí, y pude ver que dentro, flotando en humores ambarinos, había algo parecido a fetos suspendidos en el limbo.

—Siete, son siete ángeles —dijo Moisés después de contarlos con el índice.

Me acerqué y puede ver en los amarillentos fluidos en los que se encontraban, a siete seres arrugados, informes, inexplicables, fetos, sí, pero todos con alas que salían de la altura de los omoplatos y que se curvaban hacia las nalgas, envolviéndolos. Podrían haber estado en una barraca de fenómenos de feria si no fueran lo que parecía que eran.

Los examiné más de cerca. A todos las alas les nacían en el mismo lugar y no parecían haber sido implantadas o cosidas. Ya había yo visto antes burdas sirenas fabricadas o fetos humanos con cabeza de perro añadida con cáñamo delgadísimo por el cuello.

Pero estos «ángeles» eran diferentes; y que nadie me pregunte qué quiero decir con *diferentes*. Cien mil preguntas se arremolinaban en mi cabeza; sólo atiné a decir:

—¿Dónde los encontró?

—*Aquíyallá* —respondió don Cheno quitándole importancia a la nimiedad—. *Yagámonos* —y con el quinqué por delante nos señaló hacia la puerta, negándose rotundamente a responder a cualquiera de las imbéciles preguntas que pude haber formulado y dejando sólo asombro en mis pupilas.

Ya en la calle, con don Cheno a buen recaudo dentro de su singular casa y rodeado de sus singulares posesiones, negándome a creer, apelando a todo el escepticismo que me quedaba en la cabeza, que a estas alturas era más bien poco, pregunté a Moisés:

—¿Qué hacía antes don Cheno?

—Era médico. Partero. Todos esos angelitos no nacieron. Él los guarda para cuando venga el Juicio Final y otros ángeles vengan a recogerlos. ¿Le gustaron? Nadie los ha visto más que don Cheno y yo, que le hago mandados.

Asentí con la cabeza. Echamos a andar. Un escalofrío me recorrió la espalda a pesar de estar a más de treinta y cinco grados a la sombra.

Caí en cuenta acerca de lo «diferente» que tenían las criaturas metidas en formaldehído. Como si supieran algo que todos los demás, mortales ignorantes, desconociésemos, llevaban, sin excepción, además de las alas, una breve, minúscula, maliciosa sonrisa entre los labios.

XLI
Cuaderno de notas 4

Me cuenta el amigo Paco Dorantes, peluquero y abogado saltillense, que en la zona de los Altos de Jalisco hay un muy bragado y piadoso general cristiano, que anda de acá para allá enarbolando un estandarte con la efigie de la virgen de Guadalupe, tinto en la sangre de sus muertos, que se dedica en cuerpo y alma a darle «su merecido» (como dicen que dice) a agraristas, federales, maestros de escuela, representantes del gobierno callista y a todos aquellos que no comulguen como él. Esto es, de rodillas y ante los ensotanados emisarios de su dios. Me confiesa Dorantes, mientras me rasura, que hace unos meses, al mando de una tropa numerosa, este hombre detuvo el ferrocarril; bajó de los vagones a hombres, mujeres y niños y dio órdenes de que todos fueran fusilados allí mismo acusados de herejes. Por lo visto, uno de sus allegados, uno con cierto sentido común, intentó hacerlo desistir de tamaño despropósito arguyendo que tal vez entre los pasajeros habría católicos tan devotos como ellos mismos. Parece ser que el general contestó: «Fusílelos igual, Dios distinguirá a los suyos». Y fueron muertos. Yo voy de escalofrío en escalofrío. Una gota de sangre rueda por mi garganta. Dorantes se deshace en disculpas mientras me cuenta que tiene familia agrarista en esa zona.

CORREN RUMORES de que el presidente Calles vendrá muy pronto a Espinazo a ser tratado por el Niño Fidencio. No lo puedo creer... Y sin embargo, en este territorio donde abundan monstruos, espiritistas, leprosos, elefantes, pintores, periodistas, dinamiteras, ángeles en conserva, fauna y ralea sin igual; donde los milagros son pan de cada día, por pasar, puede pasar de todo. Hasta la ballena de Jonás.

ALGÚN DÍA conoceré París y pondré una flor de parte de Escudero en la calle donde la Comuna plantó sus barricadas.

ANTE LA escasez de buena picadura de tabaco hemos comprado de trasmano una caja de puros hondureños que apestan a demonios. Los hemos racionado severamente. De un puro podemos liar diez cigarrillos igualmente apestosos. Nos tocan, a Casillas y a mí, tres por cabeza diariamente hasta que toque, a fin de mes, volver a la ciudad.

ESTUVE CHARLANDO con una mujer que nació sin ojos en las cuencas donde debería haberlos. Cuando se levanta los párpados para refrendar su dicho, dos enormes agujeros negros atestiguan su condena. Le pregunto si Fidencio hace crecer ojos y levanta los hombros con cierto mohín de desprecio ante semejante e inútil pregunta. Ella vino a Espinazo porque tiene sabañones. Ni la mismísima santa Lucía puede hacer crecer ojos donde nunca los hubo. Aprendo cosas nuevas todos los días.

NOS HICIMOS amigos de un tarahumara que habla muy poco español. Compartimos con él nuestras viandas y como contraparte nos dio dos trozos de peyote, el corazón de un cactus que abunda por la zona y que se utiliza en ciertos rituales indígenas para mí desconocidos. Es tan amargo como el corazón de un usurero de la calle de Donceles y provoca efectos en la mente, el cuerpo y los sentidos que tendrán que ser motivo de una crónica amplia. Sólo diré que sostuve una larga discusión con una piedra. Perdí de todas, todas.

PASÓ POR aquí un chino en un carromato vendiendo pomadas y potingues. Fue inmediatamente expulsado hasta la frontera invisible del pueblo que no existe. Allí instaló su parafernalia; letreros hechos de seda anunciando en tres idiomas sus prodigios. Realizaba, también, con enorme destreza, con agujas y tintas de colores, bellísimos tatuajes de dragones, cisnes, aves del paraíso, puestas de sol, a todos aquellos que se atrevieran y tuvieran la piel lo suficientemente dura para aguantar el suplicio. En Acapulco vi a decenas de marineros que llevaban orgullosos en los brazos los nombres de sus amores, de sus puertos preferidos, de sus santos o sus demonios. Por cinco pesos, ahora, orgulloso, tengo a María Eusebia, escarlata y radiante sobre la tetilla izquierda, muy cerca del corazón. La cruz ya casi no se ve. Es sólo una más de las cicatrices que he ido acumulando a lo largo de mi vida.

HE VUELTO a ver al liliputiense Caballero de Colón. Anda del brazo; miento, de la mano, de una guapísima y emperifollada rubia que según las malas lenguas, que por aquí abundan, regentea una casa de citas en Durango. Ella es famosa porque no sólo tiene el mejor burdel de este lado de la frontera, sino porque hace obras de caridad de gran envergadura. La décima parte de sus ganancias pasan a la iglesia para dar de comer a niños pobres.

Me quedo pensando que si él vino hasta aquí con la esperanza de crecer, la tiene muy jodida, como diría un gachupín de los buenos, que también los hay, llamado Paco y al que conocí en la calle de Culiacán de la ciudad de México.

Y es que... Hay de milagros a milagros.

Oscar Wilde dijo que podía resistirlo todo, excepto la tentación. Y yo caigo en la tentación de querer ser, aunque sea por un rato, ese mínimo hombre que liba los efluvios de la amazona rubia y que va dejando su aroma de espliego por el aire.

¡Pinche enano!

XLII
Vientos

Casillas le da las últimas pinceladas al lienzo sobre el que lleva algunos días trabajando. Es una pequeña plaza con una fuente de cantera en la que hay árboles y pájaros. Nunca he visto el lugar. Al fondo se distingue un edificio majestuoso de aparente mármol. A pesar de que lo que pinta está saliendo de su cabeza, de vez en cuando levanta la vista por sobre el cuadro y mira a lontananza, y satisfecho vuelve a la tarea. Decido averiguar.

—¿No le faltan pájaros? —pregunto.

—¿Usted sabe dónde es esto? —me responde muy incómodo, tomado en falta, como si yo hubiera podido leer sus pensamientos más recónditos.

—¡Por supuesto! —digo cínicamente—. Santo Domingo de Guzmán; allí donde la Inquisición quemó herejes a pasto durante todo el siglo XVII —suspira evidentemente aliviado. Se da cuenta de que no tengo ni puta idea de dónde se encuentra el lugar que pinta con bastante maestría.

—No, no es cierto. Esta es una pequeña *piazza* en Turín, Italia. ¿Alguna vez estuvo en Italia?

—Lamentablemente no. Pero fui a Nueva York. No tienen plazas como ésa —digo señalando el cuadro.

—¿Le gusta? —pregunta Casillas. Yo asiento con la cabeza. Él lo baja del atril y me lo pone entre los brazos—. Todavía tiene que secar —me advierte.

—¿Está firmado? —digo mientras lo separo del pecho para verlo a plenitud y me arrepiento inmediatamente al notar que en la esquina baja del lado derecho se ven claramente las iniciales JC.

—Muchas gracias, me encanta. En cuanto tenga una casa con paredes, le prometo que lo colgaré en un sitio de honor.

—Me voy a ir pronto de aquí, ya estoy por terminar lo que vine a hacer —dice Casillas limpiándose las manos con un trapo mojado en aguarrás.

—¿Pintar un milagro?

—Eso, pintar un milagro. ¿Sabe que hay vientos en el mundo que hacen que los hombres enloquezcan?

—¿Vientos? ¿Aire, quiere decir?

—Sí, sí, enormes corrientes de aire. En África, por ejemplo, corren el Siroco, el Simún, el Khamsin, el Cherguí. Los que se exponen prolongadamente al efecto de su aullido acaban completamente fuera de sus cabales. Los vientos pueden matar.

—Fíjese. ¿Y a qué viene eso, si se puede saber?

—Aquí no hay viento. Todos estaban, o estábamos locos antes de llegar. No podemos echarle la culpa al aire —y dejando el trapo sobre la caja de pinturas, cambiando completamente la expresión sombría que había adquirido en los últimos minutos, regresa a ser el que era, el mismo, que sonriente, me ofrece una taza de café.

Nuestro campamento ha cambiado sustancialmente, las remesas de dinero llegadas de México han permitido que una mesa sólida de madera y dos sillas puestas al lado de un huizache hagan de nuestras miserables tiendas de campaña un remedo de hogar con porche para recibir visitas aunque no las tengamos. Ahí escribo, ahí nos sentamos a charlar, ahí vemos pasar el tiempo. Lonas más sólidas cubren hoy nuestras cabezas. Tenemos cubetas de agua a disposición permanente y un fuego encendido. Para celebrar el año nuevo, el reluciente 1928, mi cumpleaños, conseguí un lechón y lo asamos a la luz de la luna; bebimos champaña tibia y brindamos por todo lo que se nos ocurrió. Fue una celebración absolutamente laica. Temo que mis crónicas publicadas en la capital le estén dando alas a otros para volar hasta este recóndito rincón del mundo, un lugar donde no hay vientos.

Hay algo inquietante en la mirada de Casillas, parecería que con ella pudiera atravesarlo todo, o en su defecto, diseccionarlo todo con la frialdad con la que puede un niño destazar un insecto, concienzudamente pero sin maldad, sólo para saber cómo está construido. No sé nada de su pasado y ahora confirmo mis sospechas de una estancia en Europa, por lo que debe de ser hijo de familia acomodada. Recuerdo que me dijo ser de Jalisco, y que su padre se dedicaba al cinematógrafo. Ya no estoy seguro de nada. Se ha vuelto mi amigo y único confidente. No hago preguntas, ni él me las hace a mí. Hay un pacto implícito de caballerosidad que nos impide andar hurgando en la memoria ajena; esa vieja puta que a la menor provocación se deslengua y suelta la sopa, contando secretos guardados bajo siete llaves, que súbitamente pueden rodar de aquí para allá sin medir las consecuencias de sus actos.

El mulero que nos surte candelas y aceite me ha referido la historia de un cura asesinado de una manera brutal a menos de doscientos metros de nuestro campamento; suceso del que no teníamos noticia. Parece que un moribundo invadido de malaria, en un arranque de locura propio de la enfermedad, le clavó al párroco la cruz oficial que llevaba al cuello en medio del corazón, mientras éste le daba la extremaunción. Curiosa manera de morir. Tendré que ponerlo como nota de color en mi próximo envío periodístico. Tal vez mis lectores ya estén un poco hartos de milagros y algo más mundano y sobrecogedor como el asesinato de un cura venda, como muy bien sé que venden los crímenes pasionales en los folletines. Dice el mulero que el asesino, que murió poco después de consumado el acto, no llevaba encima papeles, pero sí una enorme cantidad de monedas de plata cosidas a lo largo y ancho de su saco. Que sólo tenía un par de dedos en la mano asesina y que poseía una cabellera y patillas del color de las zanahorias maduras. Estoy seguro de que es el mismo que venía en el tren cuando llegué a Espinazo hace tanto tiempo que me parece fuera una eternidad.

No he vuelto a pisar la hacienda de Teo aunque sé a ciencia cierta que se siguen desarrollando a todo trapo las sesiones espiritistas que cada día tienen más adeptos. Tiene razón Casillas cuando dice que a pesar de que no hay por aquí vientos africanos, la locura ya estaba con nosotros desde antes. Tal vez aquí mismo se inventó la locura.

Fidencio tira manzanas bendecidas, columpia enfermos mentales, pone emplastos de gobernadora y miel, raja cabezas y piernas infectadas y difunde a su muy singular manera la palabra de dios. Tiene como mascota a un puma sin dientes al que le ha puesto *Concha* por nombre; también el animal ha sido un vehículo para sus curaciones casi mágicas. Encierra a los mudos con el felino dentro de una habitación hasta que éstos, en su desesperación y sin saber de la mansedumbre del animal, profieren alaridos de terror.

Fidencio posee una mezcla única de ingenuidad e intuición. Todo lo que hace tiene visos de una sencillez aterradora, como cuando uno mueve sin estrategia previa un alfil de ajedrez, o se lleva un vaso a los labios o sonríe como sonríe él todo el tiempo. Lo que hace está en su propia naturaleza. A pesar de no tener una educación médica formal, se comporta como el más hábil de los cirujanos y sus conocimientos acerca de las propiedades curativas de plantas y minerales lo convierten en un verdadero fenómeno al que no se puede menos que admirar, tanto por su desparpajo como por su más que evidente perspicacia. Verlo operar es como asistir a un gran espectáculo, incomprensible pero magnífico, casi del nivel de una puesta de sol. Dicen los creyentes que los caminos que elige su dios para hacer cumplir designios son inescrutables. Fidencio es todo un cruce de caminos.

Vine a desenmascararlo y acabé seducido por el aura de misterio que lo rodea. No pide nada, no ofrece nada, no hay aquí un negocio, ni un ministerio. Si yo fuera un científico tal vez diría que todo es producto de un sinnúmero de casualidades, causas y efectos. Lo que sí me queda claro es que prefiero al dios, aunque no crea en él, que cura por medio de sus manos, que al otro que tiene por emisarios a los cuervos de sotana negra que van por la vida ofreciendo el infierno en vez del paraíso.

XLIII
Nuevos vecinos

Por la madrugada del último día del mes de enero sentí un revuelo muy cerca de nuestro campamento. Ruido de cascos de caballos, de ruedas de madera sobre la gravilla, ajetreo, movimientos, como si un oso estuviera espulgando en la basura. Un par de voces hablaban en susurros como temiendo despertar con ellas a los huéspedes que dormían a su alrededor. No le di demasiada importancia. Todos los días, a las horas más insospechadas, llegan nuevos habitantes a este sitio infame, con alegría, como si vinieran a fundar una nueva colonia residencial ampliamente publicitada en los periódicos. Al tiempo se dan cuenta de su error. No estamos en una de esas modernas clínicas con jardines y fuentes que anuncian sus prodigiosos y asépticos métodos para curar. Éste es el siglo de los avances científicos, lo sabemos bien, nos lo han repetido insistente y machaconamente, el futuro llegó y despliega su caudal de maravillas. Sin embargo, aquí no hay luz, ni agua corriente, ni médicos con bata inmaculada. Si uno puede soportar los inconvenientes, el polvo que se pega en la piel, en los pliegues del culo y de los ojos, el agua que tiene que ser hervida dos o más veces, el calor lacerante, la persistente falta de comida, la ausencia total de papel de baño, los intermediarios que pululan haciéndose de oro con cada nueva encomienda, las miradas inquisidoras de las ayudantes de Fidencio, las nubes de mosquitos que cada atardecer buscan agua y sangre, la falta de periódico y cine, de hielo, de carbón, de ventiladores de aspa... Si uno puede vivir con todo esto y sin todo aquello a lo que se ha acostumbrado, si uno tiene la voluntad, el deseo, la fe, la esperanza, la certeza, la certidumbre o por lo menos la ilusión de que ese hombre de sayal blanco con manos grandes y talentos ignotos algo puede hacer por cambiar el mal que nos aqueja. Entonces, sólo entonces, usted llegó al lugar indicado. Bienvenido. Encontrará el portento, la estupefacción, la más inexplicable de las medicinas, esa que cura casi todo, incluso la melancolía.

Salgo ya vestido de la tienda de campaña para mirar de cerca a los nuevos vecinos, el sol está subiendo. Hay a nuestro lado un carromato impecable pintado de amarillo. Tiene una ventanilla donde coquetamente refulge un macizo de violetas. Dos caballos enormes, percherones de color claro, mastican alegremente el heno más verde y fresco que se haya visto nunca en este territorio. Hay a un lado del carro una mesa plegable puesta con mantel, platos, cubiertos, dos sillas de tijera, una jarra de jugo de naranja. Una cocina portátil de acero, flamante e increíble, brillante, hace crepitar sus perfectas llamas, mientras en un sartén se fríe el tocino más apetitoso que he olido en toda mi vida y que envuelve todo a su alrededor con fragancias civilizatorias y preclaras. Es una escena idílica. Sacada de una de esas cursis novelas inglesas de Jane Austen, pero de una modernidad apabullante. Sólo hace falta que aparezca un mayordomo de librea con una servilleta sobre el brazo a anunciar que el desayuno está a punto. Todo esto tiene una apariencia absurdamente fuera de lugar. Pero como he repetido hasta la saciedad, en Espinazo, todos los días, el amanecer nos depara una sorpresa.

De la puerta del carro que se abre, con ventanuco y visillos primorosamente bordados, sale el espejismo más perfecto y conmovedor que he visto a lo largo de mi vida. Baja el primer escalón una preciosa jovencita que va vestida con falda de vuelos y flores de color durazno estampadas; una larga cabellera azabache y lustrosa enmarca una bellísima cara de una blancura imposible. Dos cejas arqueadas y simétricas dan sombra a unos ojos azules que envidiaría el mismísimo cielo bajo el que nos encontramos. Antes de pisar el suelo gris con sus botas de montar, se detiene en el aire, como si no tuviera peso, con la ingravidez y la soltura de un pájaro, olfatea un instante con esa nariz pequeña y puntiaguda y luego me mira haciendo florecer una sonrisa franca, desenfadada, de esas que podrían derretir a un cubo de hielo o ablandar el corazón del más pérfido de los dragones.

—Buenos días —dice mientras pisa la tierra como si pisara la más mullida y cara de las alfombras persas que hubiera sobre el planeta.

Y yo, quieto como esfinge. No atino a responder nada. No sé qué decirle a un espejismo; temo ser tachado de loco. Temo que en cuanto abra la boca se desvanezca la visión que me ha puesto en el trance de este embeleso y despierte del sueño en el que estoy sumergido y del que sin lugar a dudas no quiero despertar.

—¿Habla español? ¿*English*? ¿*Deutsch*? ¿*Français*? — inquiere la dama arqueando interrogativamente las cejas y pronunciando cada palabra con un acento impecable y claro.

Algo me empuja desde atrás. Vuelvo en mí, cierro la boca que empezaba a trenzar algunas letras, no palabras, ruborizado y sintiéndome el más perfecto de los imbéciles. Reacciono tardía y torpemente. Pero antes de poder decir nada, Casillas me adelanta por la izquierda, dando un paso decidido y firme, como el de un soldado que ha sido solicitado como voluntario para atacar las filas enemigas y deshaciéndose en sonrisas y caravanas teatrales suelta una parrafada de la cual yo jamás hubiera sido capaz aunque la hubiera ensayado largamente:

—¡Muy buenos días tenga usted, bienvenida a este oscuro rincón del mundo llamado Espinazo, Nuevo León, que hoy se engalana con su presencia y que de ser habitualmente un infierno, hoy, por su belleza, bien podría ser una embajada del paraíso en la Tierra! Mi nombre es Jaime Casillas, pintor de profesión y rendido e incondicional admirador suyo desde este momento en el que me pongo a sus pies para lo que guste y tenga a bien ordenar. Ella ríe halagada mostrando profusamente unos dientes tan brillantes como los que debió de haber enseñado Eva a Adán en el momento mismo de ofrecerle la manzana que lo condenaría a él, su estirpe y la humanidad entera a caer en la tentación y cometer el pecado original, e incluso los subsecuentes pecados con tal de poder admirarla una vez más.

«Comer el mandado». Esa frase tan coloquial usada en México para dar a entender que alguien se te ha adelantado en la consecución de algo que deseabas y, simplemente, una muy somera manera de describir lo que acababa de suceder ante mis ojos. Quise enmendar la plana presentándome, diciendo mi nombre en voz alta, no mi nombre verdadero, por supuesto, sino lo que los franceses llaman *nom de guerre*. Creo que o tal vez fui demasiado parco, demasiado soso, demasiado seco, o ella ya había agotado sus reservas de sonrisas con Casillas, que la acompañaba del brazo hacia la cocineta donde burbujeaba el tocino. Ella dijo llamarse Regina Landa y lo primero que preguntó era dónde podía conseguirse un poco de agua para refrescarse del calor que empezaba a arreciar. Casillas salió como un bólido a tomar nuestra cubeta vacía y a buscar desesperado a Germán por los alrededores. Aproveché para hablar con ella mientras sacaba cariñosa, tiernamente, las lonchas del sartén y las ponía en un plato.

—No viene usted sola, ¿verdad?

—No. Acompaño a mi padre. No debe de tardar en aparecer para desayunar. ¿Ustedes gustan? Tenemos suficiente para cuatro. Fue entonces cuando una nueva visión salió del carromato, una bien distinta a la anterior, como si de una caja de sorpresas se tratara. Un hombre de unos sesenta años, con patillas grises e inmensas que le llegaban hasta la barbilla, vestido de caqui, con enormes bolsillos por todas partes y tocado con un *salacot* impecable, como si fuera a salir en ese momento en la búsqueda de las fuentes del Nilo, bajó con enorme agilidad los dos peldaños de madera, y de manera jovial dio, como su hija, los buenos días, como si estuvieran en unas felices vacaciones. Al ver su aspecto estuve a punto de decirle lo de «El doctor Livingstone, supongo…» pero me contuve bien a tiempo y dejé a buen recaudo cualquier chanza o dicharacho que se me cruzara por la cabeza.

—He invitado a los señores a desayunar —le informó Regina a Roberto Landa.

El padre asintió con la cabeza comprensivo, acostumbrado, por lo visto, a los excesos de confianza que su hija debía de tener habitualmente para con los desconocidos. Casillas regresó sudoroso con un par de cubetas de agua limpia y me descubrió ya sentado y con una servilleta blanca en el regazo en la mesa de los Landa; me echó una de esas miradas asesinas que afortunadamente no llegan a matar. Ella le dio las gracias de una manera muy ceremoniosa y lo invitó a compartir el desayuno, mientras iba echando grandes huevos de gallina de rancho en la misma sartén que todavía guardaba los rescoldos del magro de cerdo que seguía impregnándolo todo de una manera estupenda. Dos sillas de tijera y lona fueron traídas por el explorador africano hasta la mesa y yo aporté la jarra de café recién hecho que Casillas había preparado, comiéndole el mandado en esta ocasión. Landa padre era banquero, Landa hija era hija de banquero, más que suficiente. Venían a pedir una cita privada con Fidencio y estaban listos a pagar lo que fuera por ello. No se habló en este amable pero solemne desayuno de ningún mal ni de ninguna enfermedad, pero yo rogué a todos mis santos laicos que no fuera la preciosidad que nos servía el desayuno la que tuviera necesidad del auxilio del Niño Fidencio a causa de alguna de esas raras dolencias que sólo le dan a los ricos y que acaban muy pronto con sus vidas.

—¿Desde dónde vienen con el carro? —pregunté, por hacer conversación.

—Desde Monterrey —contestó el padre Landa con la boca llena de pan con tocino.

—¿Son de allí? —dijo el entrometido de Casillas.

—No. De México. Fuimos hasta Monterrey en aeroplano —comentó Regina sobre el viaje que a mí me parecía heroico. Entrevisté a Francisco Sarabia y por él sabía de lo inestables y francamente peligrosos que eran esos bichos. Y eso, expresado por el primer importante piloto mexicano, era mucho decir.

—Ahhh, de manera que usted pilota aeroplanos, señor Landa —confirmé, más que preguntarle.

Y el hombre negó con la cabeza mientras que con el pulgar señalaba a la muchacha.

—Yo no, ella. Esos aparatos a mí me parecen obra del demonio. Casillas y yo nos miramos sorprendidos. Bella, intrépida, cocinaba delicadamente y seguramente poseía mil y una más virtudes que irían poco a poco develándose. No merecía el cruel destino que inmediatamente presumimos para su grácil humanidad, por estar donde estábamos. Regina le quitó inmediatamente importancia al vuelo desde México a Monterrey moviendo un poco las manos y sonrojándose ligeramente.

—Y eso no es todo —dijo el señor Landa pasándose una servilleta por los labios, infiriendo nuevas maravillas acerca del carácter de su indómita hija—. ¡Es sufragista!

—A mí me parece elementalmente justo el hecho de que voten las mujeres —dije sin mirarla, temiendo perderme dentro de sus pupilas para siempre.

—¿Verdad que sí? —alzó la voz Regina al encontrar un aliado en tan insólito paraje—. Como bien dice usted, es de elemental justicia, nosotras formamos parte de la cadena productiva y merecemos no sólo votar, que ése es sólo el primer paso, sino también ser votadas.

—Ésa es la parte más delicada. ¿Se imaginan a una mujer presidente, una mujer que dirija los destinos de esta patria herida? —comentó Landa.

—Creo que si está bien preparada, lo haría muy bien —intervino Casillas, que hasta el momento no había tomado partido ni postura.

—Lo que está muy claro es que las mujeres y los hombres somos iguales, aunque muchos salvajes ensombrerados no lo crean así —dijo terminante Regina. Landa, con disimulo se quitó el salacot que hasta entonces coronaba su oronda y perlada calvicie y se sumergió en su plato.

Regina había estudiado en los Estados Unidos. La Universidad Brown en Rhode Island, una de las ocho fundadoras de la famosa Ivy League o «liga de la hiedra», había abierto el Pembroke College en 1891, exclusivamente para mujeres, y Regina Landa fue la primera y orgullosa mexicana egresada de tan insigne institución. Luego asistió a Columbia, graduándose como Ingeniero de Minas. A estas alturas ya no sabía cómo llamarla. El padre, muy orgulloso, contaba que ella había dirigido las excavaciones de tres minas de oro en Zacatecas de su propiedad y que diariamente daban pingües beneficios. Conforme hablaban yo veía cómo ella se iba alejando de mí como arrastrada por un tornado; un tornado de oro y bailes de sociedad y oropeles y aeroplanos. Repentinamente, Landa se levantó de su asiento al escuchar el evidente sonido del tren acercándose. Dio como excusa que tenía que recoger un paquete que le mandaban desde sus oficinas de México. Nos quedamos entonces los tres solos. Casillas y yo nos enfrascamos en un duelo de miradas que si hubieran venido cargadas con pólvora, hubieran dejado sólo jirones de nuestra carne en el suelo gris de Espinazo, Nuevo León. Di el primer paso para develar el misterio de su presencia en este sitio.

—¿Está usted bien? —dije casi tartamudeando.

—Sí, muy bien, gracias —respondió con ingenua soltura.

Hubo unos instantes de silencio incómodo hasta que Casillas tomó las riendas de esta diligencia que parecía condenada a desbarrancarse en cualquier momento.

—Mi amigo quiere decir que si usted… ¿Que si usted no está enferma?, y discúlpeme por hacer una pregunta tan íntima. Pero, ya sabe... El Niño Fidencio es famoso por eso, por curar, pues.

—Ahhh. No, no, en lo absoluto, gozo de una salud de hierro. Es por mi padre, ¿saben? Él cree que aquí puede curarse definitivamente.

Casillas me miró interrogante, esperando la segunda parte de la confesión que nos aclararía definitivamente la insólita presencia de tan singulares huéspedes y que sucedió inmediatamente.

—No es algo físico, por suerte —aclaró Regina—. Mi padre sufre de un mal que tiene más que ver con su percepción de la realidad; por llamarlo de algún modo. Puede parecer banal, pero en su caso particular, es sin duda preocupante.

Y ya me imaginaba yo al señor Landa presa de ataques mefistofélicos; una suerte de síndrome de Mr. Hyde tropicalizado que le obligaba a cometer los más infames y depravados excesos en cuanto cayera la noche.

—Les rogaría que ustedes, a los que casi no conozco y sin embargo me inspiran una gran confianza, conserven con el máximo sigilo y discreción la confesión que a continuación les haré... —hablaba de una manera misteriosa y, sin embargo, yo no podía renunciar a notar un dejo de sarcasmo en sus palabras—. El caso —dijo en voz baja— es que mi padre ha dejado de tener el enorme aprecio que le inspiraba el dinero hasta hace unos meses y eso es muy, pero muy preocupante —y terminó la frase haciendo un cómico mohín de asco.

Perplejos ante tamaño despropósito no atinamos a decir nada. Nada de nada.

Regina se sentó y cruzó la pierna como lo haría un perfecto caballero inglés al que le sirven un brandy después de que su jauría de perros abatiera al maltrecho zorro, y sin esperar nuestra reacción, que para entonces ya era más que tardía, continuó desgranando su fascinante y estrambótica historia.

—El primer síntoma de su «mal» —y puso las comillas muy gráficamente con los dedos en el aire— fue el día en que se le cayó de la bolsa del chaleco un peso de plata en pleno Zócalo. Y que miró displicente durante un rato a sus pies, hasta que se retiró del lugar mientras una turba de mendigos se despedazaba por el tesoro. Al poco, las acciones de una de sus acereras se desplomaron y él lo tomó con una calma inaudita. Como coser y cantar. Empezó así a embarcarse en las más insólitas aventuras financieras. Todas predestinadas desde su propio origen al más absoluto de los fracasos. Y sonreía ante cada nuevo número rojo. Como si se estuviera quitando, literalmente, un peso de encima. Toda la avidez, el empuje, la fuerza y determinación con la que construyó su imperio, dieron paso a una parsimonia que raya en la dejadez, en una suerte de mansedumbre. No lo sé, es como si un león decidiera, por voluntad propia, convertirse en cordero. Viene, por insistencia de sus socios, a ver al Niño Fidencio para que le devuelva el sustrato de su afán, el toque de Rey Midas que lo ha hecho famoso en el mundo de los negocios.

Todo lo que hasta entonces había contado merecería ser el argumento de una novela rusa. La asombrosa historia del hombre al que el dinero le daba igual. Por lo visto Regina se lo tomaba un poco en broma, por su propio bien. Fidencio tendría ante sí un caso único que difícilmente podría curarse con emplastos de gobernadora o agua de rosas.

XLIV
Lunes 6 de febrero de 1928

Las noches son cada vez más frías y durante el día este sol de invierno, inclemente, raja la piel como si de papel recién hecho se tratara. Casillas, poco a poco, sin aspavientos, ha ido empacando sus bártulos y los ha dispuesto en el fondo de la tienda, despidiéndose sin decir adiós del todo, como esas jóvenes novias que ven partir el barco desde el muelle y que no tienen claro si deben agitar el pañuelo en lo alto o enjugarse con él las lágrimas que les caen por las mejillas. El caso es que, lentamente, como sin querer, va preparándose para la inminente partida. Yo he ido espaciando las crónicas que envío a la capital porque de tan repetitivas, las curaciones y milagros de Fidencio ya no causan en mí el mismo efecto que antes y supongo que pasará lo mismo con mis escasos lectores. Noto, eso sí, que el Niño está cansado, parecería que el don de curar a los demás lo debilita. Los Landa, después de un par de días se han ido tan misteriosamente como llegaron. De noche, en susurros, cascos de caballos, crujidos de madera, no mucho más. Regina nos ha dejado su cocina portátil con una muy afectuosa nota, para los dos. Casillas ni se dignó a leer la preciosa caligrafía de la joven que guardaba en el papel todavía su intenso y sin embargo muy delicado aroma. Fue como una de esas visiones que tienen los que se pierden en el desierto y sufren de delirios. Con la diferencia de que ninguno de los dos hubiéramos querido que llegara a lomo de camello el destacamento de rescate. El padre se marchó igual que llegó, importándole un pepino el dinero pero con una caja de una miel especialmente sabrosa que sólo se da por estas tierras. Estoy convencido de que Regina acabará siendo alguien importante en la historia de nuestro país. Ojalá así sea. Y que nuestros destinos vuelvan a cruzarse y que las condiciones se presten para poder decirle todas las cosas que ahora mismo revolotean incesantes en mi cabeza.

Hoy el vagón de los enfermos ha depositado en Espinazo una carga insólita. Han bajado de uno en uno, muy serios y formados en fila india, cincuenta hombres barbados a los cuales, sin excepción, les falta la pierna derecha. Si no fuera un hecho verdaderamente dramático, movería a risa, podrían aparecer en una película de Harry Langdon o de los Keystone Kops. Es probable que sean militares; sólo miran hacia el frente y van apoyando la muleta idéntica a un ritmo y con una sincronización que delata su origen. Tal vez vengan de paseo. Dudo enormemente que las curaciones que aquí se realizan puedan ayudar a que crezcan piernas donde sólo hay hoy carne talada. Me conmueve la ingenuidad de algunos y ya no me sorprende en lo absoluto la mala fe de otros que andan ofreciendo imposibles en esta supuesta tierra prometida. Supe por los diarios que hay una agencia de viajes en la ciudad de México que ofrece unos pomposos «paquetes curativos» de una semana a unos precios estratosféricos.

Veo que Casillas está de pie escrutando el horizonte con una muy singular concentración y me le acerco sin hacer demasiado ruido.

—¿Qué pasó, amigo?, ¿cuándo se marcha? —le digo sacándolo de su ensimismamiento.

—¿A dónde? —responde inmediatamente.

—Vi que anda ordenando sus cosas. ¿O es nomás por hacendoso?

Ante la evidencia, saca dos cigarrillos ya liados del chaleco y me ofrece uno mientras asiente con la cabeza.

—Ya casi terminé lo que vine a hacer aquí. Hay mundo todavía por descubrir.

—Me parece que yo también estoy acabando lo que vine a hacer. No hay mucho más por contar. Temo que mis lectores acaben odiándome. Es realmente difícil ser objetivo cuando pasan cosas tan extrañas a tu alrededor.

—¿Está dudando de sus convicciones?

—No, no es eso. Lo cierto es que ciertas situaciones y eventos me resultan del todo inexplicables. Y justamente no quiero pecar de ingenuo. Tal vez me falten conocimientos para relatar de manera clara lo que aquí sucede.

—O le falte fe, mi amigo.

Me quedé callado, no era un tema que quisiera discutir con él ni con nadie. En cambio, señalé a las vías del tren, al tiempo que con la otra mano me hacía visera sobre los ojos; reverberando en pleno mediodía notaba una figura vestida de blanco, a la cual, desde nuestra posición era imposible reconocer, pero que caminaba con la cabeza gacha sobre los durmientes.

—Sea quien fuere, morirá de calor —dije.

—Sea quien fuere, no debería estar allí —y su voz sonó con una frialdad que a mí, a pesar del intenso sofoco, casi se me hielan los huesos.

Echó a andar hacia la figura. Y ante la intensidad con la que pronunció esas últimas palabras, me quedé en mi sitio de gayola de sol, muy quieto, para esperar el desenlace de un acontecimiento del que no entendía absolutamente nada. Casillas hablaba con la figura y conforme pasaban los segundos manoteó un par de veces en el aire. El encuentro fue muy breve. La figura blanca volvió repentinamente hacia la casa grande y Casillas, sudando a mares, regresó hasta nuestro privilegiado observatorio.

—¿Problemas? —pregunté, mientras escupía una brizna de hierba.

—No particularmente. Creo que llegó el momento de contarle la verdad. Solicito de usted la más absoluta secrecía en aras de esta amistad que hemos forjado a lo largo de los días —dijo muy serio, guardando su habitual sonrisa en uno de los bolsillos del chaleco. Dio entonces un trago largo de agua de una de las tazas de peltre, como preparándose para emitir un discurso.

Lo miro como quien ve por primera vez a un rinoceronte. Con curiosidad pero con extrema cautela ante el tamaño y la coraza del animal.

—Usted es gente de bien, gente de fiar. A pesar de ser periodista tiene sensibilidad para saber qué contar y qué no. Tiene discernimiento. —Hizo una pausa y luego me soltó de golpe—: Pasado mañana llegará a Espinazo el presidente Plutarco Elías Calles.

Si el silencio pudiera escucharse, en esta ocasión hubiera sonado como la *1812*, con cañonazos y todo. Bullían en mi cabeza uno y mil pensamientos. Atiné, a duras penas, a preguntar:

—¿Van a cerrar el lugar?

—Todo lo contrario, amigo. Viene a buscar remedio para sus males. Tiene cita con el Niño Fidencio.

Casillas miró hacia los lados asegurándose de que estuviéramos solos, a pesar de estar en uno de los lugares más concurridos de la Tierra.

—Y yo vine a la vanguardia para asegurarme de que la visita transcurra en tranquilidad —dijo.

Asentí en silencio. El supuesto pintor de milagros pertenecía a los servicios secretos del gobierno de la República y estaba aquí en una misión. Yo no estaba seguro de querer escuchar la historia completa acerca de su enrolamiento ni de lo que hasta ahora había descubierto. Era un policía. Y mi relación con la policía es de ustedes bien sabida. Pero también es cierto que ya se había vuelto una especie de amigo, lo más cercano a un amigo que he tenido en mi vida. Y en aras de ese vínculo con el que los hombres ponemos en manos de otros un trozo del alma y del corazón, me resigné a ser una vez más confidente y custodio de secretos incómodos.

Así me enteré de que el demonio iba a venir a ver al santo. Menudo encuentro. Que si no fuera por lo convulsionado del país y la cantidad de sangre derramada hasta el momento, incluso podría mover a risa o parecer ridículo. El representante de un Estado laico, furibundo defensor de esa laicidad, enemigo acérrimo del clero, venía a ponerse en las manos de dios.

El resto de la tarde agucé el oído para recibir el torrente de palabras con el que Casillas me relató su vida entera, casi de manera catártica, como liberándose de sus fantasmas y poniendo a mi resguardo incluso su propia integridad. Así, me refirió sus estudios con un tal Lombroso, su habilidad para reconocer en los gestos y facciones de los hombres los más bajos instintos, su apasionada afición por la pintura. Tuvo, incluso, la confianza para decirme el apodo con el que lo conocían en el íntimo círculo del poder: el Ojo. Al igual que yo, Casillas no es quien decía ser. Pero la confidencia no tuvo la retribución que tal vez él podría esperar. La figura blanca pertenecía a la mujer con la que yo llegué casualmente a Espinazo, mi supuesta esposa, la supuesta madre de un niño enfermo, la supuesta nueva enfermera de Fidencio, la supuesta dueña de dos cartuchos de dinamita.

Yo no quería que nadie supiera que no me llamaba como me llamaba, cayese quien cayese o pasara lo que pasara, así que guardé silencio como quien guarda el mapa que conduce a la tierra prometida...

XLV
Martes 7 de febrero de 1928

Día

En algún lado leí que se llama *spleen* a esa sensación corpo-
ral que consiste en una mezcla casi inexplicable de languidez y abandono, de «tristeza pensativa» según Baudelaire.
Como si lo que pasara a tu alrededor te fuera ajeno, como
estar entre algodones, o en un campo de espliego, flotando
en un aire tibio y amable que te acuna como se hace con
un niño de brazos. Leí también que algunos escritores se
dejaban llevar por él, como otros lo hacen con el ajenjo, para
encontrar, en ese estado de conciencia casi líquida, las palabras precisas para expresar su condición humana. Estoy
acostado sobre dos sarapes, de almohada tengo una chamarra gruesa que me permite tener en alto la cabeza y ver
parte del campamento por la rendija de mi tienda sin necesidad de estirar el cuello. Hay sólo dos posibilidades, o me
ha invadido el *spleen* o, después de tanto tiempo, inevitablemente, alguna de las enfermedades que aquí rondan como
gatos salvajes ha minado por fin mi humilde cuerpo. Tengo
un poco de miedo de incorporarme, temo que me fallen las

piernas. Me quedo, pues, quieto, viendo cómo se mueve el mundo tan despacio y tan atrabiliariamente como mis propios pensamientos. Y de pronto, de la nada, quebrando el silencio oigo, clara, nítidamente, un chelo, el arco palpitando sobre sus cuerdas, llenando de magia los alrededores. Es un espléndido instrumento, está desgranando una de las más bellas composiciones que he escuchado en toda mi vida. No soy un melómano, pero he realizado algunas crónicas sobre música. Sé de cierto que lo que oigo es una suite para chelo solo de Bach, y que quien la interpreta tiene por fuerza que ser un maestro. Me obligo a levantarme para mirar de cerca el prodigio; quiero verle los ojos a quien con tanto sentimiento ejecuta la pieza. Camino como por sobre una gelatina, chapaleando, arrastrado por el magnetismo de la música, dejándome llevar. Y termino, como terminan muchos sueños, enfrentándome a la cruda realidad; bajo el sol de siempre, sobre la tierra gris de siempre, con las moscas de siempre revoloteando alrededor y frente a un enorme gramófono que suelta por el aire la melodía. Justo cuando llego frente a él, decepcionado pero todavía conservando un poco del embeleso de Bach, ese surco maldito del disco está rayado y repite una y otra vez dos notas altas que me erizan la piel. El infernal evento dura demasiado tiempo. Estoy al borde del llanto. De una tienda sale una niña de coletas rubias y apaga el aparato. Me siento en una piedra e intento recomponer las notas finales de la suite en mi cabeza sin conseguirlo, acabo mirando cómo unas cuantas hormigas rojas trasladan el cadáver de un escarabajo mientras una enorme nube blanca pasa sobre mi cabeza, sopla un viento tenue, casi imperceptible; huele a mandarinas. Tengo que irme de Espinazo lo antes posible, no es *spleen*, es una desazón inmensa que me abruma y que no me permite pensar con claridad, como si el mundo se fuera deshaciendo lentamente, un terrón lanzado por el precipicio que va perdiendo su forma en cada contacto con las piedras, esparciendo su débil identidad para acabar siendo sólo el polvo mismo del que fue fundado. Siento cómo yo mismo me voy transformando cada día, perdiendo materia elemental, haciéndome más enjuto, más frágil, más desierto y cada vez menos selva de la que provengo. Los acontecimientos de los últimos meses merodean como buitres por entre la singladura de mis pensamientos y mis convicciones. Nadie es quien dice ser. Ni siquiera yo mismo. Estoy metido en una tragedia, que no comedia de enredos, y la trama se va escribiendo día a día, aparentemente, por la mano caprichosa de un hado al que le gusta mover a sus peones arbitrariamente, sin la certeza ni estrategia previa con la que, por ejemplo, José Raúl Capablanca toca cada una de las piezas sobre el tablero de ajedrez para convertirse en campeón del mundo. Alguna vez me dijo Escudero, en tiempos muy remotos, que el destino no es el poder sobrenatural que guía nuestras vidas sino la consecuencia de cada uno de los pasos andados previamente. Hoy, ante la encrucijada, ante la imposibilidad de desandar lo andado, en un cruce de caminos sin señales, decido. Me marcho lo antes posible, mañana mismo. Voy a encontrarme de nuevo, a aterrizar del salto que inicié hace un año. A volver al suelo. Leí que se pretende fundar una república anarquista en la Baja California, no estoy tan lejos, tal vez sirva para algo un tecleador al que se le olvidan los acentos; tal vez recobre la pasión, el impulso, la certeza de que en algún lugar alguien me espera. Sigo sentado en la misma piedra mirando al infinito. Una palma se posa sobre mi frente. Escucho a Casillas afirmar en voz alta que no tengo fiebre, me pone en las manos una botella de agua y bebo como si fuera la primera vez que el líquido elemental entrara a mi garganta. El agua logra lo que mi cabeza no, devolverme a la realidad de la que me fui alejando como un globo de Cantoya.

—¿Se encuentra bien, amigo? —oigo decir a Casillas.

—Sí, bien. Me voy de Espinazo. Llevo aquí una eternidad.

—Hace bien. Yo también me voy. Mañana.

—En cuanto se marche *su presidente* ¿no? —dije con sorna.

—El presidente no es mío. Sólo trabajo para él. Por si le interesa, ni siquiera voté.

—No, no me interesa —estoy volviendo...

Noto que está incomodo, nunca le había hablado en este tono. No se lo merece. Hace su trabajo al igual que yo hago el mío. En algo nos parecemos, los dos vamos por la vida viendo y contando lo que vemos, los dos tenemos un don similar pero distinto. El mío sirve a algunos, y el suyo sólo sirve a uno. Después de unos instantes vuelvo a la carga.

—¿Qué, hay un plan para atentar contra *el* presidente? —cambio el pronombre amigablemente.

—Siempre alguien, en algún lugar, está haciendo un plan para atentar contra el poder. Pero el poder lo sabe; sabe que los riesgos son parte de su propia esencia. El poder actúa y mira constantemente hacia los lados para averiguar a quien ha hecho mella con su actuar. Y espera que los otros se muevan para actuar nuevamente. Es como un juego.

—Claro. Pero el poder, como usted lo llama, tiene más poderosas herramientas para actuar; es dueño del escenario y las butacas y las lámparas y a veces es dueño de los espectadores que lo miran actuar.

—Cierto —dice Casillas mientras otea el horizonte—. Pero también es cierto que en algunas, raras ocasiones, a alguien se le olvida su papel, se sale del libreto, se mueve un segundo antes de lo previsto y es entonces cuando la obra se va al traste.

—Pero para eso lo tienen a usted. Para adivinar cuándo ese alguien, sólo por su aspecto, es propenso a la improvisación.

—No me atribuya más cualidades de las que realmente poseo, amigo. Yo sólo soy un instrumento del actuar del poder. Algo así como el acomodador en el teatro. En el fondo sólo soy un pintor aceptable.

—¿Un pintor de costumbres humanas?

—No. Un pintor de milagros.

Decido entonces probar la vulnerabilidad de nuestra amistad.

—¿Hay algo en mi cara o en mi cuerpo que me delate como un posible improvisador en la obra?

—No amigo, no se preocupe. Usted es tan transparente como un cenote. ¿Ha visto un cenote? Hay muchos en el sureste. Son fosas de agua cristalinas en medio de la selva en las que siempre se ve el fondo. Parece que nuestros antepasados las usaban para realizar ciertos... rituales. Usted sabe... Hay algunos llenos de osamentas —Casillas habla crípticamente, como si me conociera de toda la vida.

—Así que ¿se me ven los muertos en la cara?

—En México, después de una revolución y con otra en marcha, a todos se nos ven los muertos en los ojos, no en la cara. A algunos más que a otros, es cierto.

—Mejor traerlos en los ojos que en la espalda ¿no?

—Sin duda. En la espalda pesan. Se convierten en una carga difícil de transportar. Y es mucho peor cuando los muertos no son propios sino ajenos. Cuando por algún motivo, llámelo arrogancia, miopía, exceso de confianza, imbecilidad, como quiera, nos volvemos cómplices en la muerte de otro. Ésos son los más pesados de todos.

El sol ya estaba muy alto sobre el cielo. Fumamos los dos en silencio, Casillas se abre la chaqueta para sacar su reloj de bolsillo y atisbo, por un instante, la cacha nacarada de una pistola; es la primera vez que lo veo armado, algo grande se avecina. Me levanto como un resorte, me saco de encima la languidez como los perros se sacuden el agua y aprovecho para quitarme también el sudor de la frente con el paliacate, despierto del todo. Casillas me mira como si hubiese vuelto de entre los muertos, parece que está a punto de darme un abrazo pero noto cómo lo duda y se lo guarda.

—¿No quiere almorzar? —pregunto—. Hay un nuevo tenderete donde hacen burritas de machaca con manteca. No respondo por el origen de la machaca, pero saben a gloria.

—Vamos —responde animado.

—Voy por mi sombrero.

Y además del sombrero, recojo la pistola, me la fajo en la cintura por la espalda, si va a haber tiros en esta obra, no quiero cargar con los muertos de otros y sí los propios, de los que se quedan sólo en los ojos y no en la espalda, que bastante me duele ya.

Efectivamente, las burritas saben a gloria; estamos sentados en una banca corrida frente a una larga mesa junto a dos arrieros que de vez en cuando le dan un atisbo con el rabillo del ojo a su hato de mulas, amarradas de un huizache a tan sólo unos metros. La dueña del local nos ofrece para beber tequila, mezcal, cerveza, atole o café. Yo tomo mezcal y Casillas una cerveza. Los arrieros se marchan y un nuevo personaje aparece en escena; es un hombre grande, lleva un gabán oscuro y un sombrero de ala ancha que le tapa la cara, se sienta en la esquina opuesta a la que estamos, pide atole y dos burritas en voz muy baja, incluso la dueña del tendajón tiene que acercarse para oírlo, yo me entero porque es lo que le sirven. Hay algo en su presencia que me llama la atención, algo indefinible; come encorvado, enconchado, como si fuera una tortuga milenaria que no quisiera molestar al resto del mundo. Me concentro, lo más disimuladamente posible, en sus manos. Es Fidencio. Me cambio de lugar, me siento junto a él. Casillas me sigue con la mirada.

—¿Está bueno? —le pregunto.

—Bueno, muy bueno. Le pido, periodista, que no haga alharaca, no puedo ni salir con tanta gente alrededor, revoloteándome —y es una voz dulce, breve, la que sale del cuerpo del mocetón; tímida, como la de un adolescente capturado en falta.

—Nadie lo sabrá. ¿Dónde andan sus guardaespaldas? Aprovecho para pedirle una entrevista formal.

—¿Entrevista o consulta? ¿Sigue mal de sus partes? Eso es lo que dice el reporte de mis «guardaespaldas», que por cierto deben de andar como locas buscándome por todas partes...

Me sonrojo como un verdadero imbécil. Confío en que la mentira acerca de mi afección en el *penen* no haya traspasado más fronteras de las estrictamente necesarias. Noto cómo se ríe soterradamente bajo el enorme sombrero color ala de cuervo. Come con delectación, disfruta con cada bocado y sonríe mientras mastica, haciendo que algunos trozos de tortilla de harina resbalen por sus labios. Da un trago del atole y se pasa la manga por la boca, limpiándose. Retoma la conversación.

—Mire periodista, prefiero no dar entrevistas. Se han dicho muchas cosas de mí, muy buenas o muy malas y la verdad es que prefiero no llamar la atención más de la cuenta.

—¡Pero si eso es imposible! —digo levantando la voz más de lo estrictamente necesario.

Me mira con ojos de maestro de escuela que se ve interrumpido en plena clase y yo bajo la vista en señal de disculpa; parece que mi voz retumbó por todo Espinazo. La mujer del puesto de comida se me acerca y me pide que me vaya muy amablemente. Casillas pone unas monedas sobre la mesa y me toma de la manga, urgiéndome para que me levante. Fidencio me sonríe sin rencor a pesar de que estuve a punto de delatarlo. Nos alejamos un poco. He perdido la posibilidad de entrevistarlo. Un par de mujeres con cofia blanca ubican a Fidencio a pesar de su disfraz y a galope llegan a ponerse a sus flancos, mirando lado a lado y esperando pacientes a que termine sus sagrados alimentos. Caminamos alejándonos del lugar, callados, esperando que el otro rompa el silencio con un comentario mordaz que se adivina en el aire. Pero no sucede. Casillas me hace un gesto con las cejas y se va hacia el charco sulfuroso, yo me quedo mirándome los pies e intentando encontrarle razón al universo.

Hoy no llega ningún tren. Hay un par de nubarrones negros en el horizonte que todos sabemos, tristemente, se irán a otras latitudes a descargar el agua. Desde que llegué, hace casi un año, no ha llovido ni una sola vez. Estoy frente a la máquina de escribir; ya mis cosas están empacadas en el fondo de la tienda, excepto las mantas para pasar la noche. No llevaré conmigo más que lo estrictamente necesario. Intento hacer una última crónica sobre mi vida en esta corte de los milagros y a modo de despedida pienso rematarla mañana con la insólita llegada del presidente de la República. Pero por lo pronto estoy inmóvil frente al teclado, distrayéndome con el vuelo de los zopilotes, con el llanto de un niño de brazos, con el rítmico trasiego de la pala empuñada por un hombre que parece quisiera llegar hasta la China.

Casillas camina sobre las vías del tren, observándolas meticulosamente, metiendo de vez en vez la punta del zapato en las oquedades que quedan entre ellas y la tierra, buscando afanosamente el probable motivo de sus desvelos. Yo me voy acercando por el mínimo sendero. Dejé de escribir después de no haber escrito nada durante toda la mañana y me propuse pasear; Casillas hace su búsqueda concienzudamente, en la última media hora debió de haber avanzado no más de una centena de metros. Casi llega a la curva pronunciada que los ingenieros ferroviarios crearon para evitar el único cerro del municipio y que dicen contiene restos prehispánicos, los de una civilización perdida en el desierto. Me pongo a su lado.

—¿Qué buscamos, pintor? —le digo en tono cómplice.

—Buscamos algo, periodista —me contesta socarronamente.

—¿Forma, tamaño, color? ¿Algún dato que sirva para la búsqueda?

—Es fácil. Buscamos algo que no corresponda con el paisaje. Cualquier cosa.

—Eso no incluye las propias vías del ferrocarril, ¿verdad?

—No, eso no las incluye, busque cualquier cosa que no corresponda con el paisaje, excepto las vías del ferrocarril. Y de preferencia, busque callado, por favor —me dice mientras esboza una breve sonrisa.

Caminamos en silencio durante largo rato, hasta perder de vista el campamento, sin encontrar nada que no fuera parte del paisaje. Casillas suda copiosamente. En un vado, cercano a una roca enorme, se detiene como clavado por un

315

martillo gigantesco, mueve a los lados la cabeza, atisbando hacia los dos extremos de la vía; veo que con la punta de la bota va quitando arena desde los durmientes hacia la roca que está a unos veinticinco metros del lugar. Me acerco y veo los dos cables entrelazados, uno rojo y el otro negro, que habían sido tan bien disimulados y que ahora se distinguen perfectamente bajo los rayos del sol. Camino hacia el lado contrario al que se encuentra mi amigo y encuentro, conectados al cable, tres cartuchos de dinamita ocultos bajo un montón de guijarros, me agacho para recogerlos cuando escucho el ¡no! proferido a voz en cuello por Casillas que me muestra un detonador de minero que trae en las manos; viene acercándose mientras desconecta los dos cables. Me lo enseña triunfante.

—No es parte del paisaje, ¿verdad? —dice, mientras manipula con soltura el aparato.

Se escucha un crujido. Casillas cae al suelo como tocado por un relámpago. Me inclino para ver qué le pasa cuando un nuevo crujido, como un muy lento eco del anterior, vuelve a sonar; siento un zumbido en el oído derecho. Es un tiro, el segundo tiro que por fortuna no me ha dado. Mi cabeza me dice que me desplome. Lo hago sin dudar. Que él, o los tiradores piensen que han acertado. No me muevo. Casillas está a mi lado, inconsciente, o muerto, no lo sé. La sangre le empapa la camisa a la altura de la clavícula. Alrededor sólo hay silencio; supongo que quien disparó, espera. Pasa un rato largo. Casillas respira débilmente. Empiezo a oír pasos a la distancia. Tengo la nariz metida en el polvo. Distingo ahora, acompañando a los pasos sobre la tierra, dos voces, dos. La de un hombre y la de una mujer; están cada vez más cerca. Tengo el brazo bajo el estómago y la pistola firmemente asida con la mano. Si quiero acertar en el blanco tendré que esperar a que estén todavía más cerca. Escucho ahora claramente las voces. La de él, tipluda, con cierto acento, la de ella aparentemente dulce. Conozco las dos perfectamente. No deben de estar a más de dos o tres metros. Ella pregunta si estaremos muertos. Él dice que donde pone el ojo pone la bala, el más triste de todos los lugares comunes que conozco. Giro sobre mí mismo lo más rápidamente que puedo, los tengo a contraluz, una silueta pequeña y una grande. Apunto al centro de la menor y disparo dos veces. El pequeño bulto está en el suelo inmóvil. La figura alta, la de ella, profiere un sonido, como un rechinido, un gritito, un escalofrío. El enano Caballero de Colón yace en posición fetal sobre la tierra, con las manos cerradas sobre el pecho y sobre los dos agujeros por donde se le ha escapado la vida; junto a él, un Winchester de los llamados *Matabúfalos*, con cachas nacaradas, reposa tímidamente; un poco más allá su elegante sombrero se empieza a llenar de polvo gris.

Ella, mi supuesta mujer, la del niño contrahecho, está quieta como una estatua de sal, va vestida de blanco, lleva mandil y cofia. Mira repetidamente el rifle y a mí, a los ojos. Está desencajada y, sin embrago, hay en su expresión una cólera profunda; me parece que está a punto de agacharse a recoger el arma. Me incorporo. Estamos frente a frente. Pienso en Casillas, a mis pies, el único amigo que la vida, caprichosa, me ha ofrendado. Levanto la pistola y apunto a la frente de la dama, sus dos ojos almendras fulguran, le tiembla un poco el labio inferior. Ella abre los brazos en cruz y grita: ¡Viva Cristo Rey!

Literalmente, la voz que clama en el desierto. Es una señal. Disparo sin que me tiemble el pulso.

Noche

El quinqué está encendido sobre nuestras cabezas, las palomillas revolotean constantemente y se meten en los ojos y los oídos. Fidencio está asistido por dos de sus inevitables y fuertes matronas que le pasan algodones, alcoholes y ungüentos verduzcos. Desde que empezó la intervención, Casillas sólo ha repetido un par de veces la palabra «conjura» y otras más un «gracias» sibilante que no sé si va dirigido a mí o a Fidencio que con enorme maestría ha hecho una larga incisión con un trozo de vidrio en el hombro del hombre y ahora mismo hurga con dos dedos buscando el trozo de plomo. Yo pensé que después del tiro matabúfalos, Casillas moriría desangrado luego de arrastrarlo durante un largo trecho hacia el campamento. Fue Germán, el joven aguador, el que nos encontró al borde del delirio y que me ayudó a subir a Casillas al burro, dejando al libre albedrío sus cubetas de zinc y nos llevó hasta la casa grande del Niño Fidencio sin pedir nada a cambio. Fidencio deja caer, muy teatralmente en un vaso de cristal, la bala sacada del cuerpo de Casillas, la cual tintinea con no menos teatralidad. El mocetón se limpia las manos con alcohol y luego bebe agua de una taza de barro cocido.

—Ya está. Cosemos la herida y en un par de días puede hacer lo que quiera. Dios es infinitamente misericordioso, la bala cruzó en sedal, no dio con hueso.

No digo nada. No deja de sorprenderme el hecho de que los que quisieron matarlo y el que ahora lo salva crean en el mismo dios. Dos caras de una misma moneda que de un lado podría ser de oro puro y del otro, del más vil de los metales.

Termina de coser justo en el instante en que Casillas vuelve en sí. Le acerco un cuenco con agua a la boca. Bebe con fruición.

—¿Quiénes fueron? —me pregunta.

—El enano y la «guapa». Pero usted ya lo sospechaba ¿no?

—Lo sabía, no lo sospechaba. El liliputiense tenía todos los rasgos en la cara. Ella no, ella me engañó por completo. ¿Huyeron?

—No. No huyeron.

Casillas me mira penetrantemente. No dice nada más. Supongo que lee en mis ojos que llevo dos muertos más grabados en las pupilas para siempre.

Fidencio se despide con un «buenas y santas noches» y yo le doy la mano fuertemente, intentando transmitir con el contacto todo el agradecimiento que mis palabras no pronuncian. Unos minutos después entran en la estancia dos coroneles del Estado Mayor salidos de la noche, que flanquean inmediatamente a Casillas y que muy familiarmente, tuteándolo, comienzan a acribillarlo a preguntas. Yo me hago a un lado. Luego, salgo a la oscuridad y fumo largamente pensando en todo lo vivido. Estoy muy excitado. Podría correr hasta Saltillo a pedir un par de vasos grandes de brandy español y a brindar por los vivos. Por los maltrechos vivos que hoy estamos siendo.

XLVI
Miércoles 8 de febrero de 1928

La avanzada militar que viene de Monterrey a recibir al presidente ha montado un mínimo hospital de campaña muy cerca de donde me encuentro. Hasta allí voy a ver a Casillas, que me recibe con una sonrisa y me pide un cigarrillo, el cual lío ante la reprobatoria mirada del coronel que lo atiende y que no acaba de creerse que el tipo que está sentado en la silla de lona de tijera y que espera con ansia el tabaco haya recibido un tiro la tarde anterior. No cree tampoco que haya sido operado como se lo han descrito y no cree, por supuesto, que haya venido caminando sin ayuda desde un centenar de metros. No cree que se sienta bien y no cree que el tabaco le sea beneficioso. En fin. No cree nada. Será que sólo lleva unas cuantas horas en Espinazo, Nuevo León.

Me siento junto a Casillas en otra comodísima silla de lona, como dos viejos amigos que se encontraran en un balneario esperando a que salgan las chicas con sus modernos trajes de baño de dos piezas para deleitarse en esa visión sublime.

—Tengo que darle las gracias. Por lo de ayer ¿sabe? Me confirman los mandos que se detectaron a tres simpatizantes más de la Liga de Defensa de las Libertades Religiosas, los dueños de una funeraria en Saltillo, me parece. El enano y la mujer pertenecían a ella. No era el primer atentado preparado contra Calles. Una conjura que gracias a usted ha quedado desarticulada —me dice mientras hace una gran bocanada de humo.

—Yo sólo cuidaba mi pellejo. No salvo presidentes.

—Da igual. El caso es que gracias a usted estoy vivo y el Jefe Máximo también. Quieren darle una medalla...

—Por supuesto que no. Medallas merecerían todos los sobrevivientes de este infierno. Si acaso que se la den a Fidencio. Él fue el que lo salvó, no yo —digo lo más tranquilamente que puedo. De sólo pensar verme en Palacio Nacional recibiendo honores del enemigo, porque el gobierno también es mi enemigo, de otra manera pero enemigo al fin y al cabo, me dan escalofríos.

—Quiero pedirle dos favores. Que nos tuteemos y que me llame Jaime —dice Casillas poniendo la diestra por delante.

—Jaime. Me voy, hoy mismo, esta tarde. En el tren de Saltillo. Te deseo lo mejor.

—Gracias. Todavía no sé cómo te llamas.

—No importa. Realmente no importa.

Nos damos la mano y me voy a la tienda de campaña a recoger mis cosas; de mutuo acuerdo hemos decidido donarle todos nuestros bártulos, incluida la magnífica cocina de los Landa, a Germán, que en mucho colaboró para que el Ojo siguiera vivo. Lo recibe todo con cierta desconfianza, me pregunta cinco o seis veces que si es cierto, que si es suyo, que si puede hacer con las cosas lo que él quiera. Lo convenzo. Hasta el hacha le doy.

Me voy a la Baja California a colaborar en la creación de la república anarquista. Procuraré soñar los mismos sueños y esquivar lo mejor posible todas las pesadillas que se interpongan en mi camino.

Me llevo conmigo a mi padre, a Juan, a Euse, a Gutiérrez, a Jaime. Me llevo la cruz en el pecho y el golpe de la manzana también. Me llevo el olor del agua sulfurosa y del aromático tocino. Me llevo los ángeles y los demonios. Me voy más incrédulo que nunca, porque lo que aquí vi no puede creerlo nadie en sus cabales. Me llevo a Tom Mix, porque llegó conmigo, y me llevo todo lo leído y lo visto en la cabeza.

Sobre las once llega *El Olivo*, el lustroso y gran tren presidencial que hace un escándalo asombroso. Viene muy rápido en la curva. El maquinista tiene que apretar los frenos a fondo al darse cuenta de que ya llegó a su destino. Dos filas de harapientos, tumorosos, tullidos, ciegos, jodidos personajes, hacen valla para recibir al Jefe Máximo. Hay soldados por todas partes.

El tren se detiene bruscamente y suelta una enorme ráfaga de vapor por las entrañas.

Miro entonces cómo el polvo se apodera del mundo.

Algunas precisiones...

Ésta es una novela, nadie se llame a engaño. Y sin embargo...

Casi todos los personajes existieron y habitaron en nuestra historia. Muchas de las situaciones que se describen en estas páginas sucedieron en las fechas consignadas, son verdaderas y pueden ser corroboradas por aquellos fanáticos de la precisión y el detalle.

Estoy convencido de que sin literatura no hay historia, o por lo menos de que este trozo de la historia de México en los años veinte, tiene los elementos narrativos necesarios para contarse como una novela. Espero haberlo logrado. Todavía hay mucho por escribir.

La apasionante cronología del ascenso y caída del ayuntamiento rojo de Acapulco, así como el perfil de Juan Ranulfo Escudero se los debo a mi hermano «menor», Paco Ignacio Taibo II. A quien también le debo un montón de libros sobre la época y que le devolveré en su momento, aparte de la inmensa cantidad de cariño, consejos y comentarios. Quien quiera saber más, puede leer «Las dos muertes de Juan. R. Escudero» en su libro *Arcángeles. Doce historias de revolucionarios herejes del siglo xx.*

El presidente Plutarco Elías Calles visitó al Niño Fidencio el 8 de febrero de 1928 para tratarse de algún mal que ninguno de sus biógrafos consigna. Sabemos que fue recibido con un baño de pies de agua de rosas de castilla y emplastos de *gobernadora*, además de que su cuerpo fue cubierto con miel y yerbas y arropado con una cobija, tratamiento habitual que el Niño ofrecía en su campamento de Espinazo, Nuevo León.
Lo que no sabemos ni sabremos nunca es de qué hablaron.

Fidencio Constantino Síntora fallece el 19 de octubre de 1938 después de realizar miles de curaciones que muchos consideran milagrosas, su acta de defunción consigna «muerte natural»; al parecer fue una apendicitis que no logró operarse a sí mismo. Prometió resucitar al tercer día sin resultados aparentes. Durante los años en que trató enfermos, más de cien mil almas vagaron por su territorio buscando ayuda.

En Espinazo, Mina, Nuevo León, se ha levantado un santuario que honra su memoria. Vendiendo el agua *curativa* del charco sulfuroso, muchos de sus adeptos, llamados a sí mismos *cajitas* —porque son el receptáculo de las enseñanzas y el espíritu sanador de Fidencio—, dan consulta e intentan emularlo.

Calles murió el 19 de octubre de 1945, coincidentemente el mismo día y mes que Fidencio, por complicaciones de una enfermedad hepática.

Amor y Paz, la comuna espiritista de Teodoro von Wernich, fue desmantelada a principios de los años treinta; sus adeptos se desperdigaron por el norte, una soprano mexicana era habitual en las sesiones de contacto con el Más Allá.

La guerra cristera duraría hasta bien entrado el año de 1929. La Iglesia católica mexicana ha intervenido en los procesos de beatificación de varios de los combatientes de su bando, entre ellos, dos dinamiteros. Un gobernador de Jalisco quiso levantar un santuario en su memoria y se refiere a ellos como *mártires*. Los curas que aparecen en la historia son ficticios y lamentablemente similares a algunos que todavía andan por allí.

Para allanar el camino hacia la presidencia de Álvaro Obregón, no sólo asesinarían a Serrano en Huitzilac: otro candidato, el general Arnulfo. R. Gómez, fue fusilado el 6 de noviembre de 1927.

Para celebrar su triunfo en unas elecciones sin contendientes, el 17 de julio de 1928, se le ofrece a Obregón un banquete en el restaurante La Bombilla, en San Ángel, ciudad de México. Allí es asesinado por un fanático religioso llamado José de León Toral, que le dispara tres tiros. Posteriormente se descubriría una amplia conjura en la que estuvieron involucrados personajes de la grey católica mexicana, entre ellos la llamada Madre Conchita.

Lombroso es el padre de la antropología criminal y sus anotaciones sobre las causas atávicas del mal son una maravilla. Lamentablemente, jamás tuvo un discípulo mexicano, pero un cartel con las fotografías de algunos criminales y sus referencias faciales estuvo colgado muchos años en una comisaria de la ciudad de México. Cuentan que el comandante de esa prefectura miraba atentamente a todos los presentados por algún delito ante la barandilla, e intentaba encontrar similitudes con los casos presentados por Lombroso. Fallaba dos de cada tres veces. Los culpables siempre eran aquéllos capturados *in fraganti*.

Hubo un famoso mago alemán a principios de los años veinte que rondó la ciudad de México y hacía trucos con espejos y prismas. No se llamaba Ulrich. Jamás estuvo en Colima.

Yo vi en una barraca de feria en Veracruz, hacia el año 1976, una «colección» de ángeles flotando en formol. Todavía tengo pesadillas.

La república anarquista de la Baja California fue fundada muchos años antes de que sucediera esta historia, es cierto, pero el personaje no tenía por qué saberlo.

Esta novela le debe mucho a muchos amigos que colaboraron directa o indirectamente en su desarrollo y a los que agradezco de todo corazón y frente a los que siempre me quitaré el sombrero: a Ana Bustillo, que iba leyéndola y corrigiéndola a medida que crecía. A Marisol Fernández, que buscó en la Hemeroteca periódicos de la época.

A Juan Carlos Valdez y Mayra Mendoza, del Sistema Nacional de Fototecas (Sinafo) por las fotos de Fidencio. A Héctor Jaime Treviño Villareal y a Paco Aguilar del Centro INAH Nuevo León por las muchas informaciones que me dieron sobre Espinazo. A Martha Ramírez, Fabiola Mosqueira, Alejandro Navarrete y Adriana Suárez por ser los ojos y los oídos. A Ángel por llevarme y traerme cientos de veces. A la banda Yalmakaan que me acompañó y aguantó durante todo el proceso: Mely, Marina y Gerardo, Diego y Andrea, Bonnie y Jaime, Mónica y Memo, Nina, Aura, Diego, Luisa, Eréndira, Mateo. A Esmeralda y Fernando, Juan Carlos, Jose y Arturo. A Carmina y Gabriel que apostaron con los ojos cerrados. A Irma por la cantidad enorme de cafés. A Maricarmen Mahojo que siempre envía vituallas y amor a toda prueba.

Índice